La memoria

1035

DELLO STESSO AUTORE

Il ragazzo che leggeva Maigret
La casa di ringhiera
Gli scheletri nell'armadio
Il segreto di Angela
Il caso Kakoiannis-Sforza
L'uomo con la valigia

nella collana «Il contesto»

L'errore di Platini
Il correttore di bozze
Il superstizioso
Prenditi cura di me
Piccola enciclopedia delle ossessioni

Francesco Recami

Morte di un ex tappezziere

Sellerio editore
Palermo

Questo volume è stato stampato su carta Palatina prodotta dalle Cartiere di Fabriano con materie prime provenienti da gestione forestale sostenibile.

Recami, Francesco <1956>

Morte di un ex tappezziere / Francesco Recami. - Palermo : Sellerio, 2016.
(La memoria ; 1035)
EAN 978-88-389-3522-0
853.92 CDD-22 SBN Pal0288560

CIP - *Biblioteca centrale della Regione siciliana «Alberto Bombace»*

Morte di un ex tappezziere

Fatti, persone, luoghi, date, nome e circostanze presenti in questo libro sono di pura invenzione, non avendo alcun riferimento con la realtà. Anche gli eventuali decessi di cui si fa menzione sono finzionali, in quanto il deceduto non ha mai avuto esistenza in vita. Si ringrazia Morad Al Mansour (anche lui personaggio finzionale) per le traduzioni dall'arabo.

F. R.

I funerali di un uomo perbene

Le esequie erano previste per le tre del pomeriggio, nella chiesa di Santa Maria Bianca della Misericordia, al Casoretto. Il luogo era assai affollato, ma nonostante questo ci faceva un gran freddo. I presenti aspettavano che la cerimonia cominciasse, fissando la bara, ai cui piedi erano posati due semplici mazzi di fiori. Oppure guardavano per terra o in giro, per vedere se i parenti erano arrivati. Alcuni osservavano la grossa pala sopra l'altare, che raffigurava una Madonna in Adorazione del Creatore, piazzata su una nuvola, mentre in basso un alto prelato e un monaco mostravano com'era la chiesa dell'abbazia del Casoretto qualche secolo prima.

Il funerale doveva avere carattere di sobrietà e di decoro, qualità che appartenevano al defunto, vale a dire Amedeo Consonni. Come sempre succede in questi casi c'erano però delle difficoltà.

Prima di tutto le circostanze della morte, una morte in prima istanza violenta. Amedeo Consonni era stato ucciso qualche giorno prima a colpi di fucile mitragliatore, una vera e propria esecuzione, in mezzo alla corte della sua casa di abitazione, per giunta. È normale che si tenda a pensare che se qualcuno viene ammazzato da un gruppo organizzato di professionisti del crimine, e non poteva essere altrimenti, evidentemente quel qualcuno un coinvolgimento nel mondo del crimine stesso doveva averlo. Infatti ai funerali erano presenti anche esponenti delle forze dell'ordine.

Amedeo Consonni era vedovo, della moglie Luigina, morta otto anni prima di lui. Padre di una figlia, Caterina, circa quarantenne, coniugata e separata, che a sua volta aveva un figlio, Enrico, di quasi cinque anni. Enrico era molto affezionato all'Amedeo, e sarebbe morto di dolore alla notizia che il nonno non c'era più. Pertanto si cercò di tenere fuori il bambino dalle terribili notizie e da tutte le pratiche, fino al funerale e dopo. Enrico fu trasferito dal padre Roberto, che vedeva raramente, ben al di sotto delle medie prescritte dal giudice di separazione. Data la stranezza della situazione Enrico probabilmente aveva capito che era successo qualcosa di grave al nonno, ma faceva finta di niente, si accontentava della versione ufficiale, che la mamma in quei giorni gli forniva: non poteva occuparsi di lui perché il nonno aveva avuto un problema fisico, e non era il caso di andarlo a trovare. Enrico in altre situazioni ci era andato, addirittura in ospedale. Ma questa volta non insistette, probabilmente aveva annusato che c'era qualcosa di peggio.

Fatto sta che il nipotino non presenziò ai funerali del Consonni, una opzione pedagogica forse discutibile sotto l'aspetto formativo, perché gli addii vanno dati, anche da bambini. Comunque una scelta difficile da criticare, che ovviamente fu criticata da tutti. Si fa presto a pontificare sui fatti altrui, ma chi avrebbe retto alla scena del piccolo Enrico che piangeva disperatamente per la perdita del nonno? Chi avrebbe saputo dirgli qualcosa se lui avesse pronunciato la frase: «Nonno, torna da me!». I bambini, come spesso anche gli adulti, non si arrendono di fronte alla morte, non ci credono, si immaginano alternative, si figurano altri scenari, soprattutto in questi tempi moderni dove la morte non è prevista, non è contemplata. Per fortuna Enrico ancora non andava a scuola: se avesse potuto leggere i giornali avrebbe capito tutto. Ma forse qualcosa aveva intuito lo stesso quando aveva visto la foto del nonno su un giornale che suo padre teneva sul tavolo della sala da pranzo.

Delle molte persone presenti al funerale alcuni erano familiari, parenti, coinquilini e conoscenti, altri erano semplici curiosi, lì presenti per le inconsuete e drammatiche circostanze della morte di Consonni Amedeo, che avevano goduto di vasta copertura nella cronaca nera meneghina.

Dato che il Consonni aveva lasciato scritto che voleva essere cremato, la bara di legno che era stata scelta per lui era di scarso valore, quella da meno, di un costo comunque superiore ai duemila euro. Sembra impossibile che si debbano spendere duemila euro per una bara che nel giro di tre o quattro giorni finirà bruciata nel forno, eppure è così. È una strana situazione quella dei parenti stretti che vanno a scegliere la bara. Occorre comprare un oggetto di valore, ben sapendo che andrà in fumo di lì a poco, insieme al defunto. Non si potrebbero utilizzare bare di legno vile, del valore di – che so – 500 euro? No, il caso non si dà, altrimenti si fa brutta figura.

Caterina, la figlia unica del Consonni, si era già resa conto che quello dei funerali è un business quando era morta sua madre Luigina. Un business come gli altri, anzi peggio, perché nel momento delle esequie gli interessati non hanno tempo né voglia di stare a sottilizzare sulla questione delle spese.

In chiesa parenti e conoscenti si erano disposti secondo le norme vigenti: la famiglia nelle prime file di sinistra, principalmente la figlia Caterina, accompagnata da alcuni cugini e cugine dell'Amedeo, provenienti dall'alta Brianza.

Ma le persone che sembravano più turbate, anzi devastate, dalla morte del Consonni erano i suoi coinquilini, quelli che abitavano come lui nella casa di ringhiera di via ***. Di solito i coinquilini partecipano alle esequie per pura formalità, invece in questo caso no, questi parevano essere le persone più intimamente sconvolte dall'accaduto e si consumavano in pianti strazianti.

Luis De Angelis, dell'appartamento 5, ottuagenario amico e compagno di avventure del Consonni, pareva non essere in grado di darsi pace. Manteneva un contegno perfetto per un funerale, però ogni tanto scuoteva la testa, come se si chiedesse: perché lui e non io. Non lo pensava affatto, ma visto dall'esterno poteva dare questa impressione. Indossava dei vetusti ma pregiati Persol con le lenti scurissime, probabilmente in chiesa non vedeva assolutamente niente. Si piazzò seduto nell'ultima fila, e non parlò con nessuno, sembrava paralizzato.

Della famiglia Giorgi, appartamento 15, quello che sembrava più colpito era il capofamiglia, o ex capofamiglia, vale a dire il signor Claudio.

«Era tanto buono! Mi ha aiutato così tanto! Se non fosse stato per lui!».

Anche sua moglie Donatella versava calde lacrime. Soprattutto pensando alla storia del Gratta e vinci... Consonni era un uomo così gentile e mansueto, anche nell'aspetto, i capelli candidi, gli occhiali con montatura d'oro, sembrava il nonno delle pubblicità.

Tutti nel condominio sapevano in quali guai si era messo quell'uomo nelle ultime settimane, ne avevano anche parlato. Una questione un po' imbarazzante, con una ragazza giovane, molto giovane rispetto a lui. Un piccolo scandalo condominiale che aveva in qualche modo sottoposto l'Amedeo alla pubblica condanna, ma lui pareva disinteressarsi al giudizio altrui. In realtà nessuno sapeva niente di quello che era veramente accaduto, eppure non si poteva negare che l'Amedeo pareva aver perso la testa, e che mostrasse comportamenti a lui in precedenza del tutto estranei. Ma adesso che era morto questa piccola défaillance veniva considerata solo una sbandata, come può accadere a tutti, la sostanza era che il Consonni era persona buona e stimata, e nel condominio avrebbe lasciato un gran vuoto.

La signorina Mattei-Ferri, la zabetta della casa di ringhiera, vestita a lutto, stava sulla sua sedia a rotelle, mantenendo un contegno assai riservato, il che non era consono alle sue abitudini. Incredibilmente non parlava con nessuno, lei che passava il suo tempo a raccogliere informazioni e ridistribuirle.

Non gradiva affatto che fossero presenti anche i peruviani dell'appartamento senza numero, per lei una manica di ladri farabutti. Costoro, per motivi squisitamente culturali, sarebbero stati propensi a esternazioni luttuose molto più evidenti e violente, urla, danze e botti, ma gli fu spiegato che in Italia non si faceva. Così soffrirono in silenzio, almeno per quanto possibile. Al Consonni gli volevano bene.

La Mattei-Ferri, sospinta sulla sua carrozzina dal signor Giorgi, indossava anche lei degli occhiali da sole fuori moda, a mosca.

Sorprendentemente era presente anche la signora Xing, proprietaria cinese di alcuni appartamént nella casa di ringhiera. Come da copione la sua apparizione fu brevissima, risalì sulla sua Mercedes 6.000 prima che il rito fosse terminato.

Il prete nella sua omelia la prese un po' da lontano. Non era facile, dal suo punto di vista. Già era difficile di per sé, dato che il defunto non l'aveva mai visto né conosciuto. E poi il problema era che il defunto era morto di morte violenta, ucciso a colpi di arma da fuoco.

Pertanto il prete si arrampicò sugli specchi, si riferì a quel poco che gli avevano raccontato, e cioè che si trattava di persona amata e rispettata, padre di famiglia, stimato tappezziere, prima di andare in pensione, affezionato nonno, irreprensibile condomino. Però come affrontare la contingenza che fosse stato giustiziato per un regolamento di conti, sul quale si facevano numerose illazioni?

«Le vie del Signore sono infinite» si trovò costretto a glossare il prete, «Lui sa quello che noi non sappiamo».

La cerimonia fu pertanto rapida, triste e senza speranza.

«Solo Nostro Signore conosce le vie infinite da Lui determinate: noi dobbiamo soltanto credere, credere nelle orditure complesse che non comprendiamo. Perché Amedeo adesso è da un'altra parte, lontano ma vicino, e solo lui, al momento opportuno, ci spiegherà che cosa è successo».

Di queste parole i presenti, fedeli o meno che fossero, non capirono niente, comunque ciascuno di loro la pensava alla sua maniera.

Piangevano, perché il Consonni era giudicato da tutti una pasta d'uomo e di provata fiducia, tranquillo, tollerante e generoso: ne sapeva qualcosa il signor Claudio Giorgi, che era stato aiutato in tutti i modi a superare le sue difficoltà, quelle di un alcolista all'ultimo stadio, proprio dal Consonni, che lo aveva addirittura ospitato in casa sua, per non dire nascosto, e che aveva subito le conseguenze di tale ingenua e scriteriata ospitalità. Ne sapeva qualcosa anche Donatella Giorgi, che aveva usufruito di una sorta di donazione da parte del Consonni e della sua «fidanzata» Angela Mattioli, l'inquilina dell'appartamento 2: erano riusciti a farle avere dei soldi con uno stratagemma, visto che lei, direttamente, non li avrebbe mai accettati.

E dunque piangevano. È vero, il Consonni magari in certe situazioni si era comportato come un fesso, ma ciò non toglie che fosse bravo. Per non parlare di tutti i guai in cui si era cacciato qualche mese prima, che gli sarebbero costati una condanna in tribunale.

Il più disperato sembrava il signor Antonio, uomo nel pieno del suo vigore fisico, e gli spettatori se ne chiedevano il motivo.

Antonio era un muratore che viveva nel piccolo appartamento 9 nella casa di ringhiera e che in più di un caso aveva avuto a che vedere col suo vicino di muro, Amedeo Consonni. Non era una persona che avesse finemente coltivato le sue capacità intellettuali, aveva la terza media, se ce l'aveva, e disponeva di principi morali abbastanza rudimentali, però di fronte alla morte si trovava completamente disarmato, e poi rispettava il Consonni, perché era uomo d'onore e di principi. E adesso faceva una certa impressione vedere questo giovanotto ruvido e trentenne, pesantemente tatuato, che si scioglieva in lacrime, senza riuscire a darsi un contegno. Era addirittura tornato apposta dalla Germania, dove si trovava per lavoro, per presenziare ai funerali.

Quella che invece avrebbe dovuto essere la persona più affranta, quella che negli ultimi anni era stata più vicina all'Amedeo, vale a dire la sua donna, la sua amata, la ex professoressa Angela Mattioli, manteneva un atteggiamento impassibile, sembrava una statua di ghiaccio. Indossava anche lei dei giganteschi occhiali da sole a televisore e si muoveva come un automa. Probabilmente si era imbottita di sedativi, ansiolitici, psicofarmaci di ogni tipo, sembrava quindi indifferente a tutto ciò che succedeva, e quando il prete dichiarò conclusa la cerimonia rimase immobile al suo posto, in quarta fila, a destra.

Lei non era una parente, ufficialmente non rappresentava niente nella famiglia, e pensare che negli ultimi anni aveva condiviso la vita con l'Amedeo. Eppure adesso... era come una statua di sale. Sua figlia Giulia cercava di scuoterla, di scaldarla, di consolarla, di smuoverla, ma non ci riusciva.

«Mamma, muoviamoci, non puoi restare qui».

Solo il De Angelis, i Giorgi e la signorina Mattei-Ferri andarono dall'Angela a presentarle le loro condoglianze, ma lei rimaneva come pietrificata.

Lo sapeva, lo aveva sempre saputo che sarebbe andata a finire in questo modo. Ma non era stata in grado di fare niente per evitarlo. Forse questo pensava, eppure riuscì a non far trapelare nessuna emozione.

E adesso? Adesso le toccava la quarta fila a destra, come una coinquilina qualsiasi, insieme al Luis e alla Mattei-Ferri.

Caterina Consonni pareva di gesso anche lei: indossava un fazzolettone nero che le copriva il capo e anche il volto. Probabilmente aveva già speso tutte le lacrime di cui disponeva, adesso era spenta e inaridita. Negli ultimi tempi, non si poteva negarlo, c'era stata qualche discussione col padre, soprattutto a causa della sua inaffidabilità. Oddio, si era sempre occupato di Enrico, quasi a tempo pieno, perché lei, si sa, aveva impegni di lavoro con l'agenzia immobiliare che non le davano respiro. Ma Caterina non aveva mai perdonato a suo padre di essersi accoppiato con la Mattioli. Il suo terrore era che l'Amedeo si risposasse, e che quindi il suo bell'appartamento di ringhiera... ma questi erano pensieri vecchi, negli ultimi tempi l'Amedeo aveva fatto ben di peggio, con una ragazzina che... Caterina in quel momento cercava di rimuovere questi cattivi pensieri dalla sua testa, tanto, a che valeva ormai... l'Amedeo, così come una parte dei suoi soldi, non sarebbero tornati più, e adesso per Caterina, e soprattutto per il piccolo Enrico, cominciava una vita molto diversa...

In chiesa erano presenti molte altre persone, parenti alla lontana, la zia Nora, la cugina che veniva da Arosio, col figlio Marco e perfino la Ketty. C'erano altri vicini, vecchi colleghi del Consonni, alcuni amici del Circolo, e anche altre persone la cui presenza non era attesa.

Beh, quella di alcuni elementi delle forze dell'ordine si poteva capire: forse erano lì per circostanza, o forse per vedere se fra i presenti c'era qualche persona sospetta, magari un complice. C'era il commissario Ametrano, che il Consonni lo conosceva personalmente, per una serie di pregressi che qui, e soprattutto in queste circostanze luttuose, non vale la pena riassumere.

In effetti il commissario Ametrano, pur trovandosi lì per fare le condoglianze ad Angela Mattioli, che conosceva da tanto, un'occhiata in giro la dette. E qualche persona che suscitò la sua curiosità c'era. Per esempio quei due tipi che venivano da fuori, in impermeabile, sembravano due agenti dell'OVRA, chi erano? Certamente dei colleghi, forse dei Servizi, si guardavano in giro nervosi e sospettosi, scrutavano le facce dei presenti, come per cercare un indizio, una falla, un segnale decisivo. D'altronde la morte di Consonni aveva sollevato un bel polverone, e in più di una questura.

Il prete procedette con la benedizione e l'aspersione dell'incenso. Quindi la bara fu alzata e infilata nell'autolettiga: un modello Mercedes lungo sei metri che il De Angelis ammirava molto. Girò intorno al macchinone grigio e nero, chiedendosi quali prodotti usassero per mantenerlo così lucido.

Consonni sarebbe stato cremato a Milano e quindi sepolto in Brianza, accanto alla moglie Luigina. Ma ci voleva tempo, il corpo non poteva essere cremato subito, per le evidenti questioni forensi.

Angela non si muoveva dalla sua panca. Il Barzaghi Carlo, un vecchio amico brianzolo di Consonni, l'andò a salutare e a presentarle le sue condoglianze. «L'Amedeo era una persona perbene, e le era tanto affezionato, me l'ha detto, una volta, quando mi ha chiesto l'angoliera per farci un regalo. Però aveva questa mania dei guai, non ci possiamo fare niente».

Angela non si mosse, restò immobile, evidentemente era sotto shock, pensava il Barzaghi.

A questo punto le si avvicinò uno strano signore in giacca a vento rossa, scarpe da trekking, che parlava con accento toscano. E chi era? Sosteneva di conoscere bene il Consonni: un vecchio collega? Fece un discorso privo di senso, Angela neanche ci badò, diceva qualcosa a proposito del fatto che la morte risolve qualsiasi problema.

Uscirono tutti dalla chiesa, indossando incondizionatamente gli occhiali da sole, nonostante fosse nuvolo. Povero Consonni, una morte veramente prematura, a soli sessantasei anni.

Il Mercedes della ditta di onoranze funebri partì, sotto una lieve pioggerellina autunnale.

Angela prima di uscire volle aspettare che se ne fossero andati tutti via, evidentemente non era in grado di reggere alla prova.

In chiesa con lei era rimasta una sola persona, una signora di bassa statura che indossava abiti scuri e una veletta per mascherarsi. Angela la riconobbe lo stesso, dall'odore, un misto di sudore e tossine, e profumo dolciastro. Io quest'odore schifoso l'ho già sentito, pensò Angela, ed era vero, perché quella donna non era altri che Carmela, una ristoratrice che tempo addietro si era presa una cotta per l'Amedeo. Angela fece finta di non averla riconosciuta, nonostante in passato fra le due, in un caso particolare, si fosse arrivati addirittura alle mani.

La Cecoslovacchia non esiste più

Un pomeriggio di qualche settimana prima Amedeo Consonni e Luis De Angelis stavano seduti su una panchina del giardino di piazza Gobetti. Due bambini, uno dei quali era l'Enrico, si stavano scalmanando con le altalene, cercando di fare il giro della morte. Altri bambini – insieme ai rispettivi nonni – li osservavano impauriti. Avrebbero voluto che quei due, che tenevano occupate le altalene da un quarto d'ora e che non avevano nessuna intenzione di scendere, lasciassero loro il posto, però si vergognavano anche un po': una volta che fosse stato il loro turno come giustificare che dondolavano solo per mezzo metro, e sotto la rigida sorveglianza del parente stretto?

Consonni e De Angelis stavano lavorando a due copie diverse della Settimana Enigmistica. Mentre De Angelis, super esperto, completava uno dei giochi per «solutori più che abili», Consonni invece aveva difficoltà anche con un semplice labirinto.

«Non mi riesce mai, sarà possibile, ci riesce anche un bambino, ma io no».

«Ma va là, bamba che non sei altro, te lo spiego io un segreto...».

«Un segreto?».

«Ma sì, è facilissimo, basta cominciare dalla fine, dall'arrivo, e tornare indietro».

De Angelis mostrò come si faceva. Senza indecisioni tracciò tutto il percorso attraverso il labirinto, tagliando il traguardo alla partenza.

«Ma così non è regolare, è un imbroglio!».

«E a te che cosa te ne frega, quello che conta è il risultato, no?».

«Ma scusa, cosa ti interessa di fregare te stesso?».

«Ah, con te Amedeo non ci capiamo».

Consonni si alzò per andare a recuperare l'Enrico, che volteggiava sull'altalena insieme al Mohammed. Lo facevano non tanto perché si divertissero, ormai si erano stufati, quanto per fare rabbia agli altri mocciosi che aspettavano.

«Andiamo Enrico, è l'ora della merenda» gli disse il nonno.

Enrico scese di slancio dall'altalena, ma non era soddisfatto, allora dette una spinta forte alla seggiolina, in modo che le catene si avvolgessero sul montante superiore, e che dunque l'altalena fosse irraggiungibile per quei bambini scemi che stavano aspettando.

Il Consonni la sciolse e la rese disponibile, mentre gli altri nonni pensavano, e forse anche pronunciavano un: «Ah, se è un bello stronzo quel bambino lì».

Consonni fece finta di non sentire, lui, Enrico e il De Angelis si incamminarono verso la casa di ringhiera, solo uno dei tre trotterellando.

«Ho tutte le ossa umide» disse uno degli altri due.
«Anch'io» fece il terzo.

Nonostante l'apparenza di quotidiano tran tran, era un periodo assai tortuoso e complicato per Amedeo Consonni, per via del processo. In effetti l'Amedeo era in attesa di giudizio, su di lui pendevano svariate accuse, ma quella più grave era di rapina a mano armata. Aveva sottratto a una persona anziana, più anziana di lui, una bicicletta modello Graziella, minacciando il proprietario con una pistola. Questa pistola si era in seguito dimostrata essere una scacciacani, tuttavia di questa circostanza al momento della rapina non erano consapevoli né la vittima, tal Viviani, residente a Trezzano sul Naviglio, né il rapinatore, lo stesso Consonni. E dunque non c'erano nemmeno quelle attenuanti. Una volta capito quello che era successo e i motivi sottesi la vittima aveva ritirato la denuncia, ma in caso di rapina a mano armata, conclamata, il fatto che la vittima ritiri la denuncia non ha influenza. E non ha rilevanza nemmeno il valore monetario dell'oggetto rapinato, in questo caso inferiore ai 5 euro. Quello che conta è la rapina a mano armata, ovvero la minaccia attuata con l'ausilio delle armi per il conseguimento di un oggetto di altrui proprietà.

In quel periodo dunque Consonni tribolava: l'avvocato gli aveva assicurato che se la sarebbe cavata con una condanna inferiore ai dodici mesi e con la non menzione nel certificato penale ecc. Però era irrequieto, dormiva male, era difficile tornare alla normalità.

Per esempio con Enrico, il suo nipotino, le cose andavano un po' a singhiozzo. Lo teneva quasi tutti i pomeriggi, lo andava a prendere a scuola, lo portava ai giardinetti, come al solito, ma le cose non andavano lisce, perché perfino l'Enrico aveva capito che il nonno era nei guai. La sua mamma, la Caterina, glielo aveva detto: «Guarda che il nonno potrebbe finire in prigione, ha fatto delle cose sbagliate».

La parola «prigione» per Enrico aveva valenze importanti e definitive: se uno finiva in prigione era un cattivo e ci sarebbe rimasto per sempre. E dunque che aveva fatto il nonno? Lui non lo sapeva, ma quando l'Amedeo lo aspettava fuori della Materna era tentato di scappare via, inquieto, convinto che qualcuno gli avrebbe rinfacciato di avere un nonno che stava per andare in prigione.

Amedeo cercò di parlare con Enrico, di spiegargli che tutto era dovuto al caso, alla sfortuna e alla cattiveria delle altre persone, ma Enrico non sapeva cosa fosse il caso, e probabilmente se anche l'avesse saputo non ci avrebbe creduto.

Per cui negli ultimi tempi la relazione idilliaca fra l'Enrico e il nonno si era un po' appannata, pareva diventata simile alla classica routine fra nonni e nipoti. E l'Amedeo ne soffriva.

Pertanto quando quella sera l'Angela venne a riferire al Consonni che era in partenza per Bruxelles, l'Amedeo subì un contraccolpo.

Contava molto sull'aiuto di Angela, in quel periodo: un aiuto sia psicologico che pratico. Era lei che gli aveva trovato l'avvocato giusto, ed era lei che lo rassicurava con parole dolci. «Vedrai che tutto si aggiusta, vedrai che tutto tornerà come prima, e magari ce ne potremo andare via da qui. Sono anni che te lo dico, dobbiamo andarcene via, e io il posto adatto, meraviglioso, l'avrei anche trovato... ma tu ti opponi, per te esiste solo Milano, questa città ti travolge, non te ne sei accorto? Non hai più l'età per affrontare i mutamenti della metropoli, per noi ci vuole un piccolo centro, il mare, una casetta colorata sul golfo, ma tu... tu non ti vuoi sradicare da questa casa, da questo quartiere, e guarda in che pasticci ti sei cacciato... Adesso non potresti abbandonarla la casa di ringhiera neanche se volessi, almeno fino al processo...».

Insomma, senza perdere l'occasione per rimproverare Consonni di qualcosa, Angela gli comunicava che lei era in partenza, e sarebbe stata lontana per un po'. Andava a Bruxelles, da sua figlia Giulia, che era in difficoltà per una questione prematrimoniale, e che aveva bisogno di aiuto.

Consonni più o meno sapeva quale fosse il problema di Giulia, con quell'omone nero come la pece con cui si accompagnava e che rispondeva al nome, se ne aveva voglia, di Marc. Però sapeva anche che la trasferta di Angela, almeno sotto il profilo pratico, era inutile, che avrebbe potuto fare lei per Giulia?

Capiva invece che Angela aveva bisogno di un break (parola che l'Amedeo non avrebbe utilizzato), e che questo break riguardava anche lui e le sue insane abitudini.

Angela glielo aveva detto innumerevoli volte, di non occuparsi più dei crimini, di bruciare la sua collezione di ritagli di cronaca nera, di dedicarsi ad altre cose, alla sua età. E Consonni ci aveva provato, ci aveva messo tutta la sua buona volontà, ma era colpa sua se gli eventi avevano il potere di trascinarlo dentro situazioni a dir poco equivoche? Che c'entrava lui?

Fatto sta che Angela se ne andò, prendendo un aereo per Charleroi.

«Perché non mi vieni a trovare in Belgio? Ho preso un bilocale in un residence, c'è posto anche per te, potremmo andare a Bruges, a Gent, il Belgio è bello, sai?».

Consonni rinveniva in questo argomento un filino di ipocrisia, perché Angela sapeva che Consonni a Bruxelles, pigro com'era, non ci sarebbe mai andato, e che della pittura fiamminga gliene interessava poco. E inoltre non poteva neanche andare all'estero, a causa del fatto che era in attesa di giudizio. Senza averne la massima consapevolezza, leggeva nel comportamento di Angela un bisogno di pausa, soprattutto nei suoi confronti, e non la biasimava per questo.

Ma senza Angela, che ne sarebbe stato di lui?

Infatti nei giorni successivi dovette fronteggiare la sua mancanza. A parte gli incarichi per tenere uno svogliato Enrico la sua vita era vuota.

Per esempio quella sera, una volta accompagnato il nipote fino alla macchina della mamma, che lo aspettava fuori dell'androne: «Fai il bravo Cipolla, eh? Ci vediam domani», tentennava rientrando a casa. Che avrebbe fatto, tutto solo? Avrebbe guardato un po' di TV? Un lavoretto da fare l'avrebbe anche avuto, rimettere a posto certi cuscini che gli aveva lasciato una signora amica della Mattei-Ferri. Ma erano dei cuscini di nessun valore, brutti, perché avrebbe dovuto risistemarli? Quando lui faceva il tappezziere lavorava solo con oggetti e stoffe di gran pregio. Si soffermò un attimo sul ballatoio, avrebbe volentieri fumato una sigaretta.

Così vide due ragazzotti magrebini entrare a tutta velocità in motorino nella corte della casa di ringhiera. Si nascosero dietro l'angolo, parevano assai inquieti. Uno dei due scese dallo scooter e si affacciò all'androne, col casco in testa. Anche l'altro scese e si accese una sigaretta, almeno gli assomigliava.

Dopo un po' risalirono sul motorino, indecisi, sgassavano senza ripartire.

Alcuni inquilini si affacciarono, quelli non se ne curarono più di tanto. Consonni rientrò in casa, pensando: «Eh».

Donatella Giorgi, che stava rincasando in quel momento, li vide benissimo e si preoccupò. Erano di quelli di via Padova, gente di cui aver paura, ragazzini di quindici sedici anni che non ci mettono niente a tirare fuori il coltello.

Urlavano in arabo, a un certo punto arrivò una macchina grossa, ma appena quella stava per entrare i due scapparono a tutta velocità, passandogli a fianco. Allora gli altri fecero retromarcia e gli andarono dietro.

Donatella, che aveva figli piccoli, pensò che, per l'amor del cielo, non è per essere razzisti, ma nel quartiere non si stava più tranquilli.

Nel frattempo Consonni, in cucina, si preparò... niente, si preparò, non aveva fame. Era indeciso se chiamare Angela, per sapere se il viaggio era andato bene, ma resistette, aspettava che chiamasse lei, per resocontargli tutte le notizie da Bruxelles. Angela non chiamò.

E così avvenne nei giorni successivi, Angela non lo chiamava mai. E quando Amedeo, forzandosi, tentò di parlarle, lei rispose a monosillabi, dicendo che la situazione di Giulia era molto complicata e che adesso non aveva tempo di parlargliene. Lo avrebbe richiamato lei, appena le cose si fossero un minimo chiarite.

«Ti chiamo io».

Mai era successo che Angela gli buttasse lì una frase del genere, che è come dire «Non mi disturbare». Ma che stava succedendo? Che le era preso ad Angela?

Consonni uscì sul ballatoio col cordless in mano, esterrefatto. Vide De Angelis che rientrava con la sua BMW decappottabile roadster, e che dopo aver posteggiato controllava la posizione delle ruote rispetto ai picchetti che definivano la sua area privata di parcheggio. Su Milano gravava una nebbiolina fine e chiara. Di fatto il cielo, soprattutto verso Loreto, sembrava illuminato di un colore giallo-grigio.

In quel periodo così confuso e problematico Consonni si ritrovò un po' solo. I suoi ritmi routinari, spesso forzosi o comunque inconsapevoli, erano saltati.

La mattina, quando Enrico era a scuola, non sapeva esattamente cosa fare, si segnava sull'agendina certi impegni quotidiani, che spesso consistevano in una o due telefonate all'avvocato o all'amministratore di condominio.

Eppure era abituato a mettersi in ordine di marcia abbastanza presto, la mattina usciva. Che ci faceva in casa? Così aveva preso sistematicamente a fare colazione al bar, mentre per tanti anni, almeno da quando era in pensione, l'aveva sempre fatta in cucina. Ma adesso gli piaceva così, un caffè e una brioche in un bar che non era neanche sotto casa, per raggiungerlo doveva fare quattro passi, che al mattino ci vogliono. Il fatto è che in quel bar si trovava bene, soprattutto perché ci lavorava una ragazza con la quale era entrato un filino in confidenza. Una ragazza gentile, straniera. Poteva avere qualcosa come venticinque anni, ma anche ventotto, vai a saperlo con queste ragazze d'oggi. Era straniera ma per prima cosa parlava benissimo l'italiano.

La ragazza era ceca, ci teneva a dirlo, ceca e non cecoslovacca, come aveva detto alla prima occasione il Consonni, che di geografia post crollo del Muro non si intendeva. Non molto alta ma neanche bassa. Quand'era di turno al bar indossava una sorta di gilet con la cravatta e un cappellino, probabilmente era obbligatorio. Era slanciata ma abbastanza formosa, Consonni la guardava da dietro mentre quella gli preparava il caffè, e manteneva lo sguardo fisso sul sedere che era bello tondo, i fianchi non li aveva troppo larghi. Consonni non sapeva che i baristi, e soprattutto le bariste, mentre fanno il caffè vedono benissimo quello che accade dietro di loro, riflesso nello specchio (che serve proprio a controllare quello che avviene al banco), se non addirittura nella superficie lucida della macchina da caffè. Così la ragazza, che si chiamava Svetka, aveva visto ripetute volte che quel signore anzianotto e ben portante, estremamente gentile – chiedeva sempre il caffè «per favore» e quando lo riceveva diceva «grazie mille», usanza rara, soprattutto in Italia – le guardava insistentemente il culo. A parte il fatto che lo facevano tutti, senza distinzioni di età anagrafica e di censo – d'altra parte quando si aspetta il caffè cosa si deve guardare –, quel signore lo faceva con educazione, se così si può dire.

Più che dal sedere Consonni era vividamente impressionato dagli occhi di quella ragazza, azzurrissimi, quasi blu, con un iride gigantesco, sembrava che non avesse il bianco. Forse dipendeva da come si truccava, un sottile ma intenso filo nero sopra e sotto. Il terzo punto era il sorriso, un bel sorriso schietto, senza moine, che si illuminava spesso, al momento della consegna del caffè, mentre la ragazza pronunciava un «prego», con la «e» stretta, ma non perché imitasse l'accento milanese, lo diceva in un'altra maniera, come gli stranieri dell'Est.

La quarta caratteristica della ragazza era che aveva una bella voce, educata, calda, non come la maggioranza delle ragazze di oggi che ce l'hanno stridula e sguaiata, come delle galline strozzate. Quante volte era capitato al Consonni di vedere in centro una bella ragazza, ben vestita, con delle gambe lunghe due metri, i capelli scintillanti e ben pettinati: poi ci passavi accanto e sentivi una voce orribile, acutissima e deformata, insopportabile. Ai tempi suoi le ragazze avevano una voce più bella, e quella Svetka lì sembrava appartenere a un'altra epoca, anche soltanto quando diceva «prégo», con la «e» stretta e allungata.

Ma con Consonni ci furono scambi più lunghi, come succede in tutti i bar. D'altra parte lui si sentiva fuori tempo massimo, non aveva alcun timore che quella ragazza potesse pensare che quello faceva il cascamorto, come tutti gli uomini dai venti a sessant'anni che frequentavano il bar. Lui si sentiva fuori da quei giochetti, e la ragazza proprio per questo gli dava maggiore confidenza. Altri avventori quarantenni le sbavavano addosso e le dicevano cretinate, tipo «Stanca stamattina?», «Hai dormito bene stanotte?» e ridevano. Lei accennava un sorriso, ma giusto di circostanza.

Poi Consonni aveva cura di andare al bar in un orario intermedio, non troppo vicino alla prima ondata delle otto di mattina, non troppo vicino a quella delle dieci, per il secondo caffè. A quell'ora c'era meno gente, e poteva scambiare due parole con la ragazza, dal «Come va oggi?» a «Buongiorno, il solito caffè?», da «Oggi secondo me ho l'influenza» a «Fossero tutti gentili come lei».

Ma il sorriso non mancava mai, e un bel sorriso ti fa iniziare meglio la giornata.

Consonni senza volere divenne un assiduo cliente di quel bar. Chiedeva brioche e cappuccino, e ironizzava con Svetka sulle assurde ordinazioni che fanno oggi i frequentatori dei bar: «Un caffè macchiato tiepido in tazza grande con molta schiuma e un po' di acqua fredda a parte...», «Un cappuccino scuro non troppo caldo con un po' di latte freddo a parte». Lei si intratteneva volentieri con lui perché pareva un gentiluomo che le parlava come se fosse sua nipote.

Gli diceva «Buongiorno bellissimo signore del mio cuore» e lui andava in brodo di giuggiole.

Un giorno Consonni stava tornando a casa nel primo pomeriggio. Poi pensò, che ci torno a fare, tanto dopo poco doveva andare a prendere Enrico alla Materna. Allora decise per un caffè da Svetka. A quell'ora non c'era nessuno, e Svetka si sedette al tavolino con lui, bevendo una bibita, e mostrando il migliore dei suoi sorrisi. Pareva serena, contenta di farsi una breve pausa in conversazione proprio con quel signore.

Gli raccontò qualcosa di sé, che era laureata in Letteratura Italiana, a Praga. Era venuta per un Erasmus (Consonni non sapeva che cosa fosse l'Erasmus) a Pavia, e si era talmente innamorata dell'Italia che non era riuscita ad andarsene via. Adesso puntava a una borsa di studio per fare la Magistrale, per questo cercava di raggranellare qualche soldo lavorando al bar, in modo da pagarsi il proseguimento degli studi. Ma era così dura! E la vita a Milano è così cara, come fare a mettere qualcosa da parte?

Consonni si intenerì di fronte a questo quadretto struggente, in lui montò bruscamente l'afflato di dichiararsi disponibile ad aiutare, anche economicamente, la ragazza. Consonni era già pronto, ma si trattenne, lei l'avrebbe sicuramente presa male, come un goffo corteggiamento, cosa che al Consonni, almeno secondo la sua autopercezione, non passava neanche per la testa.

Farle solo un regaluccio? Un innocente e anonimo regaluccio?

Consonni si stava affezionando, ed era quasi certo che la ragazza, in qualche modo, si stesse affezionando a lui, in maniera disinteressata, perché tutto sommato lo capiva meglio di chiunque altro, Angela compresa.

Consonni arrivò in ritardo alla Materna, l'Enrico era sul portone in grembiule che lo aspettava, insieme alla maestra. Consonni chiese scusa, si inventò una piccola balla, senza rendersi conto che gradatamente stava perdendo la testa, in attesa di rivedere Lei.

Caterina passò a prendere l'Enrico come al solito intorno alle otto e un quarto, già cenato. Il nonno gli aveva preparato una classica cotoletta alla milanese con patate fritte, e gli aveva permesso di mangiarla davanti alla televisione, ai cartoni.

«Cosa ti ha dato il nonno da mangiare?».

«Minestrone» rispose il bambino senza indecisioni, ben istruito dal nonno.

Caterina guardò suo figlio fisso negli occhi. «Non è che ti ha dato come al solito la milanese, no? Sento puzzo di fritto».

«No, la milanese l'ho fatta per me, se non ti dispiace» rispose l'Amedeo dalla cucina, stava lavando i piatti. «Vorrai impedire anche a me di mangiarmi una bella cutulèta?».

«Non ti farebbe male smettere di rimpinzarti di tutte quelle schifezze fritte! Vieni Enrico, vieni che andiamo!».

Enrico di malavoglia si fece infilare la giacca a vento e a braccia basse si incamminò.

«Ciao nonno».

«Ciao Cipolla, mi raccomando. Ci vediam domani».

Consonni mentre finiva di lavare i piatti era di ottimo umore, quasi euforico. Canticchiava fra sé e sé, però a voce alta, alcune canzoni che da giovane gli piacevano, come *Visioni* dei New Trolls («*Risplende l'alba già, e sono solo ormai, ripenso ancora a lei, a poche ore fa...*») oppure *Era bella* dei Profeti («*Era bella, era bella, era bella, era bello restare con lei, era giusto esser liberi e amare così. Che c'importa del mondo...*»).

Non riusciva più a non pensare a lei. E Angela?

Accese la radio e si sintonizzò su un canale di musica classica. Non se ne intendeva molto, ma la sinfonia lo commosse, d'altronde i suoi sentimenti erano già allertati, accesi, ipersensibilizzati.

Si sdilinquiva, gli pareva di essere ubriaco, si perdeva in pensieri minimi, e in altri a carattere cosmico, ma alla fine la sua mente trovava posto solo per Lei.

Che male faccio a pensare a lei? Che male c'è a concentrarsi su una cosa bella? Poteva anche essere un'opera d'arte, ma questo al Consonni non sarebbe riuscito, oppure un bel paesaggio montano, ma una immagine di questo tipo gli faceva soltanto venire in mente che erano cose perdute, che non sarebbero tornate più.

Invece di Svetka a Consonni piaceva ricordare le sembianze, la voce, qualche innocente battuta scambiata al bancone. Navigava in un vago senso di imbambolamento irriflesso, un interesse disinteressato che forse dell'amore è la parte più bella. Che ne saprà mai lei se io la penso?

La mattina dopo si svegliò di ottimo umore, quasi gagliardo. Si fece una doccia bollente canticchiando. I suoi pensieri lo portavano sul tema della gentilezza. La gentilezza è proprio un dono di natura, è difficile da insegnare: si può educare, migliorare, ma certe persone, soprattutto donne, la possiedono naturalmente, e le loro sembianze la trasmettono. E in ogni caso a lui interessava molto di più la gentilezza femminile di quella maschile, spesso affettata, intrisa di ritualismi borghesi; invece Svetka ce l'aveva nel sangue, nel sorriso, e in quegli occhi blu.

In canottiera uscì sul ballatoio, cantando un pezzo dei Pooh. La giornata pareva mettersi al meglio, il cielo era sereno e terso, l'aria corroborante.

In quel momento Consonni vide il signor Giorgi con le borse della spesa, andava di fretta, doveva rientrare al suo posto di lavoro, le condizioni del quale erano abbastanza proibitive, almeno a fronte dell'idillio del Consonni, che gli lanciò un baldanzoso «Ohilà, Giorgi!». Questo rispose con un mesto accenno.

Claudio Giorgi, il badante, per meglio dire il Cenerentolo, rientrò affaticato nell'appartamento della signorina Olga Mattei-Ferri, le aveva fatto la spesa.

«Come sta signorina?».

«Perché mi chiama signorina, le dà fastidio chiamarmi signora?».

«Ah, mah... non so, la chiamano sempre tutti signorina».

«Ecco, lei invece mi chiami signora, che signorina non mi piace».

«Va bene, signora».

«Che si mangia oggi?».

«Io le farei dei capellini in brodo, il brodo è quello di verdure, è avanzato da ieri, è buonissimo».

«I capellini in brodo? Ma non siamo mica in ospedale».

«Allora cosa preferirebbe?».

«Cosa fa, mi prende in giro? Noto dell'aggressività in lei. Mi sta sfottendo?».

«Ma si figuri, signora, io sfottere lei».

«Guardi, prima di cucinare mi deve cambiare il pannolone, lo sento fradicio, ma possibile che debba pensare a tutto io? Nelle mie condizioni?».

«Va bene, signora, ma io dovrei fare le pulizie, al mattino, e poi c'è da preparare il pranzo».

«Cos'ha da lamentarsi? Vuole andare al sindacato? Vuole andare anche lei alla CISL? Lo sa che tutte le badanti vanno alla CISL, e poi ti fanno causa».

«Io? Causa? Ma se questo lavoro non lo potrei neanche fare, ma che dice, invece dei capellini in brodo le va bene uno spaghetto cacio e pepe?».

«Ma lei mi vuole ammazzare, cacio e pepe, cos'è che è, roba da terroni?».

«Me lo dica lei cosa vuole mangiare, signora, vediamo se riusciamo».

«Io vorrei una cosa non da vecchietti e da ospedale, ma neanche roba da trattoria di quart'ordine: una cosa leggera ma appetitosa».

«Le faccio un risotto con i carciofi?».

«Carciofi? Ha comprato i carciofi?».

«Sì, ne ho comprati due».

«E chi gliel'ha detto?».

«Non so, mi sembravano belli, due carciofi».

«Lei non prenda iniziative, nessuno glielo chiede, comunque va bene il risotto ai carciofi, col brodo di verdure. Ma non ci metta troppo aglio».

«Va bene, signorina».

Claudio svolgeva mansioni di badante da un paio di settimane presso la signorina Mattei-Ferri, invalida civile. Questa soffriva di una paralisi agli arti inferiori dovuta a una grave lesione neurologica alla colonna vertebrale, provocata da un trauma, era caduta dalle scale, una ventina di anni prima. Quindi la Mattei-Ferri godeva di una pensione di invalidità, e di quella campava. Purtroppo negli ultimi tempi la situazione si era aggravata, a causa di una nuova caduta nella vasca da bagno. Si era incrinata due vertebre lombari e per questo doveva portare un voluminoso busto di materiale plastico. Questa situazione aveva estremizzato la sua condizione di invalidità, per cui aveva dovuto trovare qualcuno che si occupasse di lei, un badante. Claudio Giorgi, per l'appunto, un ex condomino. Diciamo ex perché era stato buttato fuori di casa, dalla moglie, per i suoi problemi di alcolismo, e per i suoi comportamenti violenti e incontrollabili. Ma negli ultimi tempi Claudio si era sottoposto alla detox, ovvero alla disintossicazione. Per questo abitava in una casa famiglia. Pareva comunque essersi messo a rigare dritto. In ogni caso fu l'unico disposto ad accettare la cifra di 400 euro al mese per 8 ore di lavoro al giorno.

Gli accordi prevedevano che Claudio arrivasse a casa della Mattei-Ferri alle nove di mattina, facesse i mestieri, andasse a fare la spesa, si occupasse della signorina e della sua igiene personale, poi del pranzo. Dopo che la signorina aveva mangiato poteva farlo anche lui, con quello che era avanzato. Per cui dalle 13 alle 14, quando la Mattei-Ferri faceva il pisolino, lui era considerato in pausa, non pagata.

Nel pomeriggio doveva rispondere alle esigenze della signorina, fino alle diciotto, quando per lui finiva il turno lavorativo. In realtà quasi sempre si tratteneva più a lungo, perché la signorina manifestava sempre dei bisogni urgenti a quell'ora. Insomma lavorava come un negro, per la cifra che si è detto. Normalmente per un lavoro di badante di una persona invalida come quello che svolgeva il Claudio la paga prevista era più del doppio di quella concordata, più vitto e alloggio, ma la Mattei-Ferri era stata chiara, prendere o lasciare, lei di soldi non aveva di più, e inoltre se dava un lavoro a quell'alcolizzato del Giorgi era più che altro per un atto di carità. Il Giorgi aveva accettato. Però non si sarebbe mai immaginato che il lavoro fosse così duro.

Claudio mostrava buona volontà, dedizione, e una grande disponibilità anche a far fronte alle situazioni più incresciose e lavori più umili. Inoltre riusciva a sop-

portare il pessimo carattere della signorina, che era il compito più arduo.

Se ne stava accorgendo anche sua moglie, Donatella. Per il momento voleva essere molto prudente, dopo tutto quello che le aveva fatto patire il marito. Che poi non era la prima volta che si sottoponeva alla detox. Ma quante altre volte era riaffondato nell'alcol, mandando tutto in rovina. Donatella si era imposta di lasciar passare mesi, se non anni. Solo dopo un lungo periodo, forse, si sarebbe potuta fidare di suo marito, che comunque, in un modo o nell'altro, adesso ripassava per la casa di ringhiera, perché andava dalla Mattei-Ferri. Il giudice aveva dato il permesso. E anche lei non aveva messo i bastoni fra le ruote: in questo modo Claudio vedeva i bambini anche tutti i giorni, quando in realtà avrebbe potuto farlo, anche a distanza, non più di una volta la settimana. Fra l'altro Claudio le aveva consegnato la sua prima paga praticamente per intero, trattenendo per sé soltanto 35 euro su 400, per i mezzi pubblici.

Claudio alle dodici e mezza aveva messo a posto la signorina, le aveva preparato un ottimo risotto ai carciofi, poi l'aveva ripulita, le aveva fatto indossare il pijama, insomma aveva completato i suoi incarichi, almeno mattutini. Ma nel pomeriggio la padrona commissionò al povero Cenerentolo le pulizie dei vetri, con il prodotto e la carta di giornale. Ma da quant'era che non li pulivano? Eppure per la signorina i vetri delle finestre erano uno strumento di lavoro, passava tutto il suo tempo a curiosare fuori.

Così anche quel giorno il Giorgi dovette trattenersi fino a tardi. Per cena alla signorina andarono bene i capellini in brodo, la sera è meglio stare più leggeri. Alle sette e dieci Claudio prese la metro per tornare alla casa famiglia di via Cirenei, dove risiedeva e dove avrebbe consumato un pasto a base di riso, patate e zucchini.

La sera Consonni portò Caterina ed Enrico a mangiare una pizza, faceva lo splendido. Era gasato, entusiasta. Aveva rivisto la ragazza, e lei gli aveva detto che era contenta di vederlo. Gli aveva fatto un po' di moine, ma in modo assai educato. Così il Consonni adesso era proprio di ottimo umore.

«Che cos'è questa novità? Una pizza di mercoledì?».

«Ma dai Caterina, non avevo voglia di cucinare...».

Alle sette e mezza entrarono in una pizzeria del quartiere. Enrico volle una prosciutto e funghi, Caterina prese una Napoli, Consonni addirittura una esuberante Quattro stagioni. Era allegro. Caterina non la vedeva chiara, e nemmeno l'Enrico, perché sapeva che se c'era la mamma non avrebbe potuto avere una Coca.

«Ti trovo bene, papi, ti trovo in ottima forma. Ci sono novità?».

L'intento di Caterina era chiaro. «Dai papi, è perché ti sei liberato di quella lì?».

«Di quella lì chi?».

«Dai che ci siamo capiti».

«Non me ne sono affatto liberato, Angela è a Bruxelles perché Giulia ha dei problemi».

«E così è andata a sfinire la figlia, invece che sfinire te».

Fra Caterina e Angela non c'erano mai stati buoni rapporti, e la figlia di Consonni non perdeva occasione per dare qualche staffilata al padre, e alla sua «fidanzatina», che secondo lei era una cacciatrice di eredità.

«Beh, sai, alla nostra età una breve pausa non può che far bene, ma allora Cipolla, ti piace la pizza?».

«Eh sì, eh...».

Consonni non voleva intristirsi.

«Per el stomegh d'on bon milanés ghe va robba del noster paes, te' capì Enrico?».

«La pissa l'è no roba de Milan ma la me pias» rispose il bambino, a cui non mancava nessuna arguzia.

«Smettetela voi, dove pensate di essere, all'osteria?».

Il nonno rideva.

«Mi pensi propi inchì».

«Tas pirlash» gli disse il nipotino, immerso nella pizza. L'atmosfera era frizzante, e alla fine coinvolse anche Caterina, che bevve un paio di bicchieri di rosso e si fece qualche risata, cosa che avveniva di rado.

Sulla strada per casa, in macchina, chiese all'Enrico: «Non trovi che il nonno, senza la signora Mattioli, sia molto più simpatico?».

«Chi, la nonna Angela?».

«Non è affatto tua nonna, non la chiamare mai più così, chiaro?».

«Come vuoi tè» disse Enrico, chiudendo l'argomento e la conversazione.

Consonni tornò a casa che erano le nove e un quarto. Saltellava, e davanti alla porta fece addirittura un piegamento sulle gambe. Hop! disse fra sé e sé. Era felice di essere nel suo rifugio, dopo aver passato la serata con l'Enrico e la Caterina, felice di potersi adesso dedicare alle sue innocenti fantasie amorose.

A quell'ora Gianmarco e Margherita, i figli dei Giorgi, erano in cameretta, che giocavano e parlavano fra di loro del più e del meno.

«Li hai visti quei due col motorino che vengono sempre qua dentro? Che ci vengono a fare?».

«Ha detto la mamma che quelli lì sono due spacciatori, di stare alla larga».

«E cosa ci vengono a fare qua dentro?».

«A fare i puscier».

«E che cosa vuol dire?».

«Vendono la droga».

«Ma a chi, alla signorina Mattei-Ferri? Al signor De Angelis? Al Consonni? Sei scemo?».

«Ma no, stupida, è un loro posto di ritrovo, si danno gli appuntamenti qui».

«E per fare cosa?».

«Per prendere accordi».

«Quali accordi?».

«Su dove ritrovarsi per scambiarsi la roba».

«E perché non se la scambiano qui?».

«E che ne so. Loro fanno il giro e consegnano la droga».

«E a chi la consegnano?».

«Ma non lo so, magari a qualcuno che sta qui vicino, e si trovano qui perché è un posto sicuro».

«Perché hanno bisogno di un posto sicuro?».

«Perché se no li scoprono».

«Ma noi li abbiamo già scoperti».

«Eh, ma cosa gli importa a loro, loro non vogliono essere scoperti da altre gheng».

«E cos'è una gheng?».

«Va là, te lo spiego un altro giorno, adesso dormi».

«E se ci hanno visto?».

«Siamo perduti. Ha detto la mamma che quelli tirano fuori il coltello».

«Ma secondo te ci hanno visto?».

«Speriamo di no».

«Ma noi siamo dei bambini, mica ammazzeranno i bambini».

«Quelli non guardano in faccia a nessuno».

A Gianmarco faceva piacere terrorizzare sua sorella, ci godeva a metterle paura, a dipingerle scenari spaventosi. In questo caso non poteva fare tanto il superiore perché di quei ragazzi grandi aveva paura anche lui.

«Buonanotte».

«Buonanotte».

Consonni era uno che aveva sempre sognato poco.

Di pochi sogni si ricordava, quei sogni reiterati dove lui si ritrovava a essere richiamato per fare il militare una seconda volta. «Io l'ho già fatto il militare!» replicava Consonni, ma non c'era niente da fare, doveva ripresentarsi in caserma. Oppure quando smise di fumare sognava sempre di fumare di nuovo, e quando si accorgeva di averlo fatto si rimproverava: «Oddio, ho fumato, e adesso come faccio?». In effetti questi sogni lo lasciavano interdetto, con una vaga sensazione di magone, ma erano una rarità. Pertanto quando Consonni ascoltava i resoconti di Angela sulla sua intensissima attività onirica rimaneva stupefatto: Angela un giorno sì e uno no gli raccontava dei sogni stranissimi che lei faceva, soprattutto al mattino. Animali, alberi, parenti, precipizi, colori e forme, persino odori. Lui non sapeva che dirle perché di solito non sognava niente.

Almeno fino a qualche giorno prima rispetto a quello di cui stiamo parlando.

Adesso invece sognava spesso, ogni mattina.

Ne sognava di tutte, ma la cosa che lo scombussolava era che nei sogni lui aveva un'età completamente diversa da quella reale (66). Nei suoi sogni lui aveva circa venticinque anni, il periodo in cui aveva conosciuto la Luigina, quella che sarebbe diventata poi sua moglie. In questi sogni Consonni si trovava perlopiù in viaggio, e normalmente si perdeva in qualche città o isola sconosciuta. Aveva con sé una valigia, ma sempre al momento del ritorno non riusciva più a fare i bagagli, a metter via tutta la sua roba, una massa indistinta di pacchi, abiti e materiali vari per contenere la quale di valigie ne sarebbero servite almeno altre tre.

Nel sogno era disperato, ma a quel punto si svegliava... e quando la coscienza lentamente cominciava a riaffiorare doveva rimettere a registro la sua età: ma io non ho venticinque anni, ne ho quaranta, macché quaranta, ne ho più di cinquanta, cinquanta? Ne ho sessanta. Ne avevo sessanta, adesso ne ho sessantasei e sono in pensione. Questo brusco décalage gli costava molte energie, si alzava e si infilava in bagno, alla ricerca di un po' di lucidità, per rinfrescarsi la mente con l'acqua tiepida.

Quella notte sognò Svetka, senza mezzi termini. Era proprio lei, con i suoi occhi incredibilmente azzurri, insieme andarono al cinema. Lui si immaginava che la ragazza gli stesse per chiedere aiuto, e invece fu lei a offrire il proprio. «Io posso essere tua amica» gli disse, come se ne avesse la coscienza e la forza.

Consonni si svegliò alle quattro, in un bagno di sudore.

Dopo una notte così irrequieta la mattina dopo Consonni cercò conforto in una bella doccia, ma stordito dai sogni e dai disturbi del sonno si trovò a passare davanti al grande specchio di camera sua, che lo riprendeva per intero. Così si vide nudo, con la grossa pancia, con il pisello rannicchiato sotto, con la peluria rada e sbiadita sul pube e altrove. Aveva delle scure occhiaie, la barba lunga canuta, e svariate macchie di cheratosi senile un po' da per tutto, sul petto, sulle cosce, sulla pelle altrimenti bianco latte, avvizzita. Gambe secche e corpaccione.

E questo sono io? Questo è il cretino che pensa alle ragazze giovani?

Consonni chiuse gli occhi, e forse perché ancora sopraffatto dalle immagini oniriche non poté evitare che davanti a lui si materializzasse una scena in cui entravano due personaggi, nudi su un letto a due piazze: lui e Svetka. Scrollò la testa, come per liberarsi di questa terribile visione, che gli faceva venire il vomito. Ma che schifo! Una così bella ragazza accanto a una specie di grosso verme imbolsito e pallido!

Cercò di respingere l'immagine, indossò l'accappatoio, si bevve un altro caffè, ma quella gli rimaneva in testa, come se ce l'avessero incollata!

Non riusciva a figurarsi neanche un bacio. Neanche un semplice bacio. Vedeva con terrore le sue labbra vecchie e senza colore appoggiarsi a quelle fresche e toniche di Svetka. Gli pareva una scena agghiacciante. E poi, dopo aver pressato le labbra su quelle della ragazza, che avrebbe fatto, le avrebbe infilato la lingua in bocca? Una lingua flaccida e porosa, che sapeva di minestrone? E se lei avesse risposto infilando la sua di lingua, che cosa avrebbe fatto se non raggiungere la protesi di quattro denti, che con tutta probabilità si sarebbe staccata?

Ah, Consonni si faceva schifo solo a pensarle quelle cose, ma l'oggetto dello schifo non era la situazione, era lui stesso. Come fanno le persone anziane ad andare con persone giovani, maschi o femmine che siano? Eppure si leggeva su tutti i giornali, uomini di ottant'anni che si fidanzavano con donne di venticinque, o anche meno. E talvolta, più raramente, viceversa. E dire che c'erano dei dementi che dicevano che la vera maturità e intensità dei rapporti sessuali si verifica dopo i sessant'anni... ma Santa Madonna, che stupidate dicevano?

Consonni tornò con la mente ad Angela e ai rapporti sessuali che aveva con lei. Però, in effetti, non si baciavano mai, e soprattutto avvenivano così, senza troppi pensieri: lui non si vedeva mentre lo faceva e a dire il vero lui la patata di Angela non l'aveva mica mai vista. Ce l'aveva solo infilato dentro, grazie alle pasticche celestine. E chissà come mai la posizione che sceglievano sempre, quelle poche volte, era a macchinina, o a trenino, che è la più comoda perché si sta di fianco e inoltre non si vede la faccia del partner.

E dunque lui non si era mai guardato né visto in quell'impresa, che fra l'altro avveniva nella semioscurità. Adesso invece non riusciva a togliersi dalla testa quelle scene di lui e Svetka insieme, a baciarsi. Si passava la lingua sugli incisivi. Avrebbe volentieri messo fine a questi tormenti sbattendo la testa contro il muro. Eppure, eppure non riusciva a dimenticarsene, non aveva pensieri che per lei. Cosa avrebbe potuto comperarle quella mattina, dei fiori?

Si sentiva a disagio.

E Angela, che stava facendo a Bruxelles? Se fosse stata a Milano magari le avrebbe parlato, si sarebbe confessato, lei avrebbe saputo come consigliarlo, avrebbe capito tutto, anche se in altre circostanze, del tutto immotivate, aveva temuto che Amedeo avesse perso la testa per una giovincella. Ma ora Angela evidentemente aveva altri problemi da risolvere, con sua figlia. Scriverle una lettera? Ma per dirle cosa, che si faceva schifo a guardarsi allo specchio?

Consonni si mise a cercare la sua vecchia tuta sportiva. La trovò in un baule che puzzava di naftalina. Risaliva a una quarantina d'anni prima, era talmente démodé che adesso la si sarebbe potuta considerare più che vintage. Sopra c'era, ricamata, la scritta «Lodigiana».

La indossò, doveva uscire presto, se no lo vedevano. Le scarpe da tennis erano delle Superga, anch'esse assai vintage.

Si affacciò fuori della porta e si guardò intorno, per accertarsi che nessuno lo stesse spiando. In effetti i ballatoi della casa di ringhiera erano deserti, ancora le normali attività non erano ricominciate. Probabilmente la Mattei-Ferri era già piazzata nel suo posto di osservazione, pertanto lui fece il giro largo, scese dall'altra rampa di scale e per uscire sfruttò l'angolo morto, quello che la Mattei-Ferri non poteva vedere.

Uscì dall'androne della casa di ringhiera e al piccolo trotto si avviò in direzione della stazione metro di via Padova. Non aveva il coraggio di mettersi a correre in mezzo alle strade di città, si vergognava, avviò il passo di corsa una volta dentro il Parco Trotter, che si chiama così perché una volta c'era una pista di trotto. Il parco non era in grandi condizioni, Consonni sapeva benissimo che non era neanche ben frequentato, molte delle palazzine erano cadenti, era una vita che non ci capitava. Comunque la ex pista per i cavalli era l'ideale per farsi una corsetta. Non era l'unico ad averla pensata così, c'erano dei signori e delle signore, non necessariamente più giovani di lui, che sollevavano le gambe e andavano a una velocità quadrupla della sua. Dopo un giro Consonni era estenuato, congestionato e senza fiato.

Quando fu di ritorno a casa erano passate le otto, e la maggioranza dei residenti si era messa in movimento: i bambini stavano per uscire per andare a scuola, il De Angelis era già pronto per dedicarsi al lavoro sulla sua BMW Z3 roadster. Consonni scivolò nell'androne e sgattaiolò dentro il suo appartamento. Era paonazzo e tutto sudato. La prima cosa che fece fu quella di pesarsi. Gli sembrava di non aver perso un grammo, rispetto al giorno precedente. Poi fece la doccia. Si sentiva stanco ma pieno di energie.

Quando si rivestì, cercò di prestare maggiore attenzione a quello che si metteva addosso, il golf di cachemere? Mi fa vecchio, me lo dice sempre anche Angela. Si mise i pantaloni di velluto blu, che lo sfilavano un pochettino, sopra un maglione a collo alto, che gli pizzicava la pelle ma che non fa vedere la pappagorgia. Insomma, dài Consonni, non è che devi andare al ballo. Si prendeva in giro, con indulgenza, ma dovette affrettarsi perché ormai erano già le nove. Uscì per andare a prendere il caffè.

«Che bel colorito che ha oggi, ha preso il sole?» gli disse Svetka, che obiettivamente un po' civetta lo era, comunque sembrava conoscere alla perfezione tutto quello che a Consonni faceva piacere ascoltare.

«Ah, no, la mattina, quando ho tempo, faccio un po' di esercizio».

«Ecco perché è così in forma! Vedesse mio padre, pesa più di cento chili».

A questa rapida battuta Consonni non sapeva se essere lusingato o ferito nel profondo.

È vero, lei gli diceva che era in forma, ma anche che le ricordava suo padre, che magari aveva dieci anni meno del Consonni. Il padre...

Ma l'importante è l'età che ci si sente dentro, mica il dato anagrafico bruto. Ora, Amedeo Consonni non era rincoglionito a tal punto da pensare un'idiozia del genere, però, chi lo sa, provava un senso di leggerezza tale che una cosa del genere l'avrebbe anche potuta sussurrare, o magari pensare in silenzio, di nascosto. Inoltre il sorriso di Svetka gli tolse dalla mente qualsiasi retropensiero.

«Ma lei è sposato?» gli chiese la barista all'improvviso, mentre preparava un cappuccino la cui schiuma aveva la forma di un cuore, e non della solita cipolla.

«Io? Beh, lo ero».

«È divorziato?».

«No, sono vedovo».

Oddio che parola ho usato, la parola *vedovo*, fa vecchio? Vedovo e pensionato: mamma mia!

Uscendo dal bar il Consonni si sarebbe mangiato la lingua. Ho fatto la figura del vecchio lamentoso, dell'uomo senza risorse e senza speranze, e invece di cosa hanno bisogno queste nuove generazioni, se non di un po' di entusiasmo, di un po' di incoscienza, una speranza nel futuro! Vedovo, ho detto! Potevo dire che avevo perso la mia prima moglie, tanti anni prima. Potevo anche dire che la sentivo sempre vicina a me, fa tenerezza. Ma come mi salta in mente di usare la parola *vedovo*?

In mezzo a questi pensieri Amedeo arrivò davanti alla Materna, a prendere Enrico, questa volta puntuale.

Enrico aveva da lamentarsi. In classe c'era stata una discussione.

«Ma una discussione a che proposito?».

«Nonno, tu non puoi capire» il nipotino non si sbottonava, poi finalmente venne al sodo, e chiese: «Nonno, cos'è l'amore?».

Nei giorni seguenti Amedeo si svegliò presto tutte le mattine, per andare a «fare jogging» al Parco Trotter. Ci prese un po' la mano, dopo la desolante impressione della prima volta trovò un ritmo adeguato a lui, senza badare agli altri scalmanati, che quando si fermavano continuavano a saltellare sul posto, e che erano dotati di cardiofrequenzimetro.

«Ma lei non ce l'ha il cardio? Guardi che è fondamentale, non lo sa? Alla sua età poi!».

«Mah, io mi regolo da me...».

«Eh, dicono tutti così... adesso la saluto, vado a fare tre ripetute da 500, domani faccio un po' di dislivello».

«E dove lo trova il dislivello a Milano?» chiese Consonni boccheggiante, già convinto di doversi comprare il cardiofrequenzimetro.

«Eh, sull'Adda, sull'Adda ci son delle belle scarpate».

Dopo un altro paio di giorni Consonni aveva perso 900 grammi, il che non era molto, però si sentiva già meglio, più tonico. Se avesse perso altri 900 grammi ci si avvicinava quasi ai due chili, che sono sempre due chili, si vedono.

La signorina Mattei-Ferri registrava mentalmente e su carta le uscite mattutine dell'Amedeo, e lo controllava quando tornava rosso come uno sgalfiòn. La faccenda la insospettiva, ma che gli passava per la testa a quello scemo? Proprio ora che la signora Angela era all'estero. E perché usciva sempre alle nove e mezza del mattino, lindo e profumato? Lei era quasi tentata di mandare il Giorgi a ispezionare un po' la situazione, per esempio seguire il Consonni nelle sue uscite, c'era qualcosa sotto, lo intuiva.

In fondo il Giorgi era lì per fare quello che gli ordinava lei, se no che lo pagava a fare? E se per il suo stato di infermità non era in grado di ottenere da sola le informazioni necessarie, come poteva rimediare?

Mah, per il momento rimandò, non voleva avere storie da quel nullafacente, e poi se gli avesse chiesto di seguire Consonni quello avrebbe colto la palla al balzo, e sarebbe rimasto fuori due ore, retribuite, a fare niente.

Una mattina Consonni si decise e comprò un mazzolino di fiori per Svetka. Lo fece in mezzo a mille indecisioni e turbamenti: sarà il caso? Non mi copro di ridicolo? E se mi giudica male? Non la metterò in imbarazzo con quelli che gestiscono il bar?

Così il Consonni si inventò una balla galante.

Salutò Svetka e le disse: «Buon compleanno!».

«Buon compleanno? A me? Ma oggi non è il mio compleanno».

«Ah no? Così mi avevano detto».

«E chi gliel'ha detto? Il mio compleanno è fra un mese, il 7 dicembre».

«Qualcuno che non posso dire. Comunque adesso so quand'è il suo compleanno».

«Lei mi prende in giro».

«No, guardi, le ho portato anche un pensiero».

Ed estrasse da dietro la schiena il mazzolino di fiori che aveva comprato.

Non sapeva molte cose sulle donne, però lo avevano informato che i fiori sono sempre graditi.

Svetka infatti li gradì. «Ma sono per me?».

«Mah, visto che non è il suo compleanno li riporto indietro, non vorrei che la gente pensasse male».

«No, no, li dia qui, non faccia il furbo».

Consonni gongolava. In altri momenti della sua vita, si fosse visto filmato in questa scena un po' bavosa, si sarebbe vergognato. Ma l'amore, ah, l'amore, soprattutto quello che ancora non è ammesso e riconosciuto, ti mette, dicono, una sorta di cortina davanti agli occhi, e così accadeva nel caso di Consonni.

Ben diversi erano i problemi di Claudio che in mattinata doveva portare fuori la signorina, si trattava di una questione complicata. Lei indossava un busto voluminoso che le bloccava la schiena dopo il suo recente infortunio, quando era caduta nella vasca da bagno, secondo la versione ufficiale.

Essendo la signorina una riconosciuta invalida, era riuscita a far installare sulla rampa di scale più vicina al suo appartamento un montascale sul quale poteva assicurare la sua sedia a rotelle, con lei sopra, e andare su e giù. Ma questo montascale funzionava una volta sì e nove no. Il motivo era semplice, almeno agli occhi della signorina: quei bastardi di ragazzini peruviani, assieme a quell'innocentino dell'Enrico e a quei due disgraziati dei figli della Giorgi, usavano l'elevatore, quando funzionava, per giocare all'assedio, oppure alla rapina in banca. Così ci salivano sopra in dieci, e sfasciavano tutto. Al momento presente non funzionava, in attesa dell'ennesima visita del tecnico, che veniva quando faceva piacere a lui e che tutte le volte diceva la stessa cosa: «Se lo usate per divertirvi fra due giorni è rotto di nuovo».

Così il signor Claudio Giorgi aveva il suo bel da fare per farsi aiutare a portare giù la sua padrona per le scale, il che per fortuna avveniva raramente. Per di più l'obiettivo della gita mattutina era quello di andare in banca: la signorina aveva bisogno di ritirare del contante e voleva andarci personalmente. Lei lo vuole il suo stipendio? Avrebbe tranquillamente potuto mandare il Giorgi in filiale, ma lei non si fidava di nessuno. L'operazione richiese all'incirca un'oretta, ma solo perché in banca la signorina, invalida e urlante, fu fatta passare avanti. Furono di ritorno verso mezzogiorno.

Il vero problema era riportarla su, oltretutto la signorina non era una piuma. In circostanze analoghe in passato si era fatto aiutare dal Consonni, una volta anche da Antonio, il manovale inquilino dell'appartamento 9, ma questa volta erano entrambi assenti.

Claudio non trovò nessuno che potesse dargli una mano, se non uno dei peruviani, un tracagnotto di una sessantina d'anni che probabilmente era in grado di mettersi sulla schiena una lavatrice. Questo si dichiarò disponibile a portare su la Mattei-Ferri, anche da solo, ma voleva dieci euro.

«Se era signore Consonni, o signora Angela, o signore De Angelis, loro amici, io aiuto gratis. Ma signorina dice che noi bastardos pezzi di merda, e allora lei paga».

Il Claudio non sapeva cosa fare, doveva pagarli lui i dieci euro? Alla fine trattò, arrivando a sei euro. Il peruviano si presentò alla Mattei-Ferri, la quale immediatamente dichiarò che non aveva nessuna intenzione di farsi trasportare da uno di quei latinos, bighelloni, ladri e bevitori di birra, che fra l'altro erano i responsabili del non funzionamento della sua scala mobile privata.

Ci fu una lunga discussione, Claudio alla fine riuscì a convincerla, ma non si azzardò a chiederle dei soldi per il seggiolin del Papa, figuriamoci. Così i sei euro dovette cacciarli lui.

Ma c'era da preparare il pranzo, la signorina voleva mangiare entro mezzogiorno e mezzo, meno male che il giorno prima aveva preparato la zuppa di verdure, bastava scaldarla.

Tuttavia la signorina si era cagata addosso. Niente di anomalo se non fosse stato che la Mattei-Ferri si era tolta il pannolone pieno e l'aveva buttato per terra, sporcando di merda il pavimento e lo scendiletto.

Certe volte il signor Giorgi avrebbe voluto piangere. Ma il suo obiettivo era più ampio, doveva ricostruirsi una vita e avrebbe potuto farlo solo conoscendo della vita stessa i baratri più profondi.

Per Consonni invece quelle giornate scorrevano regolari, con visite al bar mattutine e anche alcune primopomeridiane. Ma naturalmente e contemporaneamente venne il momento in cui Consonni cominciò a non accontentarsi più, e usciva di casa anche la sera, con l'idea ufficiale di sgranchirsi le gambe, ma con l'obiettivo segreto e inconfessato di un occasionale appostamento nei dintorni del bar dove lavorava Svetka: all'inizio era un autoinganno, diceva a se stesso che non poteva restare sempre chiuso in casa, doveva prendere una boccata d'aria, infingendosi. Non si sa come mai finiva per ronzare attorno alla ragazza all'orario di uscita.

Conosceva i turni di Svetka, ormai sapeva a che ora smontava, era quasi tentato di seguirla, in effetti una volta lo aveva fatto, ma poi si era ritirato, quasi vergognandosi di ciò che stava facendo. E se mi vede? Se mi riconosce? Che penserà di me, che sono un vecchio maniaco?

In realtà Consonni sperava nel famoso incontro fortuito, occasionale, quello in cui sperano gli adolescenti invaghiti, dove scambiare due chiacchiere. «Buonasera, cosa ci fa lei qui?». «Ah, stavo facendo quattro passi, sa, le mie giornate sono così noiose». «Ah, invece le mie sono così movimentate, sono stanchissima». «Se vuole l'accompagno un pezzetto». «Grazie, molto gentile».

Questa era la rapida conversazione che si immaginava Consonni, ma ancora non era avvenuta perché un po' tremava. Lei non ci sarebbe cascata, avrebbe subito capito che si trattava di un appostamento.

Una sera però, inevitabilmente, l'incontro avvenne, Svetka camminava di fretta e Consonni le lanciò un «Buonasera signorina!» cercando di essere il più naturale possibile. La ragazza lo guardò con una certa ostilità, poi lo riconobbe e senza fermarsi lo salutò con poco entusiasmo, passò oltre. Consonni si ritrovò fermo sul marciapiede, si era preparato un paio di frasi che non riuscì a pronunciare.

Lei, sempre così gentile ed educata, gli parve sfuggente e quasi contrariata. Perché al bar era molto più carina? Qual era il suo segreto? Non aveva piacere a incontrare i clienti, magari soprattutto lui, fuori dall'orario di lavoro? E perché?

Lasciamo perdere, lasciamo perdere, disse a se stesso tornando a casa, ma mentre ripassava degli spinaci lessi in padella non riusciva a pensare ad altro che a lei, e al suo strano atteggiamento.

La mattina successiva al bar non riparlarono dell'episodio, ma Consonni notò che c'era del non detto, sembrava che lei non ne volesse parlare apposta, come se nulla fosse accaduto. In situazioni normali chiunque avrebbe buttato là un: «Mi scusi per ieri sera, ma avevo molta fretta, dovevo prendere l'autobus». «Ma si figuri» avrebbe risposto Consonni, al quale peraltro l'appostamento e il coraggio di uscire allo scoperto erano costati molto, e tutto finiva lì.

La sera stessa Consonni era di nuovo sul posto, all'angolo, dopo l'orario di fine turno, ad aspettare che lei transitasse. Questa volta però non si piazzò in mezzo alla strada, per essere visto e incontrato, ma il contrario.

E lei a un certo punto arrivò, di passo svelto.

Così lui la seguì oltre l'angolo, chissà, forse andava a prendere la metro, ma perché uno che deve prendere la metro si guarda intorno, si guarda dietro? Che strano, perché sembrava nascondersi?

Consonni alla fine lo vide: un giovane maschio con una macchina sportiva burina, con targa non italiana.

Per l'Amedeo fu una stilettata, ma d'altronde cosa si aspettava, che Svetka corresse a dormire dalle suore?

Così dovette assistere a una scena cui non avrebbe voluto assistere. La ragazza all'inizio tentò di allontanarsi, poi il guidatore le mostrò un mazzo di rose arancioni. Erano dipinte?

Alla fine Svetka entrò in macchina, guardando fissa davanti a sé. Parlarono per qualche minuto, poi lui prese delle iniziative. Le mise un braccio attorno alle spalle. Altri due minuti di chiacchiere. Dunque lui la abbracciò con forza, e spostandosi davanti a lei la baciò selvaggiamente. Lei dapprima sembrava resistere, ma questa forse era un'interpretazione di Consonni, poi i due si avvinghiarono come due lumaconi, slinguazzandosi vergognosamente, lì, in mezzo alla gente, sembrava quasi un coito, e per di più con la luce di servizio accesa.

Consonni chiuse gli occhi. Quando li riaprì la macchina stava ripartendo, a tutta velocità.

Il testimone nascosto attraversò alcuni minuti di stordimento, rivedeva le immagini appena viste scorrere davanti, come al cinema, ingrandite, al rallentatore. Gli ci volle un quarto d'ora per riprendersi.

Tornò a casa triste e sconfortato, anche se mai lo avrebbe ammesso.

Basta, da domani non vado più a fare colazione al bar, rimuginava, come se questa decisione dovesse suonare per Svetka alla stregua di una sorta di punizione.

Mica mi aspettavo che Svetka non avesse una vita sentimentale, certamente, alla sua età. Ma lasciarsi andare a quelle effusioni in pubblico, e per giunta con la luce interna della macchina accesa. C'era dell'esibizionismo in tutto ciò e Consonni non ne vedeva la necessità. Si attaccò a dettagli insignificanti.

La sua serata fu molto diversa dalle precedenti, tornò a pensieri tristi, su se stesso, sulla vecchiaia, sulla gentilezza. Quest'ultima ai suoi occhi si trasformò rapidamente da un dono di natura a pura e semplice ipocrisia. Mentre si preparava la cena da pensionato, brodo con la pastina, aveva pensieri generalizzanti, che andavano a interessare praticamente tutta l'umanità, colpevole di fariseismo, attaccamento al denaro, esibizionismo, irriconoscenza.

In realtà provava un terribile sentimento di gelosia, di fronte al quale era esposto e vulnerabile.

Man mano che ripensava ai suoi tormenti, si stracciava le vesti, parlava con Angela, chiedeva perdono, ma di che? Per un mazzolino di fiori a una ragazza che aveva quindici anni meno di sua figlia?

Sul piatto del giradischi mise *Era bella* dei Profeti, al verso: «*Che c'importa del mondo, che importa la gente, che importa soffrire, che importa morire, era bella, era bella, quella donna era bella per me*», si commosse.

Consonni si stava innamorando sempre di più, non riusciva a resistere, la sola idea di sapere che Svetka era fra le braccia di un altro lo mandava al manicomio.

Fantasticava, per esempio, di togliere la vita a quel figlio di puttana. Ok, lui sarebbe finito in prigione, ma tanto, cosa valeva più la sua vita? Egli era cotto.

Alle nove di sera il motorino con a bordo i due ragazzi magrebini entrò ancora una volta nella corte della casa di ringhiera. Spensero il motore, ma non il fanale, puntato sullo sportello del contatore del gas. Uno dei due estrasse dal bauletto dello scooter un sacchetto che conteneva qualcosa di duro, delle dimensioni e della consistenza di un salamino. Restarono lì per qualche minuto, poi ripartirono, senza fare troppo rumore.

Nessuno li vide, tranne due persone che erano affacciate alla finestra della loro cucina.

Quelle persone, che in due facevano diciannove anni, uscirono di casa e andarono a ispezionare lo sportello dei contatori del gas.

La mattina successiva Consonni non tralasciò la sua seduta di jogging al Parco Trotter, determinato e professionale, ma meno euforico. Poi però *non* sarebbe andato al bar a fare colazione. Come per stigmatizzare, per farle capire che aveva visto tutto, che sapeva...

Dopo la doccia si preparò una fetta di pane abbrustolito con burro e marmellata, successivamente assunse la pasticca di betabloccante per la pressione. Era una giornata grigia e triste, a Milano, l'ideale per abbandonarsi a pensieri mesti e malinconici, per lasciarsi travolgere da un torpore meditativo, torvo e nichilista, per farsi sopraffare da ragionamenti in cui il nulla è tutto e il tutto è nulla.

Così Consonni, incapace di restare chiuso in casa a tu per tu con i suoi tormenti amorosi, decise di fare due passi, di perdersi nella metropoli, di camminare senza una meta.

Arrivò pertanto alla Stazione Centrale, che è il luogo ideale per confondersi nella folla, per trasformare il proprio smarrimento interiore in uno smarrimento esteriore, in mezzo ai binari, alle partenze e agli arrivi.

Si mise a guardare i treni: osservava quelle centinaia di persone che senza senso si affrettavano da qualche parte. Ma dove andate, pensava Consonni dentro di sé, narcotizzato dall'amore e dal senso dell'impossibilità dello stesso. Ma dove andate? Tanto nulla ha un senso, mai. Nel suo strazio interiore considerava i treni come delle catapulte del sentimento, qualcosa in grado di travolgere tutto che però si fermava alla stazione: fine della corsa.

Questi deliri simbolici non erano nella natura del Consonni, che infatti con essi aveva poca confidenza: non possedeva un'anima poetica e tantomeno simbolica.

Nelle sue tormentate riflessioni ci pensava e ci ripensava, si cospargeva la testa di cenere, soprattutto nei confronti di Angela. Uscito dalla stazione proseguì lungo via Ferrante Aporti, fino alla fine. Da lì raggiunse viale Monza. Poi tramite via Chioggia Privata, e perché si chiamava così?, raggiunse via Tofane, lungo il canale, il Naviglio Martesana.

Poteva esistere al mondo un luogo più struggente per un innamorato vecchio e senza speranza?

Una sottile pioggerella riprese a battere, incessantemente, ma Consonni restava seduto su una panchina.

Non riusciva più nemmeno a pensare a Enrico, il suo nipotino. Normalmente, quando un vago soffio di tristezza lo attraversava, cosa che capitava raramente, gli bastava pensare al Cipolla che tornava la serenità. Ma adesso questa strategia non funzionava, quando Amedeo cercava di richiamare un'immagine nella sua testa, purtroppo tornava sempre alla stessa, vale a dire Svetka sdraiata su quel maschio, in macchina.

E quel verso, quel verso che non si voleva scollare dalla sua testa: «*Avevo paura di amarla!*». Ma sì, era così, Consonni aveva paura di amarla, e non poteva, non poteva...

Tornò a casa tutto bagnato. Buttò l'impermeabile fradicio sul divano, senza cura, senza pensare che la seta si sarebbe potuta sciupare. E allora? Che differenza poteva fare?

Sapeva che *avrebbe dovuto* mangiare qualcosa, prepararsi uno squallido pranzo, due spaghetti al burro, due uova fritte con carciofi. Ma perché mangiare se lui «*aveva paura di amarla*»?

Così saltò il pranzo, saltò tutto quello che poteva saltare. Quel pomeriggio non aveva da andare a prendere Enrico perché c'era lo sciopero. Era un caso? Era un caso che Consonni si trovasse solo con se stesso come non lo era mai stato?

Avessi almeno una sua fotografia, un suo ricordo, negli anni a venire potrei ripensarci, rammemorare, e dove sarà lei negli anni a venire? Dentro l'Amedeo era un tumulto di emozioni e controemozioni che si combattevano a duello, ma talvolta lui aveva l'impressione che fra questi contendenti si intavolassero degli accordi segreti, a suo danno.

Mentre si provava il vestito che le avevano dato in prestito Donatella sognava, come Cenerentola. Chiusa in camera, si era depilata le gambe col rasoio usa e getta. Anche sotto le ascelle. Si era messa le calze fini, col terrore di smagliarle, si infilò quelle scarpe altissime, provò a fare un passo, due, sui trampoli. Completò la mise con gli orecchini grandi e si guardò allo specchio.

L'acconciatura era la solita di sempre, ma c'era ancora tempo per il parrucchiere, anzi, meglio andarci all'ultimo minuto, aveva già preso l'appuntamento. Al vedersi arrossì, come se ci fosse stato qualcuno che poteva spiarla. Si girava da un lato e dall'altro, cercava di verificare come il vestito le stava sulla schiena. Le sembrava veramente troppo, addirittura le spalle nude? No, no, io non sono fatta per queste cose, e se mi vedono gli inquilini?

Eppure non si dispiaceva affatto, e restò lì a indugiare, senza mettersi il pigiama, per una buona mezz'ora, con la scusa di acclimatarsi un po' alle scarpe col tacco.

Naturalmente quella sera Consonni non riuscì ad addormentarsi, in tempi recenti non ci avrebbe neanche creduto che la gente facesse fatica ad addormentarsi, ma adesso...

La Sua immagine non gli dava tregua. Non riusciva a pensare ad altro che a Lei. Si alzava dal letto, beveva un sorso di Vecchia Romagna, guardava fuori della finestra, chiudeva le tende, ascoltava i rumori urbani che fa la gente normale, sciacquoni, televisioni in sottofondo, stoviglie riposte. Niente riusciva a calmarlo, un po' di musica? Macché, la Mattei-Ferri lo avrebbe crocifisso. Una passeggiata nella notte? No, questo no, va bene l'amore, ma questo gli faceva veramente fatica, e poi perché, per assistere agli amoreggiamenti di felici coppie trescanti? No, il suo destino era la solitudine, lui, e tutto il resto che non c'era più.

Alle tre di notte, nel letto, provò a fare come da ragazzo, si immaginava delle avventure, delle quali lui e

Svetka erano i protagonisti. Per esempio quella di rimanere escluso dal mondo, in un'isola deserta, insieme a lei. Come si fossero ritrovati da soli in quell'isola era un dettaglio importante ma risolvibile, magari erano entrambi a bordo di una nave da crociera, lui come cliente facoltoso, lei come barista che ha bisogno di lavorare. La nave aveva fatto naufragio e Consonni era riuscito, aiutandosi con un galleggiante di fortuna, a raggiungere un'isoletta tropicale non abitata.

C'erano segni di presenza umana, magari risalenti a un passato lontano? Oppure nessuno mai aveva messo piede su quei lidi? Insomma, la solita storia tipo Robinson Crusoe, dove Consonni doveva improvvisamente abbandonare tutte le usanze e le comodità occidentali, e arrangiarsi per procurarsi cibo e riparo.

Il bello di immaginarsi solo nell'isola deserta era che Consonni si era rimesso in forma fisica, si era abbronzato ed era dimagrito di parecchi chili, come succedeva al protagonista di un film che aveva visto alla televisione e che aveva un nome straniero.

Ed ecco che, al limite di ogni risorsa umana, arriva nell'isola deserta anche Svetka, seminuda, quasi affogata, sdraiata sull'arenile. Lui stenta a credere che si tratti di lei, eppure la salva, la rifocilla con le sue provviste, la riscalda nella capanna, le dà da mangiare pesce arrosto e noci di cocco. Ci vorranno dei giorni prima che lei si riprenda, ma poi comincerà la vita «di coppia», se così si può dire, dei due nell'isola deserta. Scoccherà l'amore? Quello è già scoccato. Ci saranno episodi di sesso?

Ecco, arrivati al sesso l'immaginazione, la fantasticheria di Consonni si arenava, come tutti i relitti che arrivavano fino all'isola deserta. Era come se il film si bloccasse, un fermo immagine che di solito uno non sperimenta perché si addormenta prima. Ma almeno sull'isola deserta c'era il vantaggio che non era presente nessun altro, soprattutto di sesso maschile, e soprattutto non c'era quello là, quel giovane, con quell'auto da sciòr e una lingua lunga lunga.

Nei due giorni seguenti Consonni dovette combattere con se stesso, era come se si sentisse attratto da un'enorme calamita, ma riuscì a non andare al bar da Svetka, con uno sforzo di volontà sovrumano che lo lasciò ancora più prostrato e sfinito.

Al terzo giorno di astinenza ragionava come un alcolizzato, che fa finta di cogliere questo suo risultato come un trionfo, ma in realtà non vede l'ora di ubriacarsi un'altra volta.

Ma durante quei tre giorni Consonni subì le peggiori torture psicologiche. I vicini stentavano a riconoscerlo, stava chiuso in casa senza voler comunicare con nessuno, addirittura disse a sua figlia che aveva un po' d'influenza e quindi non sapeva se fosse il caso di badare all'Enrico. Caterina, terrorizzata dall'ipotesi che il figlio si prendesse il virus, vietò al padre di occuparsi del bambino, al quale avrebbe pensato lei, pur avendo un sacco di cose da fare. «Quando c'è bisogno di te tu ti vai sempre a prendere l'influenza...» gli disse sulla porta di casa. La signorina Mattei-Ferri ascoltò questa conversazione, e quindi si stupì doppiamente sapendo che Consonni passava le sue giornate fuori, tornava a casa bagnato fradicio, era quella la cura per l'influenza?

D'altronde Consonni non provava alcun senso di colpa, si sentiva al di là del bene e del male. Avessero saputo, gli altri, che cosa provava dentro...

In queste condizioni mentali dopo i tre giorni Amedeo Consonni cedette, non ce la faceva più, e la mattina, alle nove e trenta, come trascinato da una irresistibile forza esterna, tornò a fare colazione al bar.

Aveva la barba lunga, sembrava provato, estenuato, prostrato, si vedeva che non aveva dormito. Entrando mantenne un atteggiamento freddo, impassibile, come se fra loro fosse tutto finito (finito cosa?), ma fu lei a sorprenderlo, tenendogli il muso.

«Un caffè, per favore» disse Consonni con un filo di voce.

La ragazza per qualche secondo non lo guardò nemmeno, poi sbottò: «Lei queste cose non me le deve fare, mi fa stare in pensiero, credevo che le fosse capitato qualcosa di brutto. Non si fa vivo per tre giorni senza dirmi niente, e adesso arriva qui che sembra lo abbiano tenuto in carcere... queste cose non si fanno, sa? Io non sono come le altre».

Consonni non si aspettava minimamente un atteggiamento del genere. «Come le altre...». Quali altre? Le donne, le femmine, quelle che gli uomini cercano e desiderano, come Consonni desiderava Svetka.

Allora se ne è accorta! Forse mi prende in giro ma se n'è accorta. Ha capito tutto, e non mi rifiuta, non mi manda via... Oddio, che cosa posso fare? Non sapeva che dirle, che l'aveva seguita? Che l'aveva vista con quello in macchina? E che diritti aveva lui su di lei? Ma se lui non aveva diritti su di lei, perché lei ne rivendicava su di lui?

Era in confusione, ma quello che Svetka gli aveva detto lo aveva sollevato di un metro dal livello del pavimento.

«Prenda un caffè, si rimetta un po' in sesto, si faccia una doccia e la barba, si riposi. Venga a trovarmi nel primo pomeriggio, potremo parlare un po'».

Consonni era imbambolato, annuì, rispose sottomesso: «Va bene», allora lei... Parlare un po'?

Perse ancora di più la testa come un malato bipolare nella fase di iperattività, adesso sapeva che lei a lui ci teneva, in qualche maniera: un regalo? Cosa posso fare per lei? Denaro? Tornò a casa euforico, si lavò, si profumò, la Mattei-Ferri lo vide uscire tutto contento e sgargiante, quando l'ultima volta sembrava un ecce homo, non ci capiva più niente. Consonni tornò a casa poco dopo con un enorme mazzo di rose, saranno state almeno dodici. Aprì le finestre, da casa di Amedeo venivano fuori le note del *Trovatore*, a tutto volume.

Voleva invitarla a cena. Portarla in un ristorante di lusso, senza limiti di spesa. Oppure prepararle una cenetta a casa? No, no, non era ancora il momento, meglio un bel ristorante. Ci prenderanno per padre e figlia, e allora? E chi se ne importa, alla fine. Consonni era talmente innamorato da essere entrato in quell'ordine di idee in cui il mondo esterno non esiste.

Ma lei verrà? E se mi dice che la sera non può, se si inventa delle scuse, se in realtà quella specie di tagliagole non le permette di uscire, di avere una vita propria? Ah, glielo farò capire io, dovesse essere l'ultima cosa che faccio...

Nel pomeriggio Consonni andò al bar con le rose, ma la ragazza, purtroppo, non c'era. Il barista disse che era dovuta scappare per un problema di salute della sua compagna di stanza, che era finita all'ospedale. Ah, allora ha una compagna di stanza? Non me l'aveva detto! Allora non vive con quel delinquente, lui è solo...

Consonni capì la situazione di emergenza, provò a domandare se si sapeva in quale ospedale. Il barista osservava quella persona anziana, tutta rimessa a lucido e con il mazzo di rose in mano, e provò un po' di pena per lui. «No, io non so niente».

L'Amedeo se ne tornò a casa un po' avvilito, l'ondata di entusiasmo cominciava a lasciare spazio a un'infinità di domande e di dubbi. Ma sarà vero? Veramente si è dovuta assentare per motivi di salute della sua compagna di stanza? O si trattava della più stupida delle balle possibili? C'era di mezzo quel bullo?

Chissà dove abitava Svetka. Doveva saperlo a tutti i costi, ma come? Avesse avuto una macchina Consonni avrebbe potuto seguirla, cioè seguire la macchina del bullo, ma lui non ce l'aveva. E se avesse chiesto un piacere al De Angelis? Piacere si fa per dire, il Luis avrebbe sicuramente chiesto di essere pagato. Ma non era tanto quello, era che non voleva che nessuno degli inquilini della casa di ringhiera fosse al corrente di quello che stava succedendo al suo cuore. Il De Angelis lo avrebbe detto a qualcun altro, e di lì la notizia sarebbe arrivata, prima o poi, ad Angela.

Già, e Angela? Che cosa avrebbe raccontato ad Angela?

Claudio era abbastanza esasperato, ma per fortuna la signorina Mattei-Ferri si era appisolata sul letto. Russava. Oohhh, un attimo di tranquillità, il badante poteva dedicarsi a preparare la cena, la padrona gli aveva chiesto le polpette, e lui aveva comprato gli ingredienti per farne quattro, nessuna delle quali spettava a lui. Dopo aver fatto il battuto, lavorato la carne macinata con pan grattato e uovo, lasciò le quattro polpette pronte ad asciugarsi su un panno e andò in bagno.

Gli scappava forte.

Quando fu il momento di tirare lo sciacquone quello non funzionò. Sembrava esserci una perdita alla valvola, per cui il cassone non si ricaricava. Claudio lo aprì per dare un'occhiata, probabilmente la guarnizione era consumata.

In effetti all'interno del cassone c'era qualcosa che non andava, ma non era un problema di guarnizione. Infilò la mano e il braccio all'interno, con le maniche tirate su fino al gomito. A tastoni trovò un corpo estraneo, probabilmente era quello che impediva al galleggiante di tornare su. Era una sorta di capsula, un pezzo che si era rotto? Estrasse l'oggetto di plastica arancione, sigillato. Un cilindro, sembrava un portaposate da campeggio come usavano una volta.

La sua incertezza se fosse il caso di aprirlo o meno durò meno di mezzo minuto. Non poteva nasconderselo, era sicuro che lì dentro ci fossero dei valori, banconote, gioielli, titoli.

Dentro c'erano effettivamente delle banconote, avvolte nel Domopak affinché non si bagnassero. Non molte banconote, erano quattro, ma di quelle violetto, da cinquecento euro. Insomma, dentro il cassone c'erano duemila euro.

Oddio, e se si accorge che li ho trovati?

Nel tubetto c'era un'altra cosa, un foglio di carta avvoltolato a cilindretto. Lo svolse, non era altro che un certificato medico. Qualcosa che lui non sapeva bene interpretare, una... elettro... elettromioqualcosa... una elettromiografia.

E che è 'sta roba? Deve avere una grande importanza per la signorina. Prese il cilindro di carta avvoltolato e lo riinfilò nel tubetto di plastica, insieme ai soldi. Non sapeva neanche perché lo avesse fatto.

Uscì dal bagno, la signorina stava ronfando, non pareva fare finta, anche se da lei ci sarebbe stato da aspettarselo.

Hai capito la vecchia? Ha duemila euro in contanti nel water, e si lamenta che non ce la fa.

Per le finanze di Claudio Giorgi duemila euro sarebbero stati risolutivi. La sua situazione economica, e soprattutto quella della famiglia, erano tragiche.

Lui, che un tempo guadagnava quasi 2.000 euro al mese, dopo tutte le sue traversie alcolistiche e familiari si era ritrovato a non guadagnare più niente. I 400 euro mensili che prendeva oggi gli sembravano una bella cifra. Il problema era che anche Donatella, per via della «crisi», era stata buttata fuori dal suo posto di lavoro, e adesso si arrangiava con un part-time al nero, più qualche lavoro extra, per esempio le pulizie nell'appartamento di Consonni e in quello di Angela Mattioli. Ma il suo bilancio familiare non superava gli ottocento euro mensili, e con due bambini di 11 e 8 anni, con i libri scolastici da comprare, le bollette e tutto il resto, come fare a sfangarla?

I bambini si rendevano conto della situazione, cercavano di essere d'aiuto anche loro. A Claudio era giunto all'orecchio che in una circostanza erano ricorsi a metodi non del tutto legittimi, per fortuna il Consonni aveva chiuso un occhio.

Ma Gianmarco e Margherita soffrivano un po' a vedere che loro padre, che un tempo la domenica li portava sempre al cinema (o al luna park) adesso lavorava come uno schiavo per 12 euro al giorno, per di più da quella antipatica della Mattei-Ferri, che i bambini li detestava tutti.

A scuola le insegnanti si ostinavano a far fare agli alunni quei maledetti alberi genealogici, dove bisognava scrivere nome e cognome dei parenti, compresa l'età e la professione. Entrambi sotto il nome del padre scrivevano «consulente informatico», che d'altronde era l'originaria professione del papà, prima di sprofondare nella voragine dell'alcol.

Claudio era destabilizzato. In lui rimase impressa l'immagine di quelle banconote di grosso taglio.

Magari erano anni che la vecchia aveva infilato i soldi lì, e neanche se ne ricordava. Comunque non attingeva mai a quella riserva, quando aveva bisogno di contante si faceva accompagnare al bancomat. E se neanche lo avesse saputo che erano lì? Come spesso succede in questi casi a Claudio vennero in mente un'infinità di ipotesi che in qualche modo gli avrebbero dato il permesso morale di arraffare il grisbi. Quando morirà nessuno penserà che nel water ci sono 2.000 euro, e andranno perduti. Non se ne accorgerà mai. Non sono neanche suoi, di certo, altrimenti si comporterebbe in altro modo.

2.000, che ci farei con duemila euro? Allora, il grosso lo darei a Donatella, diciamo millecinque, con il resto potrei...

La signorina si svegliò e cominciò a lamentarsi. Il busto le faceva male, e dire che avrebbe dovuto portarlo per altri due mesi.

«Allora Giorgi, cosa fa, dorme? Non vede che ho bisogno? Cosa sta facendo?».

«Sto preparando le polpette».

«Interrompa, e venga a darmi una mano, si muova!».

Claudio eseguì le pulizie sulla signorina Mattei-Ferri, che fra l'altro pesava un quintale, fuor di metafora. Ma mentre lavorava di spugna e di bacinella, la sua mente era concentrata su una cosa sola, quei duemila, e quel certificato medico. E tale rimase per le ore che seguirono, e i giorni.

Rientrato nella corte della casa di ringhiera, Consonni, pur essendo talmente soprappensiero da non badare a niente di quello che gli succedeva intorno, non poté fare a meno di notare qualcosa di perlomeno inconsueto. Incontrò infatti Donatella, la signora Giorgi, o ex signora Giorgi, dato che il marito era un bel pezzo che non stava più con lei, lo aveva stabilito il giudice.

Donatella era una signora di quarant'anni circa, assai provata dalle circostanze della vita. Senza lavoro, con un marito alcolizzato all'ultimo stadio, con due figli sul gobbo, aveva trasferito anche nel suo look la precarietà, la miseria, la disperazione della sua situazione. Tutto ciò lo sapeva anche Consonni.

Di solito quella donna andava in giro con una gabbanella lisa, i capelli opachi e mal acconciati, spesso non lavati, una coda di cavallo tenuta da un elastico, il volto poco curato e pallido, pesanti occhiaie grigiastre. Un po' ingobbita, avanzava con le spalle abbassate, segno di rassegnazione. Portava scarpe basse e consunte, e le borse della spesa, grosse ma semivuote.

E adesso invece si stentava a riconoscerla: era stata dalla parrucchiera, aveva un bel taglio anni cinquanta, all'altezza delle orecchie, ornate da due begli orecchini a goccia, pendenti. Sembravano addirittura di corallo. Ma la particolarità che più saltava agli occhi era la gonna attillata, le belle gambe e le scarpe con i tacchi assai alti, Consonni non avrebbe saputo dire quanto in centimetri, ma Donatella sembrava rinata.

L'Amedeo non poté resistere e fece un po' di complimenti a Donatella: «Ma come sta bene, ma come è elegante! Cosa si festeggia?».

Donatella era un po' imbarazzata ma felice, stava aspettando che qualcuno la venisse a prendere. Lei, abituata con le Birkenstock o imitazioni cinesi, non si trovava bene con i tacchi, le scarpe gliele aveva prestate una sua amica, così come il resto della tenuta di gala. Eppure si sentiva a suo agio.

Consonni, col suo mazzo di rose in mano, intenerito da quella visione, fece uno strappo.

«Queste sono per lei!» disse a Donatella offrendole i fiori.

«Ma come, ma perché?».

«Se glielo chiedono dica che gliele ha regalate un suo ammiratore... vedrà che non guasta mai...».

«Ma le dovrò mettere in un vaso... lei Amedeo mi confonde... Margherita! Margherita! Vieni qui a prendere questi fiori! Metteteli in un vaso, quello verde che è sopra l'armadio! Con un po' d'acqua, ovviamente...».

Donatella era impacciata, si muoveva come una pin-up alle prime armi, senza confidenza. I suoi figli, Gianmarco e Margherita, che erano alla finestra a guardarla, volevano assistere alla partenza, si affrettarono a prendere i fiori in carico.

Claudio, proprio in quel momento, stava uscendo tardi da casa Mattei-Ferri; osservò la scena. Se lo doveva immaginare, anche Donatella aveva trovato un corteggiatore: tirata a lucido come non l'aveva vista da anni era proprio bella, una vera signora, una meravigliosa quarantenne. E in mano aveva un mazzo di rose.

Donatella rimase interdetta, scintillante com'era, quando incontrò il suo ex marito che aveva finito il turno di badante. Malridotto, tutto macchiato di olio e altra roba, scarruffato, privo di qualsiasi energia. Lei invece, così elegante e profumata, si sentiva una vera signora.

Ma dove stava andando? Claudio pensò che avesse un appuntamento galante, come del resto avevano immaginato tutti gli altri nella casa di ringhiera, a cominciare dalla signorina Mattei-Ferri. Hai capito la Giorgi, aveva pensato. Si è fatta anche l'amìs. Meglio così, anche lei deve cominciare a ricostruirsi una vita, con tutti i dolori che le ha dato quello scemo alcolizzato che mi pulisce il culo.

In realtà non si trattava di un amìs, ma di un regalo che le avevano fatto i suoi figli: un biglietto alla Scala, del valore di oltre 150 euro. Gianmarco e Margherita avevano fatto tutto da soli: secondo la loro versione era un anno che risparmiavano un euro alla volta, e avevano messo da parte i soldi per il biglietto, d'accordo col fratello di Donatella, lo zio Dado (Corrado), che l'avrebbe portata a teatro. Non era vero niente che risparmiavano da un anno, quei soldi se li erano procurati in fretta, in un altro modo.

Lo stesso, più o meno pensava di fare Claudio, relativamente a quei duemila.

Consonni tornò nel suo appartamento. Gli aveva fatto piacere vedere Donatella così bella ed elegante, l'immagine gli faceva credere che ogni metamorfosi è possibile, basta volerla ed averne l'occasione.

Nonostante questi pensieri rassicuranti quella sera Consonni decise di non correre rischi, e dopo cena assunse due pasticche di sonnifero di quelle che usava Angela.

Il sonno lo travolse proprio mentre stava pensando ad Angela, a cosa dirle. Ma lei avrebbe capito, era una donna intelligente, e come tutte le donne sapeva che di fronte al vero amore non ci sono da fare tanti discorsi, è inutile. Ma l'avrebbe capito veramente? Oppure si sarebbe adirata, perché il suo Amedeo si era invaghito di una donna giovane e fresca? Si sarebbe sentita offesa... Forse... Ma... RRRRRR.

In tarda serata, per i suoi standard, la signorina Mattei-Ferri vide entrare nella corte due ragazzi in motorino, col casco.

Quelli armeggiavano in una zona che sfuggiva alla sua visuale, vicino all'androne. Poi si misero a litigare, ma parlavano arabo, lei non capiva.

Dicevano cose tipo Uallahi al aziim, mijia bil mijia, majnoon, uallahi, mussibat kabira, zibbi, kissimmak sharmuta, mabruk, e altro. Non ci capiva niente, ma il tono dei due era abbastanza alterato, doveva essere successo qualche cosa di grave. E perché quei delinquentelli venivano nella corte della casa di ringhiera? Ne avevano fatto un luogo di rifugio, se non addirittura di incontro? Lei l'aveva detto mille volte, il portone andava chiuso, e chi aveva bisogno di entrare o uscire con la macchina se lo riapriva e se lo richiudeva da solo. Ma la tradizione voleva che il portone grande stesse aperto fino alle sette e mezza di sera, che poi diventavano le otto o le nove. Va bene, andiamo avanti con la tradizione, pensava la Mattei-Ferri, e poi vediamo come va a finire, qui ne entrano di ogni razza, e fanno i loro comodi.

I due ragazzi arabi, continuando a litigare fra loro, armeggiavano in quello che per lei era l'angolo morto, dove c'era il contatore del gas. Solo dopo una mezz'ora ripartirono col motorino a tutta manetta.

Verso mezzanotte Donatella fu riportata a casa. Dopo il teatro erano andati a bere qualcosa, lei, suo fratello e alcuni amici, maschi e femmine. Quanto tempo era che Donatella non usciva la sera? L'aveva riaccompagnata Adolfo, caro amico di Dado, che abitava in zona e di mestiere faceva l'avvocato. Era divorziato da un paio d'anni, e per tutta la serata suo fratello e gli altri avevano smaccatamente fatto in modo che lui e Donatella si trovassero vicini. I due scambiarono quattro chiacchiere in auto, una bella BMW station-wagon, inevitabilmente l'argomento fu quello della gestione dei figli dopo la separazione.

Adolfo ovviamente era assai preparato.

«Sai, ancora non abbiamo avviato la richiesta di separazione legale, con tutti i problemi...».

«Ma un avvocato ce l'hai?».

«No, a dire il vero no, sai, la mia vita è così congestionata che non ho mai avuto il tempo. E rimando sempre...».

«Beh, adesso un avvocato ce l'hai... Mi raccomando... Queste cose sono dolorose ma prima si fanno e meglio è...». Le allungò un biglietto da visita dello studio, molto elegante.

«Vieni quando vuoi, o quando te la senti, ma vieni».

Seguirono un paio di minuti di silenzio. Quindi Donatella disse che doveva andare, l'indomani si sarebbe dovuta alzare alle cinque. Di raccontare che andava a fare le pulizie in un magazzino di articoli di informatica, quello dove un tempo lavorava suo marito, non ebbe il coraggio.

Adolfo si comportò come un perfetto gentiluomo. Le aprì la portiera e l'accompagnò fino alla porta di casa.

Donatella, una volta entrata, si tolse con sollievo le scarpe coi tacchi. Ovviamente le era venuta una vescica. Ci mise un po' ad addormentarsi, ripensava alla magnifica serata.

La mattina dopo Consonni avrebbe voluto fiondarsi al bar a prendere il caffè per avere notizie di Svetka e della sua amica, ma non poteva farlo, aveva appuntamento alle otto e mezza con l'avvocato, che gli doveva relazionare sulla situazione processuale.

Consonni ascoltava le parole del suo legale ma non le seguiva. Patteggiamenti, unicità del disegno criminoso, ecc., non ci capiva niente. Dal punto di vista della vicenda amorosa in cui si trovava gli pareva tutto tempo perso. Consonni si struggeva, intrattenuto da quei pedestri impegni, guardava fuori della finestra, come un lupo in gabbia: dove sarà Svetka in questo momento? Starà forse, e dico forse, pensando a me? Il PM si troverà costretto a... d'altronde non ha nessun interesse a infierire su di lei... in fondo lei ha agito a fin di bene... anche il giudice ne terrà conto... Ma al Consonni di tutto ciò importava poco o nulla, all'avvocato pareva di avere davanti uno zombie, e infatti era più o meno così.

Sembrava che ben poco gli interessassero i suoi destini processuali, che parevano un pochino più complicati di come si era immaginato. Dodici mesi di condanna? Consonni questo l'aveva recepito. E io come faccio con Svetka?

Finito l'incontro, pagato un acconto, Consonni riuscì a scapparsene via, era ancora in tempo per scaraventarsi al bar di Svetka, e vedere se lei era tornata. E lo era, era al suo posto di lavoro. Consonni la osservò da fuori della vetrina, un aperitivo?

No, era già sufficientemente rassicurato, non volle mostrarsi, e poi era a mani vuote, no, sarebbe tornato nel pomeriggio, fra l'altro doveva andare a prendere Enrico a scuola, l'aveva promesso. Certo, anche di fronte a questo genere di cose sviluppava profondi ripensamenti. L'aveva promesso... ma a chi, e perché? A chi doveva rendere conto della sua vita?

Quindi Consonni raccolse Enrico a scuola alle tredici, poi il pomeriggio lo passò con lui, ma alle 19.30 doveva uscire, Caterina era avvisata. Anche Enrico si accorse che il nonno non era più lo stesso, era antipatico. Non aveva nessuna voglia di giocare con lui, di fare i disegni, di preparargli la merenda, cioè di permettergli di mangiare cinque o sei Kinder Pinguì. Nel pomeriggio Enrico fu piazzato davanti alla televisione e si sparò un paio di film, cioè *Toy Story 1* e *Toy Story 2*, per la ottocentesima volta.

Alle diciannove e trenta Consonni, già incappottato e pronto, aspettava la Caterina fuori dell'ingresso principale della casa di ringhiera, con l'Enrico già pronto anche lui.

«Ma papà, dov'è che devi andare? Cos'è tutta questa fretta?».

«Devo andare alla riunione di condominio, non te l'avevo detto? Sono già in ritardo». Così dicendo si allontanò in fretta. Caterina era piuttosto stupita, una riunione di condominio alle sette e mezza di sera?

Consonni, intorno alle 19.35, era nei pressi del bar, temendo di essere in ritardo. Gli bastava vederla per un altro minuto, anche meno, a chi faceva male, se non a se stesso? Già, se stesso, ormai questa era l'unica espressione che sapeva usare. Era avvolto in un alone tardoromantico, una disperazione mortale connessa alle pulsioni amorose e agli esiti giudiziari, tendeva ad autocommiserarsi come il principale responsabile della propria rovina. Ma se rovina deve essere, che rovina sia. Si vedeva come trascinato dai marosi in mezzo ai ghiacci polari, nella banchisa solcata da un rompighiaccio che era lui, e chi altro? Oddio, l'immagine del rompighiaccio da un punto di vista erotico gli causava qualche problema di sproporzione, ma tanto valeva, ormai... Potessi soltanto parlarle per un minuto...

Consonni si diresse nel punto in cui il maledetto la aspettava con la macchina. E quello era lì, con la grossa BMW.

Tuttavia quella sera il copione non fu rispettato, almeno da un certo momento in poi. Svetka salì sulla macchina, guidata da quello che al Consonni pareva un prosseneta straniero, quel porco, quello stronzo immigrato nullafacente coi capelli unti di brillantina, un pied noir (quello di Consonni era soltanto *razzismo d'amore*), ma lui non tentò di abbracciarla, come era successo l'altra volta. I due rimasero in silenzio, Consonni li poteva vedere benissimo, nascosto in un portone, perché la lucina interna dell'auto era rimasta accesa. E perché era rimasta accesa questa volta? Perché Svetka non aveva chiuso completamente la portiera. E perché non l'aveva chiusa? Evidentemente perché non si sentiva sicura e voleva lasciarsi uno spiraglio di fuga. Queste deduzioni erano patrimonio privato di Consonni, ma alla fin dei conti non si era sbagliato di molto. I due giovani cominciarono a litigare, urlando in una lingua del tutto incomprensibile. Ma si capiva benissimo che la situazione era al limite. Infatti il porco straniero a un certo punto prese Svetka per il collo e cominciò a stringere. Oddio, che faccio adesso, pensava Consonni, intervengo? Quell'individuo bestiale e violento avrà facilmente la meglio su di me, ma forse il mio sacrificio potrà servire a qualcosa, lei potrebbe avere il tempo per fuggire, per mettersi in salvo.

I due continuavano a picchiarsi dentro l'auto, e proprio nel momento in cui Consonni stava per uscire allo scoperto Svetka fu gettata fuori dalla macchina, sull'asfalto. L'auto partì a razzo con una sgommata e qualche insulto indecifrabile lanciato dal finestrino. La ragazza giaceva al suolo.

Quando Consonni fu vicino a lei la rigirò in posizione supina, sanguinava da più punti, su uno zigomo, sul mento, sulla fronte. Svetka non era svenuta, si accorse che qualcuno stava cercando di aiutarla e tentò di fuggire. Ma ricadde, prostrata, dopo pochi metri.

Consonni la sollevò da terra come un principe farebbe con la principessa, d'altronde Svetka era abbastanza leggera.

«Andiamo all'ospedale? Chiamo un taxi?». Ma lei, per quel poco di reattività di cui disponeva, si rifiutò: «No, all'ospedale no, la polizia no! Andiamo a casa tua, all'ospedale no». A Consonni si piegarono le gambe, e rischiò di cadere a terra, lui e la sua principessa.

La portò dunque a casa, semisvenuta. Pur essendo leggera, la ragazza, a corpo morto, pesava un bel po', e Consonni raggiunse la casa di ringhiera stremato. Cercò di non farsi vedere, soprattutto dalla Mattei-Ferri, ma questa evidentemente lo vide, e trasse le sue conclusioni. Lo sapeva. Lo aveva intuito che quell'erotomane del Consonni, quel maiale, aveva dei traffici con delle ragazze, ed ecco qua, te ne porta una in collo a casa. L'avrà drogata? L'ha inebriata con i farmaci misti all'alcol. Che porco di un porco, ah, lo sapesse la signora Angela, che è una persona così perbene.

A dire la verità la signorina Mattei-Ferri era abbastanza ondivaga nei suoi giudizi sulla professoressa

Mattioli. Talvolta si era sperticata in lodi per il Consonni, e in giudizi assolutamente negativi sull'Angela, persona dal passato poco chiaro. Ma in questo momento propendeva completamente dalla parte della Mattioli, contro il satiro Consonni.

Lui ebbe la sensazione che la Mattei-Ferri si fosse accorta di tutto, ma a questo punto c'era poco da sottilizzare, la ragazza andava salvata.

La depose sul letto grande, mollemente. Le bagnò le tempie azzurrate con delle pezzette, le fece annusare dell'aceto balsamico, che praticamente non ha odore, ma temeva con quello normale di stordirla, di violentarla, di ricordarle il trauma. La medicò, con dolcezza e accuratezza.

E quando lei mostrò segni di recupero la rifocillò, la accudì, la rincuorò.

La ragazza si riprese, anche se non diceva niente, era in imbarazzo, ormai quel signore, che evidentemente si era invaghito di lei, era al corrente del fatto che le cose non andavano bene.

Mentre lei si dava una sistemata, lui le cucinò una cenetta semplice ma curata. Una zuppetta di fagioli con gamberetti, come aveva mangiato una volta a Firenze, in gita con Angela. Angela, Angela, questa presenza era un po' troppo immanente sulla nuova coppia, pensava Consonni.

Per dessert le preparò una crema catalana.

Svetka non parlò per un bel pezzo, poi si decise, dopo aver fatto mente locale su dove si trovasse e quanto ci sarebbe rimasta.

La ragazza in effetti non sapeva fino a che punto Consonni fosse in estasi, nel prendersi cura di lei. Capì che qualcosa doveva pur dire, e raccontò una parte dei suoi problemi.

Gli spiegò di essere nei guai, sotto un'orribile minaccia. In sintesi c'era un gruppo di cattivi che si approfittavano di lei, lei ormai era come prigioniera, avrebbe voluto fuggire, aveva bisogno di soldi, ma sentiva come se il destino le si fosse chiuso addosso, non aveva via di scampo.

Consonni ascoltava questo confusissimo racconto come se fosse manna dal cielo. Nonostante avvertisse che c'erano dei punti che non quadravano, nonostante percepisse che qualcosa era del tutto inventato, si sdilinquiva, era pronto a dare tutto se stesso: soldi, assistenza, protezione, eroismo, garanzie.

Combattendo contro la fortissima tenerezza che provava, ovvero il desiderio di abbracciarla, Consonni fece il galantuomo. Non le offrì di dormire nel suo letto, anche se ci aveva pensato: la cosa sarebbe suonata come un «Se hai bisogno di qualcuno accanto a te, stanotte, io sono qui, come un amico, come un padre», ma ebbe un attimo di lucidità e riuscì a non dirlo, la sistemò in cameretta, la cameretta che era di sua figlia Caterina e dove talvolta dormiva Enrico.

Svetka, dopo aver bevuto tre bicchierini di Vecchia Romagna, disse che era sfinita e che voleva dormire, almeno un po'. L'Amedeo la accompagnò in camera e le dette un dolcissimo bacio sulla fronte. Lei lo abbracciò, senza secondi fini, riconoscente. Lui andò in orbita, ma non lo dette a vedere, si comportò come un perfetto gentiluomo, anche lei se ne stupì.

Durante la notte Consonni restò sveglio come un grillo, in ascolto, cercava di intuire cosa stesse succedendo nella cameretta, dalla quale proveniva soltanto un quieto ronfare. *Ella dorme*.

Nel suo stato di veglia mille pensieri si affollavano, placidamente, nella testa del Consonni. Uno, ricorrente, era che Svetka, nel cuore della notte, presa dal panico, si alzasse e lo raggiungesse nel suo lettone.

Ma così non accadde, Svetka, evidentemente priva di forze, si prendeva un po' di riposo. Domattina, domattina ci sarà il tempo per parlare, mentre facciamo colazione, per studiare meglio la situazione, per fare progetti. Già, che cosa le preparo per colazione? Forse se uscissi presto, prima che lei si svegli, potrei andare in pasticceria e comprare dei croissant. E se vuole la cioccolata calda? Ce ne sarà ancora nell'armadietto? In mezzo a questi dubbi il Consonni, verso le cinque, si addormentò.

Si svegliò alle otto e mezza. Oddio, com'è tardi... E la colazione? Indossò la vestaglia e uscì dalla camera da letto, per fortuna c'era un gran silenzio, Svetka dormiva ancora. La porta della cameretta era chiusa. Beh, farò del pane tostato, burro e marmellata. Controllò se in frigo c'erano delle uova. Ottimo, le preparerò delle uova strapazzate, questa gente del nord le mangia a colazione. Pazienza per i croissant, intanto un bel caffè. Che faccio, mi vesto o resto in vestaglia?

Restò in vestaglia, gli pareva che questa tenuta fosse più intima, e tutto sommato anche più affascinante.

Certo Svetka dormiva della grossa, come se la sera precedente non fosse successo niente. Intanto Consonni si bevve un paio di caffè, il pane lo avrebbe dovuto ritostare, oramai si era raffreddato, seccato e indurito.

Passate le dieci si avvicinò alla porta della cameretta, non si sentiva niente. Che fosse il caso di svegliarla? Probabilmente i suoi aguzzini la stavano cercando, occorreva elaborare un piano d'azione. Appoggiò la mano sulla porta, e questa si aprì, oddio, che cafone, e se è in déshabillé?

No, Svetka non era nuda, era assente, se n'era già andata.

Quando Consonni se ne rese conto le sue gambe cedettero, egli vacillò.

Dovette sedersi in poltrona, ancora nella sua mente circolava l'idea di preparare delle uova strapazzate, che si confuse col nuovo stordimento, era come se la sua squadra del cuore, che lui peraltro non aveva, si fosse trovata sul punto di pareggiare, e invece nella ripartenza l'avversario avesse fatto il terzo gol, portando il risultato sull'1 a 3.

Consonni non era certo di potersi riprendere da questo nuovo abisso. Si aggirò per la casa, ripercorrendo i momenti della serata, quando Lei era lì. Ricostruì minuto per minuto la cenetta, le confidenze, l'abbraccio di ringraziamento che Svetka gli aveva regalato. In bagno ritrovò le garze insanguinate, le strinse a sé come un feticcio. Sbandava, traballava, si sentiva svenire. Quindi tornò a letto, con l'idea di non alzarsi mai più.

La signorina Mattei-Ferri aveva visto benissimo la ragazza andarsene alle sette di mattina. Che porco quell'uomo, portarsi a casa le prostitute, e giovani! E se lo sa la signora Angela?

Per una strana tortuosità mentale nelle idee della Mattei-Ferri c'erano due certezze: la prima, che lei era l'unica a sapere cosa era successo; la seconda, che la Mattioli lo sarebbe venuto a sapere. In realtà la prima certezza poteva condizionare la seconda, ma di questo la Mattei-Ferri non si rendeva ben conto. E quindi...

La signorina prese degli appunti sul suo quadernino segreto. Segnava orari, uscite, entrate e particolari: erano talmente tanti i dati che raccoglieva che era meglio metterli per iscritto. Chiuse il quaderno in un cassetto, nella piccola scrivania in camera.

Era lì che custodiva i suoi documenti, la sua posta, i fogli dei conti. Il cassetto lo teneva chiuso a chiave, e la chiave la aveva sempre con sé, nella vestaglia.

Nessuno avrebbe potuto conoscere i suoi segreti, soprattutto quell'impiccione del Giorgi, mangiapane a tradimento. Il badante era arrivato da poco e stava sistemando in cucina.

Alle dieci e mezza suonò il campanello.

«Chi è che rompe le balle adesso?» urlò la Mattei-Ferri a Claudio.

«È la pedicure, signorina, dice che ha preso appuntamento con lei».

Ossignur, è vero, me ne ero completamente dimenticata. «La faccia entrare».

La pedicure entrò, una signora bionda slavata, un po' sovrappeso, dai modi spicci. Portò la signorina in bagno, togliendole la vestaglia che buttò sul letto. La signorina provò a insistere che preferiva il trattamento subirlo in camera, ma la pedicure disse: «E mi cosa ghe cunto, i esémpi? G'ho minga temp de traà via». Per giunta la signora pedicure, per nulla impressionata dal fatto che la Mattei-Ferri avesse un badante maschio e italiano, disse a Claudio di non disturbare per almeno mezz'ora, ché lei non aveva tempo da perdere, ed era già in ritardo.

Così Claudio aveva una mezz'oretta. Una mezz'oretta con l'appartamento a disposizione. La Mattei-Ferri avrebbe voluto mandarlo fuori a comprare qualcosa a caso, ma la pedicure glielo aveva impedito. Lui si era accorto che la vestaglia era rimasta in camera, e così poté prendere la chiave, aprire il cassetto e ispezionare la posta e altri materiali.

Per esempio trovò i bollettini della pensione, che ammontava a 2.180 euro al mese, cazzo! E questa afferma che non ha soldi! Ma quello che lo impressionò di più furono gli estratti conto della banca: la vecchia possedeva in cash oltre 40.000 euro, ma chissà quanti altri ne aveva investiti, in titoli o Buoni del Tesoro.

Claudio rimise tutto a posto, ma da quel momento in lui cambiò un po' l'atteggiamento. Niente di rivoluzionario, niente di precipitoso, ma si capiva che in lui stava nascendo una nuova ispirazione sindacale, volta a preservare i suoi diritti. E cominciò a immedesimarsi non più nell'ultimo paria della società, bensì in una via di mezzo fra Robin Hood e Phantomas, un paladino del Quarto Stato contro gli interessi della borghesia parassitaria. E il fatto che dentro il cassone del wc ci fossero 2.000 euro in contanti si trasformò da una tentazione in un'iniquità.

Il sogno della tigre ammansita

Nei giorni che seguirono Consonni reagì alla solita maniera. Non uscì di casa, non rispose al telefono, non mangiò, non fece la doccia, neanche si vestì, non ascoltò la radio, si lasciò completamente andare, nel suo animo si miscelavano inquietudine e sofferenza, disappunto e strazio. Stava a letto a fissare il soffitto, nel quale, a causa delle macchie di umidità, rintracciava immagini antropomorfiche, in particolare una che assomigliava moltissimo a Svetka.

Un paio di volte ebbe il coraggio di telefonare al bar. Parlò col titolare, dicendo che chiamava da una lavanderia di via Teodosio (guardò sull'elenco) e che cercava una certa signorina Svetka, che doveva ritirare, e pagare, della biancheria. Il padrone capì subito di chi si trattava.

«Senta, lei la deve smettere di rompere le balle a me, comunque la sua Svetka non c'è, sono tre giorni che non la vedo, con me ha chiuso. Lo dica anche in lavanderia».

E così Svetka era fuggita, per sempre, forse con quell'uomo, forse con altri...

Caterina, dopo aver telefonato mille volte, senza ottenere risposta, andò dall'Amedeo. Egli naturalmente non le aprì, ma lei aveva le chiavi. La Cate cercava solo di capire, e si sorprese di trovare il papà in delle condizioni così brutte. Allora era veramente malato? C'era qualcosa di grave che il papà non le voleva dire? Non l'aveva mai visto ridotto in quel modo, che avesse un... insomma, una malattia terribile?

Caterina cercò di parlare con suo padre, una volta affidato Enrico alla signora Giorgi, cioè ai suoi figli Margherita e Gianmarco che con l'Enrico ci andavano d'accordo.

Ma Consonni non disse niente, era come in catalessi. Già si erano fatti avanti dei danni neurologici?

«Che è successo papà, come ti senti?».

Consonni restava lì, a letto, senza fare parola, come se fosse stato disattivato.

«Papà, sono Caterina, mi riconosci?».

Consonni annuì, certo che la riconosceva. Aveva perso la testa, ma non nel senso che credeva lei.

Caterina toccò la fronte dell'Amedeo: scottava.

«Ma tu hai la febbre, tu hai quaranta di febbre!».

«Certo che ho la febbre» delirò Consonni. «Ho la febbre dell'amore».

Oddio, è messo proprio male!

Arrivò l'ambulanza del 118 e Consonni fu portato al Pronto Soccorso.

Enrico rimase a casa Giorgi per tutto il giorno, mentre Caterina all'ospedale cercava, invano, di avere notizie di suo padre.

Alla fine le dissero che Consonni Amedeo era stato ricoverato nel reparto di Medicina Generale, letto 21.

Caterina riuscì a rintracciarlo, dormiva, con la flebo nel braccio.

«Papà, papà, ma cosa ti è successo?».

Consonni era più di qua, nel senso del sonno, che di là, ma rispose: «Tutto, tutto quello che doveva succedermi...».

Caterina si preoccupò molto, quello non era il tono di suo padre, che evidentemente aveva subito dei danni cerebrali. Un ictus?

I medici alla prima anamnesi riscontrarono dei parametri anomali: temperatura 39,4, pressione 165/105, pulsazioni 124. Lo sottoposero a una serie di esami del sangue, radiografia del torace, ecografia del torace basso. Poteva essere un'infezione. Polmonite, appendicite, endocardite, colite. O un fecaloma: «È molto che non va di intestino? Ha mal di testa? Le fa male il collo? In una scala da uno a dieci, quanto sta male?».

«Dieci» rispose Consonni senza incertezze.

Caterina per un bel po' non ebbe notizie, finalmente nel pomeriggio riuscì ad acchiappare una dottoressa.

«Suo padre... ah, sì. Dagli esami clinici non risulta niente di particolare, non si riesce a capire, non ha un'infezione polmonare o altro, forse un'influenza, ma la febbre è sparita. Sembra che il paziente abbia subito un forte shock, per altro è vigile e cooperativo, ma dice cose strane. Gli abbiamo fatto anche la visita neurologica, tutto nella norma, per l'età che ha».

Consonni, ascoltando queste affermazioni, se ne restava tranquillo, tanto ormai... Lui sapeva benissimo quale fosse la sua malattia.

Fu trattenuto per un altro giorno in ospedale, si riprese, e dunque fu dimesso.

Tornò a casa, ce lo riportò Caterina con la Twingo, e gli inquilini vollero conferire con lui, dopo aver saputo che era finito in ospedale. Lo bloccarono nella corte.

«E alura Amedeo, ancora non sei morto?» gli disse il Luis, per fare una battuta.

«Eh, ancora no, ma manca poco...» rispose il Consonni.

«Signor Consonni, ma lei ci fa prendere paura» gli disse invece la Donatella, con Margherita per mano.

«Come è andata l'altra sera, quando era tutta elegante?» le chiese il Consonni con un filo di voce, augurandosi che la Donatella avesse avuto un incontro galante, un bagliore di sentimento, un corteggiatore.

Caterina insistette a lungo per accompagnare suo padre in casa, per non lasciarlo solo, ma Consonni fu irremovibile.

«Chissà, forse ho avuto una congestione, o un disturbo, ma guarda che adesso mi sento bene. Hai sentito i medici? Non ho niente, mi hanno fatto perfino l'elettrocardiogramma. L'unica cosa che desidero è di dormire. Adesso mi faccio un tè deteinato, due biscotti e me ne vado a letto, al calduccio. Voglio dormire per 24 ore, anche 48, mi sento così stanco... e in effetti in questi giorni ho dormito male... una brutta influenza, ma tu vai a casa, se ho bisogno ti chiamo, ma vai, vai dall'Enrico, se no va a finire che si scombussola anche lui».

Caterina cercò di insistere ma non ci fu modo di convincere il papà.

A proposito di un eventuale «corteggiatore» di Donatella, ebbene, l'ipotesi non era del tutto campata in aria. Adolfo si era rifatto vivo, per telefono. Aveva ottenuto il numero di cellulare da Dado, il quale glielo aveva passato più che volentieri, speranzoso. Adolfo aveva chiamato Donatella con la più banale delle scuse: «Hai lasciato in macchina una cosa tua, mi premeva dirtelo, e fartela riavere».

«Ma cos'è che ho lasciato?». Donatella temeva di aver lasciato un fazzoletto da naso usato, o roba simile. «Beh, di che si tratta?». Donatella era in tensione, temeva di aver fatto brutta figura, per questo rischiò di essere sgarbata.

«Te lo dirò quando ci vediamo».

Oddio, Donatella a questo genere di cose non c'era più abituata. Comunque rimase abbastanza toccata.

Margherita le chiese sfrontatamente: «Mamma, chi era?».

«Nessuno» rispose Donatella, con un tono che rese la risposta poco credibile.

Infatti Margherita capì, riferì subito a Gianmarco.

Consonni aprì la porta dell'appartamento, e subito si accorse che c'era qualcosa che non andava. Il pregiato tavolo di noce era rovesciato nel mezzo della sala da pranzo, i tendaggi di seta del tutto rovinati, le tappezzerie vandalizzate, le librerie a muro divelte, i tappeti fuori posto, le poltrone e il divano ribaltati, le sete che li rivestivano erano squarciate, strappate, la casa era stata messa a soqquadro, anche i classificatori ricoperti di lampasso che contenevano il suo archivio privato erano tutti per terra. In camera la stessa cosa, il materasso aperto in due, e le tende, le sue meravigliose tende di shantung in tre colori, strappate e buttate a terra. I cassetti estratti dal trumeau ammassati sul pavimento, non c'era un mobile, una suppellettile, un soprammobile, che fosse rimasto illeso.

Mah... che è successo... perché?

Consonni rimise in piedi le poltrone, riuscì a raddrizzare il divano, raccolse i cuscini.

Ma che devo fare, chiamare la polizia? Allora dovrei lasciare tutto così com'è, per le indagini. Ma chi può essere stato? Dei ladri? Ma i ladri non fanno così, non hanno il tempo né l'interesse di fare uno scempio del genere. E cos'hanno rubato? Consonni andò a controllare la sua riserva di contante, quella per le emergenze. Tutto sommato era facile da trovare, era in bagno, dentro il barattolo del cotone idrofilo. Non l'avevano toccata. E nemmeno i suoi gemelli d'oro, l'orologio del nonno, le catenine, tutto in vista, sul comò. Che cercassero il lingottino? Ma quello non era più in casa da tempo, era sotto sequestro. Comunque non avevano rubato niente. E allora?

Consonni era più che certo che non si trattasse di ladri. Quella gente forse voleva che l'irruzione potesse sembrare opera di qualche topo d'appartamento, ma i loro obiettivi erano altri. Volevano impaurirlo, anzi, terrorizzarlo. Perché aveva fatto qualcosa che a loro non era piaciuto. Ma naturalmente... si trattava di Svetka. Loro cercavano lei, e non avendola trovata si erano accaniti sull'appartamento. Gente brutale, pronta a tutto. E Svetka lo sapeva. Per questo se n'era andata di soppiatto, senza neanche dirgli dove. Se lui l'avesse saputo loro avrebbero potuto estorcergli la verità, e l'avrebbero ritrovata. E invece così lo potevano torturare fino alla morte, egli non sarebbe stato di nessun aiuto. Ma Consonni era certo che non avrebbe parlato comunque, anche se fosse stato al corrente dell'indirizzo. Come poteva Svetka anche soltanto pensare che lui l'avrebbe tradita?

Quindi Consonni evitò di chiamare la polizia, avrebbe dovuto raccontare troppe cose, e poi a che sarebbe servito? Avrebbe complicato le cose a Svetka. Lui sapeva più o meno chi era stato, e perché, e forse loro proprio questo volevano, che lui denunciasse il tutto alle autorità.

Questo ragionamento non era molto logico, ma d'altronde bisogna capire in quale stato d'animo si potesse trovare Consonni in quel momento: prostrato, disperato, ma anche, per un certo verso, convinto di aver agito bene. Ricominciò svogliatamente a mettere in ordine, a partire dalla camera da letto.

Dopo il breve scambio col Consonni e quattro chiacchiere con la Donatella, De Angelis prima di rientrare in casa sua controllò lo stato della sua BMW Z3 3.2 24 valvole roadster argentata posteggiata nella sua area riservata. Aprì e richiuse le porte col remote control, ma prima di lasciarla a se stessa fece un giro attorno alla macchina, per sincerarsi. L'aveva lavata non più tardi di dieci ore prima, ma era già molto sporca perché qualche stronzo, e De Angelis aveva dei sospetti fondati su di chi potesse trattarsi, aveva sollevato un gran polverone nella corte non lastricata, polvere che si era subito adagiata sulla carrozzeria umida, impiastricciandola e opacizzandola di nuovo. Tutto inutile, ma prima o poi a quei teppistelli peruviani che giocavano a pallone nella corte gliel'avrebbe fatta vedere lui, e gli avrebbe fatto capire come ci si comporta con i beni altrui.

Entrò nell'appartamento con questi e altri pensieri in testa, torvo ma determinato.

La prima sorpresa ci fu quando con le chiavi in mano si accorse che il portoncino del suo appartamento non era chiuso, ma soltanto accostato. Ma possibile che io sia così rincoglionito?

La seconda, e più grossa sorpresa, Luis la ebbe quando fece ingresso nel suo modesto trilocale. Era irriconoscibile. Come in casa Consonni, mobili, suppellettili, elettrodomestici, i pezzi di arredamento erano stati travolti, rimossi, spaccati, squinternati, gettati a terra. Avevano vandalizzato tutto quello che c'era da vandalizzare, mettendo l'appartamento sottosopra, estraendo i cassetti e rovesciandoli, aprendo armadi e trumeau, anche il tavolo di cucina era con le zampe all'aria. In camera da letto il materasso era stato sventrato, il resto riversato sul pavimento.

Ladri? Luis temette che si potessero trovare ancora nell'appartamento. Ladri in casa mia? Si appoggiò al muro, sicuro che la fine dei suoi giorni fosse prossima: sudava freddo e provava un senso di oppressione al petto. Ma sì, ma sì, mormorava sconsolato, meglio morire subito... Signore... portami via adesso.

Recitò una breve preghiera, poi un altro pensiero prese il sopravvento, la sua riserva di denaro, che teneva in una busta attaccata col nastro isolante sotto il cassetto delle posate, nel tavolo di cucina. Essendo il tavolo rovesciato la busta era lì, in bella evidenza, non l'avevano toccata. Possibile che non l'avessero vista? Si affrettò ad aprirla, le banconote da cento e da duecento euro erano sempre al loro posto. Ma allora che cercano? Questi non sono rapinatori, questi vogliono da me qualcos'altro. Ma che cosa possono volere da un taxista pensionato di 83 anni?

Presto, inevitabilmente, fu folgorato da un altro pensiero. E se «loro» non fossero ladri, non stessero cercando soldi o altri valori, ma fossero invece mossi da un altro intento, distruggere tutto, colpirmi al cuore, vendicarsi?

E se... De Angelis cercò di raccogliere le ultime forze di cui disponeva e uscì sul ballatoio.

Ma certamente! Era ovvio, chi altri poteva essere stato? Il padrone di quel cagnetto di merda è passato all'azione. Dopo tante minacce ha deciso di colpirmi, sotto la cintura.

In effetti Luigi De Angelis negli ultimi tempi era entrato in aperto conflitto con un tizio, un certo Gori, a causa delle malefatte del suo schifoso cagnetto. Questo cane maleducato, dallo stupido nome di Moka, aveva l'abitudine di andare a orinare sui cerchioni in lega leggera della BMW Z3 roadster 3.2 24 valvole di proprietà del De Angelis, il quale naturalmente aveva fatto le sue rimostranze. Ma il proprietario di Moka se ne era sbattuto altamente, sembrava anzi che ci godesse che il suo cane pisciasse e defecasse sulla macchina del Luis. Poi era accaduto un fatto rispetto al quale il De Angelis aveva sempre dichiarato la sua estraneità, vale a dire che il cagnetto maiale era scomparso, per alcuni giorni. Il proprietario giurava di sapere chi l'aveva rapito, vale a dire il De Angelis, ne aveva le prove. Per esempio proprio lui, testimoni alla mano, aveva acquistato dei biscotti per cani. La situazione per fortuna si era risolta, perché il cane a un certo punto era ricomparso, e non era in grado di testimoniare su chi fossero i suoi rapitori.

Ma il proprietario se l'era legata al dito. Voleva vendicarsi con De Angelis. Per esempio costellava il vicinato di cartelli con scritto: «Chi non ama gli animali è una bestia», o anche: «Chi non ama gli animali merita di morire», oppure, più direttamente: «So che sei stato tu e la pagherai».

De Angelis cominciò a mettere in ordine, non c'erano danni strutturali, avevano soltanto voluto fargli paura. E ci erano riusciti, maledetti bastardi! Ma adesso che poteva fare? Chiamare la polizia?

Già, ma se gli avessero chiesto di eventuali sospetti e motivazioni? Mica poteva raccontarla, la faccenda del cane. Sequestro di animale! Quali saranno le pene previste?

Qui occorreva un piano più articolato: per esempio, se si fosse procurato un pitbull, di quelli cattivissimi da combattimento, che sbranasse il cagnetto una volta per tutte?

Donatella tornò a casa alle tredici e un quarto, doveva darsi da fare per preparare due spaghetti ai bambini, Gianmarco e Margherita, che sarebbero rincasati a breve. Dopo aver aperto il portoncino e acceso la luce non poté non notare, anche lei, che la casa era stata messa a soqquadro, e sbandò a sinistra e a destra nel vedere cassetti estratti e buttati al suolo, armadi rovesciati e alcuni soprammobili sbattuti per terra. Ma a differenza del De Angelis che qualche dubbio lo aveva avuto, lei no, sapeva già che cosa fosse accaduto, ne era certa.

Claudio, suo marito, era stato lì, e non potendosi sfogare sulle persone, cioè su di lei e sui loro figli, lo aveva fatto sull'arredamento. Fosse stata la prima volta! L'aveva vista tutta ben vestita e si era ingelosito, allora, per superare la crisi, aveva bevuto, solo che il bere fa diventare ancora più gelosi, e allora aveva perso nuovamente la testa. Aveva saputo di Adolfo? Ma che c'era da sapere, come se fosse successo qualche cosa. Eppure con le gelosie di Claudio non c'era mai da scherzare. Ma cosa ho fatto di male per meritarmi questo!

Eppure sembrava che questa volta Claudio si fosse sottoposto di buzzo buono alla detox, la disintossicazione da alcol, e avesse accettato l'intero trattamento, il ricovero, le flebo, e soprattutto il suo nemico giurato, l'Antabuse. Ma lei non ci aveva mai creduto fino in fondo, oramai quanti erano i tentativi che aveva fatto, consenzienti o forzosi, di liberarsi dalla schiavitù dall'alcol? Ogni volta era la stessa storia, lui tornava a bere e lo prendevano attacchi di violenza o di autolesionismo. Ma c'era sempre il momento, poteva durare due ore o due giorni, in cui tendeva a dare tutte le colpe del suo «disagio» alla famiglia, cioè soprattutto a lei, perché era ovvio che i figli erano soltanto sue pedine, manovrati dalla madre per fargli perdere la testa e il controllo.

Donatella si immaginava la scena. Claudio, dopo averla vista in ghingheri, aveva avuto una crisi di gelosia, non aveva retto e si era fatto una bevuta gigantesca. Nella fase euforico-aggressiva aveva pensato di fare una visita nella casa che una volta era stata sua e dalla quale era stato buttato fuori. Come sempre aveva fatto in passato era convinto che c'era un complotto ai suoi danni – di cui Donatella, per natura secondo lui fedifraga, era la principale organizzatrice – volto a eliminarlo dalla faccia della terra, a togliergli tutto ciò che aveva, la casa, il computer, i figli...

Donatella si mise immediatamente a cercare di riassettare il riassettabile. I bambini non dovevano sapere, nessuno doveva sapere.

Chiuse le tendine perché non voleva che qualcuno nella casa di ringhiera potesse venire a conoscenza di quello che era successo. Si affacciò alla finestra per verificare che la signorina Mattei-Ferri, la spia, non fosse al suo posto di osservazione. No, per fortuna no, la luce della finestra di cucina era spenta.

E dunque Donatella si affrettò a rimettere in ordine, freneticamente, riuscì a rialzare l'armadio-credenza, a ridisporre il divanetto e la poltrona al loro posto, a risistemare la cucina.

Per guadagnare tempo telefonò ai signori Maffettoni, genitori di Adele, compagna di classe di Margherita, e chiese loro un favore immenso, se potevano tenerla a pranzo, perché aveva avuto un grave contrattempo, sarebbe passata lei a riprenderla alle tre e mezza. «Se foste così gentili...». I signori Maffettoni furono così gentili da rispondere: «Ma certo, figuriamoci, Margherita è sempre benvenuta da noi, cosa ci vuole a buttare un etto di pasta in più», ma non poterono esimersi dal commentare, mentre le bambine erano nell'ingresso a ciarlare fra di loro, che era sempre la stessa storia, quella là era una disgraziata e non ne sarebbe mai uscita fuori.

Lo stesso Donatella fece coi genitori di Christian, l'amico di Gianmarco a casa del quale era spesso posteggiato a fare i compiti. Questi erano degli albanesi che non si fecero problemi e non espressero, neanche nel segreto delle loro camere, giudizi sulle disavventure familiari dei signori Giorgi.

In tre-quattro ore Donatella riuscì a rimettere in ordine, per quanto le fu possibile, almeno il salotto cucina e la camera dei bambini, anch'essa devastata. Camera sua, la stanza più dissestata, non riuscì a risistemarla, e la chiuse a chiave.

Quando i bambini furono a casa, alle quattro e mezza, si resero perfettamente conto che qualcosa era successo, ma fecero finta di niente. La mamma aveva una faccia tetra e grigia, ed era seduta in cucina che rimuginava.

Dopo essersene andata dalla casa di ringhiera Caterina ritenne necessario informare Angela Mattioli delle condizioni dell'Amedeo. Nonostante le frizioni precedenti, a un certo punto bisognava essere realisti. Angela era la persona a cui Consonni teneva di più, e poco importava se si era legata a lui con il principale obiettivo di condividere il bell'appartamento. Poi, negli ultimi tempi Angela aveva dimostrato che proprio morta di fame non era, circolavano delle voci, per esempio che avesse comprato certi fondi della casa di ringhiera dalla signora Xing. Aveva dunque dei soldi da parte? Insomma, Caterina si era un po' ricreduta su Angela, e da una freddezza insinuante era passata a normali rapporti, come di tranquilla parentela acquisita. Meglio la Mattioli che qualcun altro, pensava Caterina, senza sapere ancora niente delle ultime vicissitudini.

Dunque Caterina telefonò ad Angela, che era ancora a Bruxelles, e le raccontò che il Consonni si era sentito male, era stato ricoverato in ospedale, ma insomma, la faccenda non era mica chiara.

Angela cadde dalle nuvole, in effetti erano diversi giorni che non sentiva l'Amedeo, anche perché lì in Belgio i problemi non mancavano, per Giulia, perché erano arrivati i parenti di Marc dall'Africa, i quali sostenevano che ormai Giulia si era impegnata a sposarsi col loro figlio, e non poteva tirarsi indietro...

Angela cercò di catapultarsi nel racconto di come fosse complicata la situazione a Bruxelles, ci provò, ma Caterina la rintuzzò subito, assicurando che non aveva tempo, doveva preparare la cena a Enrico, ed erano già le diciassette e trenta.

«Per favore, parli col Consonni, lui ha bisogno di sentire la sua voce, è stato veramente male, e anche adesso sembra strano, come se non volesse dire la verità».

«La verità? Quale verità? Ha una malattia grave?».

«A quanto dice lui no, mi ha rassicurato, ma si comporta in un modo che non è il suo, è reticente».

Dunque più tardi Angela telefonò al Consonni, che le rispose a monosillabi. Anche ad Angela sembrò molto strano, quasi irriconoscibile. Non le raccontava niente e pareva disinteressato e verbalmente abulico.

Angela gli chiese notizie della sua salute, aveva saputo che era stato ricoverato in ospedale.

Lui, contemplando il tragico panorama del suo appartamento vandalizzato, e pensando a Svetka, assicurò Angela che stava bene, che in ospedale gli avevano detto che era sano come un pesce.

«Adesso vado a letto e dormo fino a domattina come un bambino, domani sarà tutto a posto, sono un po' stanco».

Consonni aveva i brividi mentre diceva quest'idiozia. Si immaginava che prima o poi con Angela avrebbe dovuto parlare chiaro, non poteva continuare a fingere in questo modo.

D'altronde, anche se avesse voluto iniziare a confessarsi proprio ora, Consonni non avrebbe trovato il modo, perché rapidamente Angela ricominciò a raccontare di quello che stava succedendo fra Giulia e Marc.

Il fatto era che Giulia di Marc non ne voleva più sapere, si era stufata dei suoi modi sciovinisti e medievali di trattare le donne, in particolare lei. Insomma, per quanto la riguardava la relazione era finita, come succede nella stragrande maggioranza delle relazioni, soprattutto fra persone giovani, libere e democratiche.

Marc e soprattutto la sua famiglia non la pensavano allo stesso modo e quindi... Angela aveva bisogno di sfogarsi, di raccontare con dovizia di particolari questa situazione, che presentava, almeno secondo Marc e parenti, dei risvolti legali ed economici.

Consonni rimase all'apparecchio, ma non ascoltava, pensava ad altro, pensava solo a se stesso, nell'insano egoismo dell'amore.

Dette pochissima soddisfazione ad Angela, che in parte si innervosì, nel percepire che all'Amedeo di tutti quei problemi poco gliene calava. Gli parve proprio elusivo. Lui ascoltava, senza neanche interloquire, replicare qualcosa del tipo: «Ah, sì?» oppure «Eh beh», «Ma dai!».

Ma forse Amedeo non si sentiva granché bene, era sfinito, dopo due giorni in ospedale.

«Domani ne riparliamo, eh? Mi raccomando, fatti la borsa dell'acqua calda, e se non riesci a dormire prendi una delle mie pasticche, quella che si chiama Tienor, ti fa dormire subito».

Donatella stava aspettando che Claudio uscisse da casa Mattei-Ferri, dopo aver suonato il campanello. Appena lo vide che sbucava fuori dalla porta si precipitò contro di lui. Aveva una busta in mano, che consegnò con violenza al suo ex marito.

«I tuoi soldi non li voglio, maledetto stronzo!».

«Cosa, come? E perché?» Claudio uscì sul ballatoio.

«Sei un bastardo, e non ti fare mai più vedere a meno di venti metri dalla porta di casa mia. Vuoi che te lo dica? Io spero che tu muoia, tanto con te non c'è più niente, NIENTE, da fare. Ma non finirà così, sappilo».

«Ma cosa? Di che stai parlando?».

«Ah, lo sapevo, lo sapevo che avresti negato tutto. E come faccio a denunciarti? Sei ubriaco ma lucido, sei una forza del male!».

«Io? Ma veramente...». Claudio non ci capiva niente, che cazzo era successo?

«Non provarci con me, stronzo! Ma se ti avvicini un'altra volta ai bambini...».

«I bambini? Che è successo ai bambini?».

«Allontanati da loro, maledetto! Se solo ti azzardi a toccarli, io ti ammazzo, hai capito?».

Donatella se ne andò, infuriatissima.

Claudio rimase sulla porta. Non riusciva proprio a capire perché Donatella lo trattasse in questo modo. Che aveva fatto di male? Anche volendo non ci sarebbe riuscito, non ne aveva il tempo. Gli venne addirittura in mente di aver bevuto di nuovo, senza accorgersene. Ormai era pronto a qualsiasi sorpresa, da parte sua. Temeva di esser reo di comportamenti dei quali non aveva coscienza, era già successo. Insomma di aver ribevuto, e poi di essersene dimenticato, di aver costruito un insieme di falsità per proteggersi inconsciamente, come in una vera schizofrenia della personalità. Ma gli pareva impossibile, anzi, era impossibile, stava continuando a prendere l'Antabuse, che se bevi una stilla di alcol ti senti malissimo. E la sua assunzione del farmaco era forzosa e controllata, e registrata. Impossibile, la realtà coincideva con quello che risultava a lui.

E allora perché Donatella, che negli ultimi tempi non sembrava così ostile come prima, anzi, pareva apprezzare i suoi sforzi – e che sforzi! –, sembrava quasi disponibile a riconsiderare una comunicazione franca con lui, adesso gli si era rivoltata contro?

Quando uno non si fida più di se stesso, quando ha paura di aver fatto qualcosa senza averne il controllo, e soprattutto di non ricordarsene, allora sì che uno sta male, e Claudio di questa sensazione purtroppo aveva una bella esperienza. Quante volte aveva fatto macelli in casa e poi, la mattina dopo, non se ne ricordava? Provava, quello sì, un enorme senso di colpa, per essersi ubriacato eccetera, ma nello specifico non ricordava che cosa aveva combinato. E il neurologo gli aveva detto che amnesie del genere, anche se non avesse più toccato una goccia di alcol, si sarebbero potute ripresentare, certi danni neurologici ormai erano un dato di fatto.

E poi c'era la psicoterapia, che gli aveva insegnato a cercare sempre e soltanto in se stesso la responsabilità di ciò che gli accadeva. Era l'ora di finirla di dare la colpa alla moglie, al destino, alla sfortuna o a qualche altra persona malvagia. Il suo destino se lo era costruito lui stesso con le sue mani, non poteva prendersela con lo Stato, contro i furbi e i corrotti, come verrebbe di fare.

E quindi se Donatella, che tutto sommato era una santa donna, anche se un po' troia, se l'era presa nuovamente con lui, un motivo, intrinseco, ci doveva pur essere.

Tornò all'interno dell'appartamento della Mattei-Ferri sbalestrato e tentennante.

«Che cosa fa Giorgi, si è preso una pausa? Guardi che io gliela scalo, sa? Io recupero».

«Mi scusi, era mia moglie».

«Mi aiuti ad alzarmi. Ma cosa voleva? Novità?».

«No, no, signorina, storie vecchie».

L'anima di Claudio si stava sgretolando, avrebbe voluto bersi quattro litri di vodka e non pensare più a niente.

Durante la telefonata di Angela e anche dopo Consonni pensava che per certi versi sarebbe stato contento di soffrire veramente di una grave malattia, che lo portasse via, lontano dai suoi dolori e dalla sua inutilità. Se io non esistessi non sentirei più la sua mancanza, questo è sicuro. Ma se invece, se invece continuassi a sentirla? Chi mi garantisce? E se una volta morto avessi ancora nella mente l'immagine di lei, e mi rovinassi, come da vivo, nel suo desiderio? D'altronde l'Amedeo sapeva che la sua emozione era talmente forte che non sarebbe stata sufficiente neanche la morte a placarla. Sarebbe sopravvissuta, a lui, e forse anche a lei.

Indossò il pigiamino a righe di flanella e sopra la vestaglia scura, quella più elegante fra le molte che possedeva.

Rovistò nel cassettino del tavolino da caffè in salotto, e trovò quello che cercava: un vecchio pacchetto di sigarette, lasciato lì da qualcuno, delle Benson & Hedges. Ne estrasse una e la guardò. Erano tanti anni che aveva smesso di fumare, e a parte i primi tempi non ci aveva più pensato.

In cucina prese i fiammiferi e si accese la sigaretta, come se fosse un turista a Pechino che ai primi del Novecento per la prima volta in vita sua penetra dentro una fumeria d'oppio.

Il suo baratro esistenziale poteva essere più profondo? E Angela, come avrebbe potuto perdonarlo?

Osservava le condizioni tragiche del suo appartamento devastato, i fascicoli del suo archivio di crimini ancora per terra, le tende strappate. Eppure non se ne crucciava nemmeno troppo, cosa importava ormai?

Si versò un generoso calice di Vecchia Romagna, lo sorseggiò, seduto in poltrona. Si accese un'altra sigaretta e anche la radio, si sintonizzò sul canale di musica sinfonica, che trasmetteva qualche melodia drammatica e struggente. L'autore, non lo dicono mai, ma che importanza aveva.

Proprio mentre si abbandonava al vizio del fumo e dell'alcol e alle note del programma radiofonico suonò il campanello. Erano le undici e quarantacinque.

Oddio, e chi è adesso, Caterina vuole vedere se va tutto bene? Ma Caterina ha le chiavi, perché suonare? Forse per controllare se dormo? E allora chi può essere? Che siano Loro, che cercano Svetka, e vogliono farmi parlare? Ma tanto da me non sapranno niente, perché non so niente. Possono torturarmi per giorni e giorni, così Svetka avrà più tempo per fuggire. Che sia tornata in Cecoslovacchia?

Il campanello suonò di nuovo, insistentemente. A che valeva non aprire? Così come erano già riusciti a entrare, cosa ci avrebbero messo a forzare la porta un'altra volta?

Aprì. Non erano degli uomini, degli sgherri, era una donna, non Caterina, non Donatella, né tantomeno Angela o Giulia. Era lei.

Consonni rimase paralizzato, sulla porta, l'Universo confluì in un attimo all'interno del suo cuore e poi andò a occupare l'intera sede del cervello, l'Amedeo diventò tutto bianco, e subito tutto rosso, pensò di stare per levitare.

«Presto, mi faccia entrare».

Svetka entrò in fretta e furia, angustiata, terrorizzata. Mentre era sulla porta si guardava intorno, come per assicurarsi che nessuno la stesse seguendo.

«Ma tu... che ti è successo? Così ti ripresenti?».

Così ti ripresenti... che frase ignobile. Svetka pareva un'altra persona, stanca, distrutta, sporca... ne doveva aver passate di belle in questi giorni. Ma Consonni era già in estasi. Era tornata...

«Vieni, siediti, ti preparo un tè caldo? Mettiti a sedere».

Svetka mollò per terra una grossa valigia, di quelle con le ruote. Consonni ci avrebbe giurato che si trattava di tutti i suoi averi, le sue cose. Evidentemente era fuggita, aveva lasciato il suo appartamento, e dentro quella valigia c'era la sua vita.

Svetka non era sola, oltre alla valigiona aveva con sé un cagnetto... una specie di barboncino marrone con le orecchie lunghe, che appena entrò in casa di Consonni cominciò a scorrazzare freneticamente, a curiosare da tutte le parti, a salire sopra i divani malconci ma pur sempre foderati di seta pregiata, a zampettare sopra di essi.

«È buonissimo, si chiama Maximilian... non ti creerà nessun disturbo...».

Come parlava bene l'italiano, Svetka... «Non ti creerà nessun disturbo...» pensava Consonni, che guardava il cane con tenerezza.

«Ma che cosa ti è successo?».

«Ah, Amedeo... mi ci vorrebbe una notte intera... Tu non hai idea di come sono cattive le persone... io...».

Svetka si guardò intorno e vide in che condizioni era l'appartamento di Consonni.

«Ma che si è passato qui dentro, che hai fatto?».

«Non sono stato io, è stato qualcuno venuto da fuori».

«Ladri?».

«Non credo, non hanno rubato niente, sembrano vandali».

Svetka fece una faccia ancor più preoccupata di quella che aveva prima.

Si accasciò su una poltrona, con la testa fra le mani.

«Non ti preoccupare, ci sono qua io» la rassicurò, per modo di dire, Consonni, preso da un immediato fervore, pieno di energie. «Adesso non pensare a niente, ti preparo un bel bagno» disse Amedeo, dentro la mente del quale rimbombava l'espressione «una notte intera», quella che Svetka avrebbe passato da lui.

Le fornì asciugamani morbidi e un accappatoio caldo, tutta roba di Angela.

Se quelli del Pronto Soccorso gli avessero misurato i cosiddetti parametri, in questo momento avrebbero verificato che stava benissimo, sia in termini di valori pressori che di temperatura corporea.

Anche questa volta Consonni le preparò amorevolmente qualcosa da mangiare, tonno e fagioli, e del prosciutto crudo di quello confezionato in una busta di cellophane. Purtroppo non aveva molta scelta, il suo frigorifero era vuoto. Mentre era indaffarato in cucina Maximilian non gli dava pace, implorando un bocconcino. Zompò addirittura sul tavolo di cucina, Consonni gli allungò un avanzo di cibo per gatti che gli era rimasto in casa chissà da quanto. Maximilian non lo gradì affatto, voleva il prosciutto e lo ottenne.

Svetka uscì dal bagno, in accappatoio, in una nuvola di vapore. Sembrava rinata. Struccata era ancora più bella, i suoi occhi azzurro intenso brillavano, forse per la stanchezza.

Insospettabilmente lei trascinò la sua valigia nella camera da letto matrimoniale di Consonni, quella in cui l'ex tappezziere aveva dormito con sua moglie Luigina, quella in cui saltuariamente condivideva il talamo con Angela. Svetka neanche affrontò l'argomento, portò i suoi bagagli nella master bedroom, e a Consonni si piegarono le gambe. Con signorilità non fece commenti, anche se era prossimo ad avere parametri da triage nuovamente anomali.

Andò a scavare nell'armadietto dove teneva liquori e vini ed estrasse una bottiglia di Barolo risalente a molti anni prima. L'aveva tenuta da parte per una grande occasione. E cos'era quella se non una grande occasione?

Svetka si gettò sul tonno e fagioli e ne fece fuori due etti, il prosciutto lo dette in toto a Maximilian.

Raccontò a Consonni, senza linearità, a spizzichi e bocconi, quello che le era accaduto. Era in fuga, in fuga da certe persone che la sfruttavano e la costringevano a fare cose orribili. Erano tante le ragazze che si trovavano nella sua condizione, ma con quelle persone non c'era da scherzare affatto, era gente pericolosa, rischiavi la vita, ed erano d'accordo con la polizia, non ci voleva niente per loro a rimandarti a casa con un foglio di via, e con accuse infami sulla testa.

«I miei genitori è tutti e due insegnanti, come potrebbero reagire se sanno che la loro figlia è in questo brutto giro?».

Consonni, nella sua ingenuità, non aveva ancora capito di quale brutto giro si trattasse.

«I miei non mi vorrà più in casa. Ma chi ci vuole tornare a casa loro? Io vorrei simplemente studiare, avere una vita normale, andare all'università, seguire miei sentimenti e miei interessi... Solo tu mi può capire, Amedeo, sei l'unica persona che mi tratta come un essere umano... Gli altri... O mi scopano o mi trattano come una merda, o tutt'e due cose».

Consonni era prossimo a uno svenimento, ma si mantenne calmo, mentre sparecchiava.

Maximilian si era accomodato, sazio, sul divano a due posti, Svetka si alzò e abbracciò Consonni, poi si mise a piangere.

«Mi ritroveranno, quella gente è cattiva, Amedeo, aiutami, io non so più cosa fare».

Neanche Amedeo sapeva più che cosa fare, e si abbandonò all'abbraccio. Svetka singhiozzava, e i suoi occhioni bagnati di lacrime diventavano ancora più grandi, come due lanterne.

«Sono giorni che scappo e mi nascondo, non so più dove andare, mica posso tornare a casa? È il primo posto dove mi viene a prendere, e che cosa racconto a miei genitori? Mia vita è rovinata, Amedeo, solo tu mi può salvare».

Consonni strinse forte Svetka, che onestamente parve abbandonarsi, il che risultò anche a Consonni, che si stava struggendo. Se avesse saputo quanto lui l'amava... lui avrebbe fatto qualsiasi cosa per lei... anche un gesto assolutamente insano... per liberarla dalla minaccia. E che poi succedesse quello che doveva succedere. Che si meritava quella canaglia che la teneva al giogo? Ma come fare, non dispongo neanche di un'arma, come potrei fare ad ucciderlo?

Ma Svetka non lo lasciava, rimaneva abbarbicata a lui, egli si faceva un sacco di domande: cerca in me l'appoggio di una persona matura, di un pastore, di un padre? Oppure cerca in me un uomo, un uomo che la difenda, e la faccia sentire una donna, nella sua debolezza e nel suo desiderio?

Ah, se solo Consonni in un momento di lucidità avesse potuto consultare i pensieri che gli affollavano l'encefalo. Per fortuna non poteva farlo, si abbandonò alla situazione, senza pensarci più.

Finirono nel lettone e mentre lui non si saziava più di baciarla in qualsiasi parte dell'epidermide – toglierle l'accappatoio fu piuttosto facile – lei, con mani esperte, gli carezzava lo scroto. E la pasticca azzurra? Consonni smise di pensare anche all'eventuale necessità di un aiutino, a quanto pareva non ce n'era bisogno, lei sapeva quello che faceva.

Quando lui raggiunse il massimo dell'eccitazione lei gli montò sopra e si fece scivolare dentro il membro di Consonni, il quale nel frattempo aveva già raggiunto sei o sette livelli di estasi successivi.

Il rapporto fu rapido ma intenso. Oltre a quello che passava per la testa a Consonni, che è indescrivibile, cosa passava per la testa alla ragazza? Un oscuro piano per incastrare il Consonni e farsi dare tutti i soldi che aveva? Un premio per la pazienza dell'Amedeo, un modo per sdebitarsi? Oppure un reale attaccamento e affetto per una persona che avrebbe potuto essere suo padre, anzi lei avrebbe voluto che fosse suo padre, con tutto quello che di desiderio incestuoso può fare capolino nelle assurdità psichiche della nostra epoca?

Difficile saperlo, ma Svetka quella sera, in quei fugaci dieci minuti, fece sentire Consonni come non si era mai sentito.

Dopo il sesso Svetka si adagiò sulle lenzuola, e si addormentò immediatamente, estenuata – non dal sesso – cadde in un sonno profondo.

Consonni invece era sveglio come se non dovesse dormire più in vita sua.

Guardava il corpo nudo della ragazza e i suoi pensieri si irradiavano in mille direzioni, preso da una tenerezza travolgente. Con una certa improntitudine gli tornarono in testa i versi delle sue canzoni preferite: «*Era bella era bella era bella, era bello restare con lei...*»: e anche: «*Risplende l'alba già, e sono solo ormai, ripenso ancora a lei, a poche ore fa...*». Già, da quel sogno prima o poi si sarebbe dovuto risvegliare.... Ma no, lui non si sarebbe addormentato mai più, e adesso bisognava vegliare su di lei, contro coloro che le avevano fatto tanto male, e volevano fargliene ancora.

Fu la notte più bella dell'intera vita di Consonni, sentiva accanto a sé il corpo caldo della ragazza ceca, e non voleva assolutamente appisolarsi, voleva godersi ogni attimo, mentre lei gli ronfava vicino.

Toccando di straforo il morbido culo di Svetka provava sensazioni irripetibili, perché lo coinvolgevano tutto, dal profondo del cuore al centro dell'anima, ogni suo nervo sensoriale partecipava a quella percezione, ogni area del suo cervello era di colore rosso, a causa dell'ipereccitazione, scopriva in sé fantasie e immaginazioni che non avrebbe mai pensato di possedere.

A un certo punto Svetka ebbe un sussulto, stava sognando. Egli la coprì amorevolmente con il lenzuolo e la coperta. Chissà cosa sta sognando, speriamo che non siano incubi, ma con tutti gli stress subiti... L'Amedeo abbracciò con delicatezza Svetka, che si rannicchiò comoda accanto a lui.

Felice Consonni si addormentò, ma prima in lui si affollarono pensieri dolci e magici. Rivide panorami mai conosciuti, chiese gotiche inesistenti e vulcani in placida eruzione. A metà fra il sonno e la veglia carezzò il testone di una femmina di tigre, ammansita.

L'estasi e il tormento

Quella mattina a Milano alle sette e mezza sembrava domenica. Ma era domenica? Non sarebbe stato il caso di chiederlo a Consonni perché in quei giorni aveva perso il senso del tempo. Le campane delle chiese che rintoccavano a botta e risposta, il rumore del tram in lontananza, gli uccellini, poche macchine in giro, odore di caffè e rumore caratteristico della Moka Express quando il caffè viene su, qualcuno sentiva la radio su un programma musicale, o sulle notizie del mattino, alcune massaie erano già intente a cucinare il pranzo, un vago odore di soffritto, code davanti al bagno per fare la doccia, e prepararsi per andare a lavorare o a messa. I peruviani avevano già acceso lo stereo, la loro permanente colonna sonora a base di salsa e merengue.

Consonni si svegliò dopo il miglior riposo della sua vita, si sentiva bene anche se ancora non gli era riaffiorato alla mente quello che era successo nella notte. Pensava a Enrico, alla scuola materna e alle sue normali incombenze. Poi improvvisamente su di lui si catapultò la consapevolezza della situazione, distese un braccio dalla parte di Svetka e, naturalmente, lei non c'era più.

Tutti gli universi caddero ancora una volta addosso a Consonni, che pur essendo un po' intontito, percepiva l'ennesima morte del cuore. Si alzò dal letto, era nudo come un verme, quanti anni erano che non aveva dormito nudo? Allora non è stato un sogno, allora...

Un particolare lo riportò alla realtà, ai piedi della parte di letto dove un tempo dormiva la Luigina c'era un cane, il cane di Svetka.

Consonni indossò con furia barbarica la vestaglia e si precipitò in cucina.

Svetka era lì, che faceva colazione. Aveva trovato dei biscotti e messo su un caffè. Gli sorrise e gli mostrò i suoi favolosi occhi blu.

Consonni, che stava già partendo per un volo di furore tardoromantico, dovette ricomporsi e cercare di produrre un sorriso anche lui.

Andò in bagno, per riprendersi, e per lavarsi i denti perché lui al mattino aveva l'alito cattivo, Angela glielo diceva sempre.

Ahmed e Youssuf si aggiravano sul ballatoio del secondo piano, dove c'era l'appartamento senza numero, quello occupato da un numero indefinito di peruviani.

E se la droga l'avevano presa loro? Quei tappetti sembrano calmi e tranquilli ma sono furbi, e si fanno i giri loro, anche di roba. Oddio, loro trattano di più la cocaina, e Ahmed e Youssuf ancora in quel giro non c'erano entrati, parlavano come magnavano.

Purtroppo il problema dell'appartamento dei peruviani era che c'era sempre qualcuno dentro, la casa non era mai vuota, l'avevano capito appostandosi dentro un locale vuoto, senza finestre, allo stesso piano. Per un peruviano che usciva un altro ne entrava, quando i bambini andavano a scuola rincasavano quelli che facevano il turno di notte all'ospedale come infermieri. Le donne che andavano a lavorare a servizio, o nei ristoranti, uscivano presto, ma ne rientravano altre, che avevano dormito in casa della vecchietta da badare. Insomma, quell'appartamento lo facevano lavorare al massimo.

«Che facciamo?» chiese Youssuf ad Ahmed, il più grande.

«Tu vai alla porta e gli chiedi l'elemosina, entri dentro, prendi qualcosa e scappi. Loro ti inseguono e lasciano la casa vuota, io entro e do un'occhiata».

«E perché io? Perché non vai tu a chiedere l'elemosina?».

«Perché è più rischioso entrare dentro che scappare: hai paura di questi bassetti? Che ti prendano? Proprio tu?».

«Ok» disse Youssuf, per nulla tranquillo. Ahmed mandava sempre lui allo sbaraglio, e chi le prendeva era naturalmente lui.

Così Youssuf bussò alla porta, dovette farlo forte e a lungo perché la musica era ad alto volume. Gli aprì una signora in maglietta, pantaloncini corti e ciabatte. «Que quieres?».

Il magrebino fece la faccia più a morto di fame che poteva, e cominciò una lamentela, che non mangiava da tre giorni, che non aveva lavoro, che doveva tornare a casa ma non aveva i soldi, che suo padre era molto ammalato, eccetera.

La sudamericana lo guardò dalla testa ai piedi, in effetti l'aspetto macilento lo aveva, però portava delle sneakers da 100 euro. Mah, gliele avranno regalate alla Misericordia.

«Aspetta aquí, dà qualcosa da comer». Andò a prendere pane e formaggio in cucina, e anche qualche spicciolo. Quando tornò indietro il ragazzo era scivolato dentro l'appartamento e stava frugando dentro i cassetti.

La signora cominciò a urlare e arrivarono due maschi. Youssuf uscì sul ballatoio, i tre presero a corrergli dietro, ma come previsto non riuscirono ad acchiapparlo. Lo inseguirono fin sulla strada, setacciando ogni angolo e maledicendolo. La signora strillava come un'ossessa. «Ladrón, ladrón, hijo de puta!».

Intanto Ahmed era penetrato in casa e aveva cominciato a ispezionare l'appartamento, pieno di letti, coperte e masserizie, non sarebbe stato facile, si infilò in cucina, la gente di solito nasconde la roba in cucina, o in bagno.

Avessi un cane, come quelli addestrati che hanno gli sbirri... Cazzo. Rovesciava a gran velocità materassi e cuscini, valigie, sacchetti di plastica, scatole di cartone.

A un certo punto sentì un rumore, quello di una porta che viene chiusa. E delle mandate del chiavistello, come se qualcuno avesse serrato la porta dall'interno. Presto arrivò un signore non giovanissimo, alto non più di un metro e mezzo, e largo altrettanto. Indossava una canottiera rossa senza maniche con scritto sopra *Armenti pezzi di ricambio*, e un cappellino a visierina. Aveva gli zigomi più in alto degli occhi, e delle braccia di 60 cm di circonferenza, che non riusciva ad allineare al torace, rimanevano divaricate per il volume dei deltoidi.

«Hijo de puta» disse «te voi a enseñar yo».

Si mise in guardia, aveva rudimenti di pugilato.

Ahmed tirò subito fuori il coltello, e lo roteò davanti alla faccia scultorea del peruviano. Il tracagnotto con un gesto fulmineo gli afferrò il polso e lo strinse talmente forte che Ahmed dovette mollare il coltello, poi partì con un secco uno-due, un gancio sinistro e un montante destro. Il ragazzo finì per terra, già sanguinante.

L'uomo gli assestò altri tre o quattro colpi, poi lo prese di peso, riaprì il portone e scaricò il ladro sul ballatoio, dicendogli con calma:

«Andate a rubare da un'altra parte, figli di puttana».

Nel frattempo erano tornati gli altri tre peruviani, inveleniti. Presero a calci Ahmed e lo infamarono.

Il pusher riuscì a rialzarsi, la faccia pesta, un paio di costole rotte? Scese le scale zoppicando e ritrovò Youssuf sull'androne, il quale si stupì di vedere il compare ferito e claudicante, l'avevano proprio conciato male, quando di solito un destino simile toccava a lui. Gli venne in mente quella volta che lui e suo fratello avevano un mandarino a testa: il suo era bello grosso e con una bella foglia, quello del fratello era smunto e con la buccia spessa. Allora suo fratello sostituì i mandarini, visto che era il maggiore e si arrogava il diritto di scegliere. Ma quel piccolo mandarino rinsecchito era buonissimo, mentre quello con la foglia faceva schifo.

Questo pensava Youssuf mentre Ahmed cercava di riprendersi. La spedizione era stata, nell'insieme, un fallimento. Erano da capo. Però, mentre stavano per uscire, sotto l'androne passò una grossa berlina, facendo un gran rumore, una macchinona scura che alla guida aveva – e questa era una bella sorpresa – una persona che loro conoscevano, per lo meno di nome: il Francese. Era un pezzo grosso, almeno a guardare la cosa dal loro punto di vista, uno che aveva a che fare con giri dieci volte più grandi del loro, uno cui era meglio non dare disturbo. E che ci faceva un tipo di quel calibro lì dentro, allora c'era di mezzo lui?

Il Francese era entrato rombando, e aveva inchiodato a due millimetri dalla BMW roadster di De Angelis, che subito corse fuori a controllare gli esiti. Quello che vide fu un trentenne in completo scuro e con una camicia azzurra aperta sul petto. Aveva la barba lunga di tre o quattro giorni, di quelle che si tengono così apposta.

Il bruto si guardò intorno e quando vide De Angelis che si stava azzardando a dirgli che così non si fa, ma non lo fece, gli chiese con violenza: «Cerco il segnor Consonni, quale è suo appartmon?».

De Angelis glielo indicò e allora il malvivente si scagliò per le scale, raggiunse il portoncino e cominciò a picchiarci sopra con brutalità.

Anche Ahmed e Youssuf videro che il Francese bussava alla porta di quel signore anziano, neanche lì avevano trovato niente. Allora era lui quello che cercavano?

«Apri, grandissimo stronso, so che Svetka è lì!».

Consonni stava dietro la porta, cercando di non produrre il minimo rumore.

«Apri, bastardo! Io te amasso!».

Svetka nel frattempo si era già rivestita, e con una velocità impressionante aveva ricomposto il suo bagaglio.

«Chi è lei? Che cosa vuole?» provò a replicare Consonni.

«Sono il Francese. Tu apre questa porte o io te amasso!».

«Il Francese? E chi è il Francese? Io non la conosco. Se ne vada!».

«Lascia perdere» gli disse Svetka. «Il destino non si può cambiare».

«Ma come, vai da lui?» le rispose l'Amedeo, come a dire, e io che ci sto a fare?

«Non può essere diversamente, è stato bello... dimenticami...».

Da fuori il Francese continuava a gridare: «La ragazza è mia, sporcone vecchio, falla uscire, o si no peggio per te!».

Molti degli inquilini della casa di ringhiera nel frattempo si erano messi a guardare dalle finestre.

Peccato per la signorina Mattei-Ferri non esserci. Si perse la scena, quel maiale del Consonni si è portato a casa la solita Lolita e adesso ha combinato dei casini, è venuto il pappone. Questo più o meno avrebbe pensato fosse stata presente...

Anche Donatella Giorgi si affacciò: il signor Consonni, con una di quelle, ah, questa poi...

De Angelis, vista la situazione, era riparato in casa, ma capì che questa volta l'Amedeo l'aveva fatta grossa: così imparava a fare il seduttore, neanche lui aveva più l'età.

Dal ballatoio del secondo piano si affacciarono i peruviani, interessati a che il tutto potesse confluire in una rissa. Ma sapevano che quando uno urla tanto al coltello non ci arriva mai.

Svetka uscì dall'appartamento di Consonni, trascinandosi dietro la grossa valigia con le ruote. Gli inquilini in osservazione si stupirono di come fosse giovane. Hai capito il maiale, se ne approfitta che l'Angela è all'estero, e si porta in casa le ragazzine!

In questa situazione, nonostante fosse presente un uomo che evidentemente era un cattivo, un macrò, uno sfruttatore, pochi parteggiavano per il Consonni.

Ma il Francese non sembrava essere soddisfatto, voleva essere pagato: «Si tu va con mia donna tu paga. Il fò peié. Tu po' avere Svetka quando tu vole, ma tu pagare, e per notte intera sarebbero 1.000 euro, ma tu mi dà 500 euro e ti faccio sconto, sconto over 65, tu contento?».

Ossignur, pensava il De Angelis, cinquecento euro?

Consonni era smarrito, mentre assisteva alla scena, Svetka era già salita sul macchinone scuro.

«Ma io non ce li ho cinquecento euro in contanti, al massimo ne ho duecento...».

«Io te accompagnar a bancomat, io tengo molta pazienza, ma tu non fa' furbo con me».

Svetka, sulla macchina, non ebbe il coraggio di guardare Consonni, che indossò l'impermeabile sopra la vestaglia, a gambe nude, e si avviò fuori dalla casa di ringhiera, verso la banca. Il Francese lo seguiva con la BMW, a passo d'uomo.

Consonni ritirò 250 euro e ne consegnò al Francese un totale di 485.

Quello si ritenne soddisfatto.

«Tu mi dare la differenza prossima volta».

Il Francese mentre riponeva le banconote nel suo portafoglio estrasse un biglietto da visita e lo consegnò a Consonni.

«Questo è favore che ti faccio, tu mi sembra persona OK. Viene quando vuole».

Ripartì a tutta velocità.

Perché proprio quella mattina la signorina Mattei-Ferri era assente? Perché doveva andare a Lugano, al centro specializzato presso il quale era in cura, alla clinica del professor Lindert, per la visita di controllo. Lei sperava ardentemente che le permettessero di non usare più il busto, di poter tornare alla vita che faceva prima, principalmente per togliersi di torno quel costosissimo e curiosissimo badante, che le impediva di dedicarsi alle sue principali attività e che era sempre in mezzo, a farsi gli affari suoi, cioè di lei.

La vennero a prendere con un'ambulanza a pagamento – chissà quanto le costa, si era chiesto il Giorgi –, con grande efficienza i lettighieri la camallarono giù per scale in barella. La condussero a Lugano e l'avrebbero riportata indietro nel giro di qualche ora. Claudio la accompagnò.

Era ridotto uno straccio, non aveva potuto dormire, pensando a come lo aveva trattato Donatella. In clinica passò più di due ore in sala d'aspetto, a macerarsi. Ma chissà cosa ho mai fatto, o forse cosa lei crede che io abbia fatto. O forse cosa ha fatto lei, si sente in colpa per quello che mi ha fatto e allora mi attacca, come succede sempre. Ma cosa mi ha fatto?

Una sala d'aspetto in una clinica ortopedica a Lugano non è il posto migliore per trovare delle risposte, semmai viceversa. Claudio era in crisi, e si rese conto che pensava sempre più insistentemente a bere qualcosa e quindi a decretare la sua fine: cupio dissolvi.

A mezzogiorno erano già di ritorno a Milano, in casa di ringhiera, sul ballatoio. Gli svizzeri aiutarono la signorina a salire sulla sedia a rotelle e salutarono, in fretta. La signorina consegnò la chiave a Claudio, era di pessimo umore perché, secondo il parere del professore, il busto lo avrebbe dovuto portare altri due mesi, fino al controllo successivo. Altri due mesi di semiinfermità, di badante, di spese.

Claudio infilò la chiave, ma subito fece dietrofront e spinse la signorina più lontano. Pareva turbato.

«Signorina, aspetti qua, la porta è aperta, qualcuno è entrato».

«Entrato? Sono venuti i ladri? Ossignur...».

«Vado a vedere, e se fossero ancora dentro? Me lo dica lei cosa devo fare».

«Vada, vada a vedere, ma sia prudente... con questa gente, non si sa mai...».

Claudio si introdusse in casa, non c'era nessuno, però era evidente che qualcuno era entrato, aveva violato l'appartamento, lo aveva perquisito, alla ricerca di qualcosa, valori, soldi, gioielli.

I tre locali erano un disastro, il tavolo era rovesciato, gli armadi aperti e il loro contenuto riversato per terra, i cuscini sventrati, i materassi ribaltati, piatti e bicchieri gettati per terra, in mille pezzi. Erano venuti i barbari, e avevano distrutto il poco che c'era.

Che i delinquenti fossero ancora all'interno? Claudio si fece coraggio e andò a vedere in bagno, dove non c'era nessuno.

E allora gli venne in mente un'idea insana. Ok, erano venuti i ladri. Chissà cosa avevano rubato. Avevano trovato i 2.000 euro dentro il cassone?

Ci infilò il braccio dentro.

No, non ci erano arrivati, ora o mai più. Così Donatella imparerà.

In trance stava per artigliare il guscio di plastica. Già, e le impronte digitali? Indossò un paio di guantini di lattice, quelli che si metteva quando puliva il culo alla Mattei-Ferri. Quindi acchiappò il contenitore. Lo asciugò con il telo da doccia e lo aprì. Incamerò il contenuto e gettò il guscio di plastica per terra, lasciando discosto il coperchio del cassone, così che si vedesse bene che qualcuno ci aveva messo mano. Si infilò il bottino nelle mutande e uscì fuori, in ambasce: «Signorina, dentro non c'è più nessuno, ma hanno distrutto tutto, hanno rubato tutto, vuole entrare?».

«Certo che voglio entrare, mi porti subito all'interno! Come fa a sapere che hanno rubato tutto? Non c'era niente da rubare!».

La signorina vide tutta la roba buttata per terra, gli armadi svuotati, i barattoli in cucina rovesciati.

«Devo andare in bagno, me la faccio addosso, presto, mi porti in bagno!».

Claudio la accompagnò. La signorina pareva perfettamente in grado di reggersi in piedi, pur se infastidita dal busto.

«Ha bisogno di aiuto?».

«Se ne esca fuori, immediatamente».

Quando la Mattei-Ferri uscì dal bagno sulle sue gambe, pareva accusare un malore... chiese a Claudio di aiutarla a mettersi sul letto.

Claudio, con i 2.000 nelle mutande, lo fece, la Mattei-Ferri stava per perdere i sensi. Eppure il suo cervello stava lavorando a mille: sono stati loro, quei maledetti peruviani, e chi altro può essere stato?

Nel suo intimo pensava che di mezzo ci fosse anche il Giorgi, quel parassita. Sicuramente era d'accordo con i peruviani e aveva fatto la spia: domattina dobbiamo uscire, potete agire indisturbati. Ma non esternò questo suo sospetto, se il Giorgi era coinvolto era meglio che lui non sapesse che lei ne era al corrente.

La cosa che la colpì di più era che sembrava che i ladri cercassero qualcosa di preciso, soprattutto in mezzo ai suoi esami clinici. In effetti sul pavimento erano sparpagliate decine di radiografie, tomografie assiali computerizzate, risonanze magnetiche, ecografie. Un macello!

Dunque la signorina, a differenza degli altri inquilini cui era capitata la stessa cosa, non toccò niente e chiamò immediatamente la polizia: la denuncia era pronta e non era contro ignoti, era evidente che i colpevoli erano quelli che pensava lei. In attesa delle forze dell'ordine non disse niente a Claudio, recitò perfettamente la parte. Se lo avesse accusato direttamente quello se ne sarebbe scappato via, e addio. Occorreva che lui rimanesse lì, senza muoversi. Ma come incastrarlo? Chissà dov'erano a quest'ora i 2.000 euro.

Claudio simmetricamente aveva il bisogno urgente di liberarsi della refurtiva. Gli venne addirittura in mente di rimettere a posto i 2.000, pentito. Ma la signorina non gli permise di tornare in bagno, poteva inquinare la scena del delitto.

Allora Claudio ebbe un'idea, nascose i denari nel posto che riteneva il migliore.

Consonni, una volta che il Francese era ripartito con Svetka a bordo, non sapeva pensare ad altro che a come procurarsi un revolver. In condizioni normali si sarebbe molto vergognato di farsi vedere in ciabatte, polpacci nudi e impermeabile, dopo aver dato scandalo, ma in quel momento non gli importava niente, pensava solo a come salvare Svetka dal suo destino, a costo di ammazzarli tutti.

Il suo cervello era completamente intasato, pronto a

scoppiare. E così era quello il business, erano quelli i cattivi, che sfruttavano Svetka contro la sua volontà.

Per la testa dell'Amedeo passò anche, fuggevolmente, l'idea che Svetka potesse essere d'accordo col Francese, per estorcergli 500 euro (scontati a 485). E se il suo indirizzo al Francese glielo avesse passato proprio lei? Ma no, quelli lo sapevano già, gli avevano vandalizzato l'appartamento. E poi non era possibile, ciò che aveva provato durante la notte per lei non aveva niente a che fare con il mercimonio. Neanche a pensarci, è questa la fiducia che ho in lei, nel momento in cui il nostro rapporto è tutto basato sulla fiducia?

Così Consonni andò in banca, alla sua filiale, a ritirare del contante, per comprare la pistola. Certamente non avrebbero accettato un assegno, o la carta di credito. Ma quanto costerà una pistola? Ci vorranno parecchi fogli da cento.

Consonni si presentò allo sportello stravolto, in impermeabile, senza pantaloni. L'impiegata, che lo conosceva bene, si preoccupò, che gli stava succedendo al buon Consonni? Normalmente persona tranquilla, dignitosa e di buone maniere.

Consonni invece, conciato com'era, con modi bruschi chiese a quanto ammontava la sua disponibilità.

«Duemilaquattrocentotredici euro, signor Consonni».

«Allora me ne dia 2.000 in contanti, velocemente».

L'impiegata era un po' indecisa, quando le persone, soprattutto anziane, vengono a chiedere liquidi con urgenza c'è sempre da preoccuparsi, una truffa? E se qualcuno gli aveva detto che l'Enrico aveva dei problemi, e che la Caterina era in carcere?

L'impiegata fece finta di doversi assentare un attimo per una pratica e chiese al vicedirettore di filiale.

«C'è qui il signor Consonni, che pare molto turbato, ha il soprabito sul pigiama, è in ciabatte, come se fosse sceso dal letto e si fosse precipitato qui».

Il vicedirettore parlò con l'Amedeo facendo finta di passare da lì per caso.

«Signor Amedeo, tutto a posto? Come mai le serve molto contante? Ha bisogno?».

«Lei si faccia gli affari suoi, e mi dia i liquidi» rispose maleducatamente il pensionato.

Il vicedirettore scosse la testa e alzò le spalle, che poteva fare? Disse all'impiegata di liquidare. Duemila euro non sono la fine del mondo.

Tornando a casa Amedeo ripensava al da farsi. Era ovvio che lui in quell'avventura poteva rimetterci la vita. Ma la vita di Svetka non valeva la sua? E una volta che ho fatto fuori i suoi sfruttatori, come farà lei a ricominciare? Questo era un bel problema. E se le facessi una donazione? Per esempio il mio appartamento, tanto io il resto dei miei giorni lo passerò in galera, ammesso che sopravviva. Già, ma la casa in parte era di Caterina, e poi c'era Enrico. No, le darò i miei BOT, quelli sono miei, e ne posso fare quello che mi pare.

Rientrando nel suo appartamento si rese conto che Maximilian era rimasto lì, Svetka non se l'era portato dietro. Era un segnale? Svetka cosa voleva significare, lasciando a Consonni ciò che probabilmente aveva di più caro?

Appena Consonni riaprì la porta di casa sua Maximilian uscì in tutta fretta e pisciò sul ballatoio. Poveraccio, evidentemente era abituato a farla la mattina. Consonni dovette asciugare con lo straccio. Mentre si adoperava sul ballatoio Maximilian era sceso da basso, nella corte della casa di ringhiera, e aveva trovato nella parte non selciata, polverosa, il luogo ideale dove defecare. Proprio accanto alla macchina di De Angelis. Ma la sirena della macchina della polizia lo spaventò, corse a rifugiarsi da Consonni, che pensò che la polizia fosse lì per lui, chiamata da qualcuno che non era capace di farsi i fatti propri. Occorreva svicolare via, rapidamente. In realtà i poliziotti andarono subito nella casa della signorina Mattei-Ferri. Ecco chi l'aveva chiamata, e chi altri?

Consonni, rivestitosi, uscì di nuovo, cercando di non dare nell'occhio, travolto dal suo unico obiettivo, che era quello di procurarsi una pistola, nonostante non avesse idea di come fare. Riuscì a passare inosservato, prese con sé Maximilian e partì, indemoniato.

Certo, le pistole le vendono dagli armaiuoli, ma lui non aveva il porto d'armi, e poi gli serviva un'arma non registrata, di nascosto. E a chi poteva chiedere?

Pensò ad Antonio, l'inquilino dell'appartamento 9, che in passato aveva avuto a che fare con gente losca, per esempio un certo Adrem, che non aveva fatto una bella fine. Però Antonio non c'era, non si trovava mai, dicevano che fosse andato in Germania per un lavoro. E allora? Consonni si ricordò che quando frequentava il Circolo, tanti anni prima, c'era uno che chiamavano il Perteghètta, per via che era lungo e allampanato, che un tempo aveva i suoi giri.

Tramite il Raul riuscì ad avere informazioni: prima di tutto che il Perteghètta era sempre vivo, secondo che non era cambiato poi molto, terzo l'indirizzo del Perteghètta medesimo.

Il Perteghètta adesso abitava all'Ortica, anzi, ci abitava anche prima. Consonni raggiunse la sua casetta, in fondo a via Arnò. Ci viveva con sua figlia, aveva circa settantacinque anni e alle otto e mezza di mattina lo sbattevano fuori di casa, sarebbe tornato alle dodici, per pranzo, e poi l'avrebbero fatto uscire un'altra volta, fino alla sera, orario 19.30.

Questo regime d'estate poteva anche funzionare, ma nelle altre stagioni, soprattutto coi primi rigori, il Perteghètta non sapeva dove andare.

Più di due ore al giorno al bar non ce lo volevano, oltretutto non consumava niente, non avendo soldi.

Consonni rintracciò il suo uomo fuori dal bar e lo salutò: «Allora Perteghètta, cum'andem? Sono il Consonni, l'Amedeo, non mi riconosci?».

Consonni si era portato dietro il cagnetto, che si mise ad annusare le scarpe del Perteghètta.

A Maximilian non dispiaceva affatto questo signore amico della sua padrona. La nuova situazione era molto migliore della precedente, nella quale Svetka lo portava fuori per cinque minuti, giusto per i bisogni, e poi lo lasciava chiuso in casa per tutto il giorno. Invece questo signore lo portava a passeggio e lui si divertiva un mondo. D'altronde Maximilian ormai rappresentava un simbolo del legame indissolubile fra lui e Svetka, un anello che prima o poi si sarebbe richiuso.

«Amedeo, ma te se' propi ti? Ah, questa poi...».

«Andiamo, andiamo a prendere un caffè al bar, offro io» disse il Consonni.

Questa semplice frase, oltre alla commozione di incontrare un vecchio conoscente dei tempi d'oro, suonò al Perteghètta come parole magiche.

Al bar ordinò un cappuccino e tre paste, tanto pagava l'Amedeo.

«Scontrino alla cassa» gli disse la signora barista, Consonni pagò, e il Perteghètta si sbafò la colazione serale.

« E la Luigina? Come sta? Ah, me la ricordo benissimo, una vera signora...».

«Eh, purtroppo la Luigina non c'è più, ci ha lasciato qualche anno fa».

«Oh, come mi dispiace...».

«Eh, ormai è acqua passata».

«Ma alora, com'è che sei venuto da queste parti? Qual buon vento?».

Il Perteghètta era rincoglionito, ma non all'estremo. Aveva capito che il Consonni, se si era fatto vivo, era perché aveva bisogno di lui.

«Un vento brutto, Eugenio» chissà in che modo il Consonni si era ricordato come si chiamasse veramente il Perteghètta, il quale, sentendosi chiamare per nome, cosa che non faceva mai nessuno, capì che la situazione era seria.

«Te la faccio breve, Eugenio, ho bisogno di una pistola».

Eugenio continuò a inzuppare la brioche nel cappuccino, un po' se lo aspettava.

«Una pistola? E perché?».

«Perché mi voglio sentire più sicuro, c'è gente che mi sta dando fastidio».

«Ah».

Il Perteghètta prendeva tempo, cercava di capire.

«Ma tu lo sai che sono fuori dal giro, di queste cose non so niente, ormai sono un vecchio».

«Beh, pensavo...».

Mentre anche il Perteghètta pensava, Maximilian gli si attaccò a una caviglia. L'Eugenio gli dette un calcio, il cane si mise a frignare ma Consonni non lo consolò, gli disse di stare buono e a cuccia. Maximilian non era stato educato bene, si mise ad abbaiare, Consonni lo sgridò, con fermezza.

Insomma l'Eugenio per duecento euro dette all'Amedeo, proprio per amicizia, il nominativo e il numero di telefono di un tipo che trattava nel genere.

La macchina della polizia si trattenne nella corte della casa di ringhiera per diverse ore. Gli agenti dovettero eseguire un sopralluogo approfondito e fare rilievi specifici. La Mattei-Ferri volle parlare da sola con il sovrintendente capo Cotone, che però tutti chiamavano «maresciallo».

«Maresciallo, mi hanno rubato tutto quello che avevo in casa, vale a dire quattromila euro».

«Quattromila euro? E perché teneva in casa tutti questi soldi?».

«E dove li devo tenere, in banca? Per essere vittima di ulteriori grassazioni?».

«E dove li teneva nascosti?».

«Dentro il cassone dello sciacquone, in bagno».

«Ma signora, dentro il deposito dello sciacquone? Notoriamente trattasi del primo posto dove vanno a cercare!».

«Comunque mi hanno rubato seimila euro, che tenevo nascosti lì dentro».

«Ma non erano quattromila?».

«No, erano seimila, ora mi ricordo meglio».

«In contanti?».

«Certo, in contanti, in pezzi da cinquecento».

«E le hanno rubato altro? Gioielli, oro, valori?».

«E le pare che io sia tipo da possedere gioielli? Ma lo vede in che condizioni sono? Io sono sulla sedia a rotelle, ed è facile approfittarsi di me, non lo vede?».

«Ma approfittarsi in che senso?».

«E che ne so io? Non sono mica la polizia».

Il sovrintendente capo non ci capiva niente, effettivamente però sembrava che i ladri, insomma i responsabili dell'irruzione, avessero messo a soqquadro la casa cercando qualcosa. Allora lo sapevano che c'erano dei soldi. Forse si immaginavano che la vecchia ne avesse, o forse lo sapevano per certo.

«Lei ha dei sospetti su chi potesse essere a conoscenza del fatto che lei custodiva questa grossa somma di denaro in casa?».

«Non ho sospetti, ho certezze. Sono stati i peruviani del piano di sopra. Quelli sono una manica di ladri, e stamattina hanno visto che uscivo presto, hanno avuto campo libero. Li metta tutti dentro».

Nel frattempo due degli inquilini erano tornati a casa, il De Angelis e Donatella. Si trattennero nella corte, vicino alla macchina della polizia, cercando di avere notizie. Sembrava che l'appartamento della Mattei-Ferri fosse stato vandalizzato, probabilmente dei ladri che cercavano qualche valore.

Sia De Angelis che Donatella fecero mente locale. Ciascuno pensò al fatto che anche il suo appartamento aveva subito la stessa sorte, ma nessuno dei due lo confessò all'altro, preferirono dirlo al maresciallo.

Quest'ultimo, che contava di essere a casa per cena, sua moglie aveva preparato il polpettone, piatto che a lui piaceva moltissimo, dovette invece parlare con gli altri inquilini, che dichiararono di avere delle cose importanti da dirgli.

Per prima parlò Donatella, che gli raccontò che la stessa cosa era accaduta nel suo appartamento. Poi fu la volta di De Angelis: la stessa storia.

A tutti e due il sovrintendente capo Cotone, estenuato, contestò: «Ma perché non avete sporto regolare denuncia? E avete anche rimesso in ordine gli appartamenti, praticamente occultando le prove? E io come posso procedere nel vostro caso se non c'è una denuncia? Ma come si fa a lavorare così?».

Gli inquilini risposero che avevano pensato ad altre cose, di carattere privato. L'unica che si sbilanciò, piangendo, fu Donatella: «Pensavo che si trattasse del mio ex marito, sa, dopo tutto quello che è capitato, che vuole, mio marito è un alcolizzato grave, o almeno lo era, adesso ha fatto la detox, ma non è la prima volta, poi torna sempre a manifestare comportamenti imprevedibili e violenti... più volte si è accanito contro di me e contro la nostra casa, dalla quale è stato estromesso dal giudice. E io allora ho pensato... soprattutto non volevo che lo sapessero i miei figli, ne hanno subite tante... Come potevo pensare...».

«Scusi, ma se suo marito – come lei dice – è stato estromesso da casa sua, che ci faceva in casa della signorina Mattei-Ferri, la denunciante? Lei come giustifica la presenza del Giorgi?».

Donatella non sapeva cosa dire, mica voleva svelare che Claudio lì faceva il badante, al nero...

De Angelis invece accennò a un misterioso conflitto, risalente al passato, e che lui aveva creduto che... Ma non sapeva, non ricordava... Raccontò la faccenda degli architetti Du Vivier e Ortolani, marito e moglie, proprietari di appartamenti della casa di ringhiera in corso di restauro. Questi due avevano tentato, non molti mesi prima, di minacciare gli inquilini proprietari per il fatto che secondo loro l'intera casa di ringhiera era pericolante, e che quindi presto ci sarebbe stata un'ispezione, gli inquilini sarebbero stati buttati fuori, forse per sempre. Insomma questi architetti volevano che i proprietari svendessero a loro gli appartamenti e se ne andassero; loro poi ci avrebbero sviluppato una speculazione extralusso.

E se questa fosse un'altra mossa per terrorizzare gli inquilini e mandarli via? Quei due erano persone senza scrupoli, e se...

Il sovrintendente capo era perplesso e confuso, ci mancherebbe altro, pensava, due architetti d'alto bordo che si mettono a devastare gli appartamenti...

Lo incuriosiva di più la pista dei peruviani. In effetti la signorina Mattei-Ferri sembrava più che convinta, una ragione l'avrà avuta.

«E va bene, andiamo a parlare con questi peruviani» disse il sovrintendente capo con un certo fatalismo, immaginandosi che quelli neanche aprissero, alle forze dell'ordine. Intravedeva un'infinità di rogne e di pratiche accessorie.

Invece i peruviani aprirono e furono molto loquaci. Per meglio dire loquace era la signora, l'unica che parlava l'italiano, a modo suo.

Senza bisogno che nessuno chiedesse loro niente cominciarono a raccontare che quei delinquenti (bandidos) avevano provato a rubare anche da loro, ma erano stati «messi in fuga».

«Gente de via Padova».

Erano due marocchini, giovani, li descrissero con precisione, cercavano qualcosa. E cosa possono cercare due adolescenti marocchini in diversi appartamenti, senza rubare, se non in uno di questi, il che però era tutto da dimostrare?

Eppure gli inquilini erano persone anziane, inoffensive, impensabile, anche per uso personale, che avessero a che fare con quella gente.

Il sovrintendente capo terminò i colloqui a tarda ora, addio polpettone. Gli sembrava di avere a che fare con una compagnia di matti. Andò a recuperare gli agenti che erano rimasti nell'appartamento della Mattei-Ferri. Questa li aveva convinti, anzi li aveva costretti, a rimettere a posto quello che si poteva, tirare su gli armadi e i tavoli, riordinare le radiografie, ecc. Il resto l'avrebbe fatto il Giorgi.

Comunque era evidente, pensava Cotone, che c'era qualcuno che cercava roba in quella casa di ringhiera. Non erano ladri generici, volevano qualcosa di preciso. Ma magari era solo che quel gruppo di rincoglioniti si faceva i dispetti. Sarà stato vero che la signorina Mattei-Ferri avesse nascosto 4.000, o 6.000, euro nello sciacquone?

Tuttavia la circostanza che le violazioni di domicilio e le vandalizzazioni non erano un fatto isolato ma avevano interessato quasi tutto il condominio aveva scosso gli inquilini coinvolti, i quali si chiedevano anche loro quali agenti esterni avessero focalizzato la loro attenzione sulla casa di ringhiera, e che cosa cercassero.

In più ciascuno dovette riconsiderare le sue precedenti valutazioni. In particolare Donatella era molto dispiaciuta, anche un po' devastata, da come aveva trattato il marito, pensando che fosse lui il colpevole. Si vergognava di averlo creduto, di essersene convinta, quando quel disgraziato di Claudio passava giornate d'inferno con la Mattei-Ferri, a pulirle il culo, ed effettivamente tutto gli passava per la testa fuori che fare incursioni in quella che ancora era casa sua. Meno male che non l'aveva detto ai ragazzi.

De Angelis in parte si sentì sollevato di non essere l'obiettivo particolare di quelli che lui aveva sospettato, però il suo terrore si spostò in una dimensione più generalizzata, come se ci fosse una minaccia che incombeva sulla casa di ringhiera, evidentemente per le malefatte di qualcuno. E se fossero stati veramente gli architetti Du Vivier e consorte?

Dopo che gli agenti e il sovrintendente capo se ne furono andati, per Claudio ci fu molto da fare. Terminò il lavoro in casa Mattei-Ferri solo dopo le nove, era sfinito. Servita la cena, che avvenne più tardi del solito, dovette rimettere a posto. In cucina si guardava intorno, nervoso e turbato. Oddio che ho fatto! E se mi scoprono?

Pensava a quei duemila euro come all'orlo del baratro, all'inizio della fine.

Per giunta la Mattei-Ferri gli teneva ostentatamente il muso: finché qualcuno non le dimostrava la sua innocenza per lei il Giorgi era colpevole, così come i peruviani, sicuramente i maggiori indiziati. E il fatto che le violazioni di domicilio accompagnate da vandalismi avessero riguardato almeno tre appartamenti secondo lei deponeva a favore della colpevolezza dei peruviani, nessuno escluso.

Oddio, anche a lei, come al De Angelis, venne in mente che quei due stronzi di architetti marito e moglie potessero avere la loro parte, in tal caso quale soluzione migliore se non quella di reclutare i peruviani? Quelli sapevano sempre tutto, e potevano controllare dall'alto quando gli inquilini lasciavano i loro appartamenti incustoditi. Il che non scagionava in nessun modo il Giorgi, che poteva essere la testa di ponte. In fondo disponeva delle chiavi di casa Mattei-Ferri, della sua ex casa, quella di Donatella, e probabilmente anche di casa Consonni, visto che in passato ci aveva abitato per una settimana e più. E se Claudio e i peruviani fossero d'accordo con quella gatta morta di Donatella? L'irruzione in casa sua non era altro che una messa in scena per confondere le acque? Lo stesso si sarebbe potuto ipotizzare per il De Angelis. La Mattei-Ferri non escludeva nessuna possibilità.

Claudio in cucina fissava terrorizzato il barattolo dei cereali, nella dispensa, inutilizzato da anni, dentro il quale aveva nascosto i 2.000 euro: chi sarebbe andato a cercarli lì? Io quei soldi non li ho rubati, li ho solo spostati. Santa Madre, ma mica posso dire che ce li ho messi io nel barattolo! E non posso neanche fare finta di trovarli per caso. Sarei comunque il primo sospettato. E se arrestano qualcuno al posto mio? Per esempio i peruviani? Oddio, in che casino mi sono messo.

Claudio si rese conto che dentro di lui stava rimontando con prepotenza la voglia di farsi un cicchetto, doppio o triplo.

C'erano altri due inquilini che relativamente alle irruzioni reiterate negli appartamenti della casa di ringhiera non pensarono affatto agli architetti, o ai peruviani, o agli inquilini stessi, invece i loro sospetti andavano in tutt'altra direzione, più che ovvia, dal loro punto di vista.

Quando Gianmarco e Margherita seppero quello che era successo, violazioni, saccheggi, polizia, tesero a vederla con meno possibilismo di come la vedeva il sovrintendente capo. Avevano capito benissimo come era andata. Decisero di fare una riunione, naturalmente nel posto più sicuro, ovvero la cella-frigo abbandonata, nel sottosuolo dei locali al piano terra della casa di ringhiera.

In questi locali fatiscenti e bui, armati di torcia elettrica, muovendosi in mezzo a rifiuti, materiali di risulta, escrementi animali e umani, raggiunsero il loro quartier generale ed estrassero da un angolo, in mezzo a bottiglie di plastica e a scatolette di tonno aperte, la valigia di alluminio dove custodivano le loro attrezzature. Accesero il lume a gas e aprirono la valigia, difesa da due lucchetti di sicurezza.

Gianmarco si mise subito all'opera, come se fosse tutto come prima.

Aveva del lavoro da fare, preparare tre dosi da un grammo, e lui le dosi le faceva abbondanti, per assicurarsi la clientela non bisognava lesinare, almeno in una prima fase.

«Per domani Karim me ne ha chieste cinque, sono cento euro».

«Secondo me se ne approfitta, chissà a quanto le vende lui» disse Margherita, anche se i suoi pensieri erano tutti concentrati sui fatti recenti, sulla polizia. «Insomma, per te non è successo niente? Secondo te cosa cercano nella casa di ringhiera? Perché hanno setacciato gli appartamenti? E non ti è venuto in mente che sia successo anche a casa nostra? Qualche giorno fa non hai notato che la sera la mamma si è messa a riordinare? E la casa pareva strana».

Gianmarco era tutto gasato al lavoro col bilancino, forse certi discorsi non li voleva neanche sentire, chiudeva gli occhi di fronte all'emergenza.

Dopo aver preparato le dosi si mise a contare i soldi dentro la cassettina di legno: c'erano 465 euro. Margherita aveva paura.

«Non ti è passato per la testa che stanno cercando la roba che hanno nascosto nello sportello del gas? Quelli cercano una cosa sola».

«E allora? Ti sembra che l'abbiano trovata? Qui non ci verranno mai, lo sappiamo solo noi. L'importante è essere prudenti. E poi il capo sono io, non te lo dimenticare!». Gianmarco contava e ricontava le banconote.

«Ma prima o poi ci scopriranno, e quei puscier ci taglieranno la gola, quella è gente che non scherza».

«Non ne sapranno mai niente, con Karim ho messo a punto un sistema infallibile, le dosi mica le vende in zona...».

Margherita non era convinta, avrebbe voluto liberarsi del fardello, in un posto pubblico, magari alla stazione, così lo avrebbero ritrovato e nessuno poteva sospettare di loro.

«Ma smettila, sei la solita paurosa!».

«E se vengono con i cani?».

«Chi, la polizia?».

«No, gli spacciatori».

«Eh, vabbè, troveranno la roba, ma come fanno a sapere che ce l'abbiamo messa noi? E poi noi siamo troppo piccoli, nessuno sospetterà di me e di te».

«Eh, bravo, trovano la valigia con tutta la nostra attrezzatura, anche i soldi!».

Gianmarco dovette pensarci. Effettivamente sua sorella aveva ragione.

«Ok, i soldi e il quadernino li portiamo da qualche altra parte, li infiliamo nella pancia del tuo orsacchiotto, d'accordo? Così qui troveranno solo l'attrezzatura». La roba la nascosero dentro una vecchia scarpa marcita.

Margherita si rassegnò. Tuttavia avvertì suo fratello: «Sei stato attento a non lasciare impronte digitali?».

Consonni aveva parlato per telefono col tipo suggerito dal Perteghètta, spiegandogli che aveva molta premura. Questi, che da tutti veniva chiamato Féls, che in milanese vuol dire morbillo, gli dette appuntamento per le diciotto in un bar di Sesto San Giovanni. Lo venne a prendere con la macchina e lo portò in un appartamento.

Il Féls di pistole ne aveva due, una Beretta automatica 92 e una Smith & Wesson 38 a canna corta, cromata, un gran bell'oggetto, dotata di due scatole di proiettili, 1.400 euro.

«Questo è un articolo del 1986, come nuovo, una meraviglia. Non le posso dire che non è mai stata usata perché sarebbe fuori luogo, ma lo vede da solo, è un gioiello. La Beretta è tutto un altro articolo, ottima arma, se no non gliela offrirei, ma è come paragonare una FIAT a una Maserati. Questa qua (la Smith & Wesson) era l'arma privata di un ex poliziotto, che ora purtroppo non è più fra di noi. Non è registrata, è pulita come un pesce. Me l'ha data in conto vendita la moglie, la povera donna si trova nel bisogno, non posso scendere di cinquanta euro, 1.400, con l'astuccio e le munizioni. Io non ci guadagno niente. È un'arma coi fiocchi, ne riparliamo fra cinquant'anni. Guardi».

E gliela mostrò nel dettaglio. Consonni faceva finta di esibire uno sguardo esperto, ma di armi proprio non si intendeva. Del revolver lo impressionò il peso, e la compattezza.

«Prendo la Smith & Wesson» disse, con l'aria del duro che non ha tempo da perdere.

Il Féls era un po' stupito che l'acquirente non provasse nemmeno a trattare sul prezzo, lui sarebbe sceso tranquillamente a mille, ma quel tipo sprovveduto pagò sull'unghia.

Maximilian dava segni di irrequietezza.

«Ottima l'idea del cane» disse il Féls ad affare fatto. «Lei sembra un pensionato che va in giro a far passeggiare il suo cagnetto, dev'essere proprio un professionista, si capisce dall'arma che ha scelto».

«Un professionista io? Lo ero....» disse Consonni, che non vedeva l'ora di collaudare il revolver. «Vorrei provarla, se non le dispiace, sa, non credo che ci rivedremo».

«Questo lo do per scontato, e ci mancherebbe altro che non gliela faccio provare. Andiamo. La porto al poligono».

«Al poligono?».

«Sì, io lo chiamo così».

Guidando ad alta velocità il Féls portò Consonni in un capannone senza tetto, a una decina di minuti di distanza. Sulla parete di fondo erano già predisposti dei barattoli.

Maximilian, scatenandosi a correre nel poligono, si liberò di tutti gli escrementi possibili. Consonni, a parte quando era militare, non aveva mai sparato un colpo di arma da fuoco.

Non è che avesse intenzione di tirare all'impazzata, voleva soltanto assicurarsi che la pistola funzionasse e che non desse troppo rinculo.

Al primo colpo, sparato tenendo la pistola in basso, come facevano una volta i cow-boy, cadde a terra e la pistola gli volò via di mano.

Il Féls a quel punto capì che non si trattava di un professionista. Al secondo tenne il braccio dritto e andò un po' meglio, al terzo riuscì a colpire il barattolo di doppio concentrato di pomodoro. Sparò un quarto colpo di conferma, ma ormai si sentiva a suo agio. Maximilian era fuggito via, impaurito. Dopo cinque minuti si rifece vivo, e raggiunse Consonni sullo stradello.

Il Féls accompagnò padrone e cane alla fermata della metro.

«Mamma, è per te» urlò maliziosamente Margherita. L'offensiva telefonica di Adolfo era cominciata, anche su rete fissa.

Donatella, involontariamente, mentre raggiungeva la cornetta si ravviò i capelli.

«Ciao, carissima, come stai?».

«Eh, che vuoi, sempre sotto pressione».

«Bene, che ne diresti per un paio d'ore di allentare la pressione?».

«Beh, cioè, che intendi dire?».

«Giovedì c'è un'interessantissima occasione letteraria, una presentazione di un libro che a me interessa molto».

«E come si chiama questo libro?».

«*Morte di un ex tappezziere*, è di un autore toscano, ho letto una recensione che dice che...».

Per Donatella tutto ciò era arabo, o marziano, comunque galassie lontano dai suoi interessi e abitudini. Mentre Adolfo parlava, un solo interrogativo imperava nella mente di Donatella: «Cosa mi metto?» fu l'angosciante domanda che si materializzò immediatamente nell'encefalo, che si trasformò subito in «cosa mi metterei?», e poco dopo in «cosa mi sarei messa?».

Donatella non era mai stata a una presentazione di libri. Chissà cosa si immaginava, gente elegante, discorsi raffinati. Se avesse saputo che a quella presentazione erano presenti sette persone, compreso l'autore, in scarpe da montagna, e un paio di suoi parenti, si sarebbe fatta meno problemi. Ma lei questo non lo poteva sapere, e rintuzzò l'invito. Disse che era impegnatissima, con il lavoro, non osava dire quale, fare le pulizie negli appartamenti, accampò mille scuse e sbarramenti, anche in eccesso. Bastava dire che giovedì non poteva.

Adolfo ci rimase un po' male, ma non per questo avrebbe presto alzato bandiera bianca.

«Chi era, mamma?» fece Margherita.

«Non rompere le balle, tè!».

La faccenda non piaceva per niente né a Margherita né a Gianmarco.

Ci mancherebbe anche questa, con tutti i problemi che abbiamo.

Sulla metro Amedeo provava strane sensazioni. La pistola nella tasca dell'impermeabile pesava molto, non era facile dimenticarsene. E se l'avessero beccato? Lui, sul quale già gravavano pendenze legali di una certa rilevanza? Però quella pistola gli dava anche un certo senso di potenza, forse, nel caso, sarebbe bastato mostrarla per non essere importunato. Ma da chi?

Era all'erta, un fascio di nervi pronto a scattare. Quello che gli dava soddisfazione solo a pensarlo era che nessuno si sarebbe mai aspettato che un signore così mite nell'aspetto tenesse in tasca un'arma micidiale. Inoltre, e questo un po' lo spaventava, provava un sentimento di totale indifferenza verso il suo destino, si sentiva come una sorta di automa, ma un automa dotato di una certa sensibilità, per esempio per le disgrazie degli altri.

Si sentiva un giustiziere, con la pistola in saccoccia, e come se la sceneggiatura del film fosse stata già scritta, presto si trovò proprio di fronte a una situazione idonea. In via Porpora con Maximilian al guinzaglio, che era stanco e non vedeva l'ora di tornare a casa, Consonni assistette a un vero sopruso.

Un signore, più o meno della stessa età di Consonni, al volante di una FIAT Punto, stava litigando con un giovanotto che guidava un SUV, gli suonava da dietro perché si muovesse.

Il signore osò replicare, dicendo qualcosa tipo: «Eh, ma quanta fretta, chissà lei dove deve andare...».

Il giovanotto non gradì, superò la Punto e gli si inchiodò subito davanti. A quel punto scese dal SUV.

Il guidatore della Punto si era chiuso dentro, ma l'altro picchiava sul vetro con tutte le forze, l'avrebbe sfondato. Il signore era paralizzato, terrorizzato.

«Esci fuori, pezzo di merda, scendi che ti faccio vedere!».

L'anziano restava immobile, mentre l'altro si imbestialiva ancora di più, dando calci alla portiera, con le sue scarpone blindate.

Consonni intervenne.

Disse al giovane di lasciar perdere, che il signore non aveva fatto niente di male.

«E tu che cazzo vuoi? E chi cazzo sei? Vuoi assaggiare questo?» fece l'altro mostrando un pugno, si avventò contro Consonni, pronto a massacrarlo di botte.

Consonni rapidamente estrasse la pistola e la puntò in fronte al giovane.

«Va bene, grandissimo stronzo, cos'è che mi volevi fare assaggiare? Ti dispiace rimontare in macchina e levarti dalle balle, prima che perda la pazienza?».

«Ma che cazz... e lei che cazzo vuole...».

Consonni ebbe la tentazione di sparare a quel coglione su un ginocchio, spappolandogli la rotula.

Se lo sarebbe meritato, ma lui aveva una missione da compiere, e non era il caso di mettersi nei pasticci per punire un piccolo stronzo.

Si assicurò che il microdelinquente si togliesse di torno, cosa che quello fece rapidamente, e si preparò a godere dei ringraziamenti della vittima. Non fu così.

«Lei è pazzo, se quello perde la testa mi fa male a me, mica a lei, ma chi pensa di essere, il Giustiziere della notte? E poi perché si immischia, cosa crede, che io da solo non ero capace di tenerlo a bada?».

La Punto ripartì e Consonni ci rimase male: ma allora che si salvano i deboli a fare? La gente che si era soffermata nei paraggi commentava in modo discorde: «Qui non si vive più, non si può neanche guidare»; «Ma quello era un rincoglionito, che gli tolgano la patente»; «Tirare fuori la pistola, mi pare un po' troppo»; «Siamo alla giustizia fatta in casa, dove andremo a finire?». Eccetera.

Consonni tornò a casa deluso e allarmato: doveva stare più attento.

Maximilian lo seguì fedelmente, faceva un po' il muso, ma quel nuovo padrone neanche se ne accorgeva. Mangiò svogliatamente i croccantini e poi si sdraiò sul divano, provocatoriamente, ma Consonni non si curava di lui, impegnato a studiare i meccanismi della Smith & Wesson, veramente un bell'oggetto.

Consonni sapeva che l'avevano visto tutti, nel condominio, con una ragazza giovane. E avevano visto anche il pappone che la veniva a prendere, e voleva i soldi. In quel momento era al centro del pubblico ludibrio, tutti i condomini lo tenevano sotto osservazione, ma se quei benpensanti avessero saputo... Lui era pronto a sacrificarsi, a morire, e quelli chissà a cosa pensavano, al decoro del condominio?

La semplice soddisfazione di licenziare qualcuno

Mentre beveva il caffè – che fosse l'ultimo della sua vita? – Consonni riaprì la porta a Maximilian. Il cagnetto, che l'Amedeo aveva fatto uscire di prima mattina, aveva già avuto modo di soddisfare i suoi bisogni, nei pressi della macchina del De Angelis, e di farsi una passeggiatina per la corte della casa di ringhiera. C'erano tante cose interessanti, un'infinità di angoletti dove curiosare e annusare. Un odore particolarmente attraente proveniva da un portoncino verde, chiuso, oltre il quale doveva esserci di tutto, purtroppo non si riusciva a entrare.

Consonni, pronto per uscire, ormai aveva capito. Ora che aveva con sé l'arma sapeva bene quale sarebbe stato il suo destino. Prevedendo che avrebbe potuto perdere la vita, pensò a quello che sarebbe accaduto alla sua famiglia, e ad Angela.

Non volle stendere testamenti o simili, in linea di massima quello che possedeva sarebbe finito a sua figlia Caterina, e quindi all'Enrico, però c'erano alcune cosette da sistemare, per Svetka.

Alle otto e venti andò in banca e attuò alcune operazioni: voleva liquidare immediatamente i suoi BOT, che assommavano a circa 30.000 euro di controvalore. L'idea era quella di consegnare tutto il contante a Svetka. Era una discreta cifra, per cominciare a rifarsi una vita poteva essere d'aiuto. In banca gli fecero delle storie, il vicedirettore era preoccupato, ma in quali guai si era cacciato quello là? Ieri il contante, oggi i BOT. Cercò di mettergli i bastoni fra le ruote, disse che i BOT non è che si possano vendere così, dalla mattina alla sera, occorreva... Consonni insistette, sapeva che l'operazione non era a suo vantaggio, ci rimetteva un bel po'. Il vicedirettore però in qualcosa riuscì, il cliente avrebbe potuto ritirare i contanti solo il giorno dopo. Era il massimo che si poteva fare, chissà, in un giorno l'Amedeo avrebbe potuto ripensarci, andare alla polizia, denunciare il ricattatore o il truffatore.

Consonni dovette ingoiare la disdetta, nei suoi piani voleva risolvere tutto e subito.

Quando tornò a casa si rese conto che nel condominio si era creata una fronda anti-Amedeo, quello che si portava a casa le ragazzine a pagamento. Che schifo! E quando l'avrebbe saputo l'Angela? La Mattei-Ferri, per esempio, messa a parte degli eventi accaduti durante la sua malaugurata assenza, neanche lo salutò quel maiale e porco, che sarebbe ripartito, subito dopo pranzo, come fosse indirizzato al patibolo.

Claudio, in mezzo a mille tormenti, era alle prese con le analisi mediche della signorina Mattei-Ferri, che doveva rimettere a posto in ordine cronologico inverso, con le più recenti sopra, dopo lo scempio del giorno precedente. Gli incartamenti occupavano un armadio intero e i vandali avevano messo tutto in confusione.

Il Giorgi pareva alla Mattei-Ferri distratto e inefficiente, sudava, si confondeva; quella di riordinare, fra l'altro in maniera ragionata, le analisi mediche della padrona gli sembrava un'impresa titanica.

La signorina si innervosì ancora di più, ma si trattenne, voleva che quel lazzarone sistemasse le cose, insistette, disse che l'avrebbe fatto da sola, ma che non era in grado e che quelle analisi erano tutto per lei, se fosse arrivato l'ispettore della ASL?

Così Claudio dovette risistemare le centinaia di referti, i primi dei quali risalivano addirittura a venticinque anni prima. C'era un numero indefinito di radiografie, in buste gialle, ma anche risonanze magnetiche, TAC, elettromiografie, angioscintigrafie, PEV (potenziali evocati visivi), elettroencefali, esami del sangue. A parte la pensione di invalidità che prendeva, la signorina doveva essere costata alla comunità, solo di esami clinici, qualche milione di euro.

A risistemare il tutto Claudio ci mise quasi quattro ore, ma la lavorata non fu del tutto inutile. Claudio aveva trovato qualcosa di interessante, tra le elettromiografie, che lui adesso sapeva cosa fossero, aveva guardato sul web. Ce n'erano molte, soprattutto degli anni più lontani. Negli ultimi tempi si erano diradate, la più recente risaliva a circa tre anni prima. Cioè 20 settembre 2008. Che strano, qualcosa suonò nella testa del Giorgi: era la stessa data del foglio che la

Mattei-Ferri teneva nascosto nel water, e che lui aveva trafugato.

La signorina volle andare in bagno, e così Claudio ebbe modo di raffrontare le due copie. Erano identiche in tutto, intestazione ISTITUTO NEUROLOGICO UNIVERSITÀ DI CATANIA, professore ***, ecc. ecc., ma i valori riportati a mano nelle caselline erano assai diversi. Quelli nella copia che stava in mezzo agli altri referti, nell'armadio, erano assai inferiori, e la diagnosi veramente infausta. A quanto pareva la conduttanza dei nervi della signorina non era affatto migliorata, il che giustificava la paralisi agli arti inferiori. Quelli nel water erano molto più alti, e la diagnosi fausta, visto il ripristino della funzionalità dei nervi sciatico e femorale.

E come era possibile? Due analisi eseguite nello stesso giorno, nello stesso istituto, davano esiti così diversi. Si mise in tasca la copia con gli esiti fausti.

La signorina tirò lo sciacquone e chiamò il Giorgi, aveva finito e voleva essere pulita.

Questa poi, pensava il Giorgi mentre si dava da fare con la spugnetta insaponata.

Finita questa operazione disse alla signorina che aveva rimesso tutto a posto, già che c'era aveva dato anche una spolverata alle buste, e all'armadio.

Il sovrintendente capo Cotone decise di fare una visita ai due architetti Du Vivier e Ortolani, presentandosi al loro prestigioso studio in zona Isola.

In fondo il loro doppio appartamento non era stato «visitato». Questo faceva di loro i principali sospetti? Se fosse stato per la loro simpatia e disponibilità il sovrintendente capo li avrebbe giudicati colpevoli in partenza. Con due cellulari a testa gli architetti lo fecero aspettare mezz'ora, il che con le forze dell'ordine non si fa. Poi sbagliavano il suo cognome e lo chiamavano Coltrone. Poi lo chiamavano Maresciallo, se non addirittura agente. Poi non rispondevano alle domande.

«Siete al corrente di ciò che è avvenuto in alcuni appartamenti della casa di via ***, nella quale ci sono due locali di vostra proprietà?».

«Ah, se dovessimo sapere tutto ciò che succede in immobili dove ci sono nostre proprietà».

«Quant'è che non vi recate in quell'appartamento?».

«E chi se lo ricorda? Sa, noi siamo sempre in giro, torniamo adesso da Gstaad».

«Fate uso di sostanze stupefacenti?».

«Certo che sì. Ma che domande sono queste?».

E i due continuavano a telefonare, e parlavano anche le lingue straniere. «Scusi agente, ma sono in linea con Dehli».

Che peccato che quei due non c'entrassero niente con le irruzioni. Che interesse avrebbero avuto? Perché finalmente Cotone – ricevette una telefonata anche lui, ne fu contento, invece di stare lì con le mani in mano ad aspettare che quei due stronzi gli dessero udienza – era stato informato, i due appartamenti di via *** li avevano venduti mesi prima. E nemmeno se ne ricordavano.

Subito dopo pranzo la signorina Mattei-Ferri, mentre beveva il caffè, disse: «Signor Claudio, da oggi lei è licenziato. Lei ha due settimane, come da regolamento, vorrei sapere quale regolamento poi, insomma, lei non lavora più da me, da domani, se vuole, o al massimo fra quattordici giorni, tredici direi, a partire da oggi, comunque per questi eventuali 13 giorni non verrà remunerato».

«E perché? Che cosa ho fatto? Non si è trovata bene?».

«Quello che ha fatto lo sa solo lei, ma non creda di uscirne impunito, sarà perseguito legalmente».

«Legalmente? E per che cosa?».

«Se non lo sa lei».

«Ma le hanno rubato qualche cosa? E accusa me? Le assicuro che...».

«E come fa a sapere che mi hanno rubato qualche cosa?».

La signorina lo faceva diventare matto.

«Ma no, mi sono solo immaginato che le abbiano rubato qualche cosa, e che qualcuno pensi che sono stato io, ma le assicuro che io non ho preso proprio niente, neanche un centesimo, e poi dove l'avrei preso?».

«Ah, lo vede che lo sa? Chi ha mai detto che mi abbiano rubato qualche cosa? E soprattutto soldi. Lo vede che ha la coscienza sporca? E poi i badanti rubano sempre, tutti».

«Ma sono entrati dei ladri in casa sua, e mica solo in casa sua! E come fa ad accusare me, che fra l'altro ero con lei, a Lugano? Io ho un alibi perfetto, nessuno mi può accusare».

«L'alibi infatti ce l'hanno solo i colpevoli, e questa è una prova schiacciante».

«Ma io sono innocente!».

«Lo dimostri!».

«Ma no, non funziona così, io sono innocente fino a che non si dimostra che sono colpevole».

«Senta, Giorgi, qui non siamo in tribunale, e io la licenzio finché mi pare».

La mente di Claudio era veramente confusa e disperata, la Mattei-Ferri sparava a caso, come si fa negli interrogatori di polizia. Voleva che lui si tradisse, e allora cercava di terrorizzarlo dandolo per spacciato. Ma come faceva quella megera a sapere che i soldi li aveva presi effettivamente lui? Claudio sapeva dove voleva arrivare quella là, che lui tirasse fuori i soldi dal barattolo dei cereali, anche se lei non poteva avere idea che il malloppo era lì.

Claudio nel suo intimo si stracciava le vesti, il che è un assurdo, pensando che tutti davano sempre la colpa a lui.

Questa mi licenzia! E adesso come faccio? E se prendo i 2.000 i sospetti si concentreranno su di me, ma anche se non li prendo!

Non ce la poteva fare, il suo sistema nervoso era al limite. Andò in cucina, tirò fuori dalla tasca tre pasticche di Librium e se le cacciò in gola.

Consonni arrivò al villino di via Ghislanzoni, in quartiere La Maggiolina. La villa, una costruzione privata primi Novecento, come ce ne sono tante da quelle parti, non dava sulla strada, era all'interno, ci si accedeva per un cancello automatico, chiuso. Sul campanello non c'era scritto INFO.CAM, come sul biglietto da visita.

Consonni suonò, c'era il videocitofono. Chiesero chi è.

«Sono un cliente, vorrei vedermi con Svetka».

Gli aprirono.

Due uomini all'ingresso gli dissero, senza neanche bisogno di perquisirlo, che la pistola la doveva consegnare. Uno dei due, un tipo molto grosso coi capelli rasati, lo scrutava, Consonni non sembrava un poliziotto, però era armato, teneva la pistola goffamente nella tasca interna della giacca, si vedeva benissimo. Il che voleva dire che aveva intenzione di farla vedere, se no l'avrebbe messa da qualche altra parte. Ma dove pensava di andare?

Consonni consegnò l'arma, loro gli dettero la contromarca per ritirarla. Lo fecero passare, si trovò davanti a un pappone, che però non era il Francese.

«Desidera?».

«Io vorrei vedere Svetka, vorrei passare un'ora con lei».

«Qui no Svetka, non c'è Svetka».

«Senta, lo so che è qui, devo vederla subito».

Il pappone si chiedeva chi potesse essere quel signore anziano, dall'aria inoffensiva.

Era italiano, però, quindi non era sicuramente il padre di Svetka. Qualche volta era successo, che arrivassero i padri per incontrare le figlie. E chi era allora, uno che era già stato con Svetka e che non se ne era dimenticato? Eppure lui non l'aveva mai visto. Però sapeva che Svetka si era allontanata per alcune settimane dalla villa, era appena tornata. Forse si era fatta dei clienti per conto suo, nel periodo di assenza, per meglio dire di fuga. A quanto ne sapeva lui si era messa a lavorare in un bar, a 800 euro al mese. Che deficiente! Alla villa faceva la vita della signora, lavorava non più di quattro-cinque ore al giorno, tutta gente di prima classe, vestiti delle migliori griffe, per non parlare delle scarpe. Cocaina quanta ne voleva, belle macchine, locali di lusso. Ma era scema?

«Qui non c'è nessuna Svetka, e se tu no va' via subito chiamo security, e poi carabinieri».

Consonni mostrò il biglietto da visita che gli aveva dato il Francese.

«Tu dillo subito che ti manda Charles, mi sembravi uno strano. Tu hai appuntamento?».

«No, non ce l'ho».

«Allora vedo problema. Perché tu non telefonato? Perché tu ha pistola?».

«Pistola? Quale pistola?».

«Quella che hai lasciato in portineria».

«Eh, beh...».

«Fai vedere un documento a Markus».

«E chi è Markus?».

«Sono io, no? Ma tu sei un scemo?».

Consonni fece vedere il documento. Markus ne fece una fotocopia.

«E la privacy?».

«Non ti preoccupare. Qui massima privacy. A te piace Svetka, eh?».

«Sì, molto».

«E quando tu stato con lei, che io non ti ho mai visto».

«Non posso dirlo».

A Markus quel tipo non piaceva.

«Svetka in questo momento non disponibile, prendi appuntamento con la ragazza. Sono 500 per un'ora. Vedi con lei agenda».

Consonni si guardava in giro. Voleva capire quanti erano gli uomini che avrebbe dovuto seccare. Per ora tre, più il Francese.

«Il Francese è qui?».

Markus era un po' interdetto, che voleva quel tipo, conosceva davvero il Francese? La faccenda non gli piaceva per niente.

«Si tu vole scopare, paga e scopa. Si tu vole rompere coglioni tu va via e non te fare più vedere».

«Io voglio scopare, sì, scopare...».

«Allora tu va da negra, qui, e prendi appuntamento, ma domani vieni senza pistol gun. No te serve».

Consonni andò da una ragazza di colore, molto elegante e profumata, seduta dietro una piccola scrivania di noce, un bel mobile Ottocento. Fissò l'appuntamento per l'indomani alle tre e mezza. 500 euro più 50 per la biancheria e le pulizie. Un'ora in totale, cinque minuti di più e ne avrebbe dovuti pagare altri 500, succedeva sempre, specie con le persone di una certa età.

Angela, stracarica, con due valigie con le ruote e un'infinità di buste, pacchetti e pacchettini, varcò l'androne della casa di ringhiera che erano quasi le quattro del pomeriggio. Non aveva detto a nessuno che era di ritorno, voleva fare una sorpresona, soprattutto al Consonni, al quale aveva comprato dei regali speciali e per il quale aveva una notizia bomba, anzi, due notizie bomba, una buona e una meno buona. Per quanto riguardava la notizia buona non gli aveva anticipato niente, per scaramanzia, ma adesso era fatta, la loro vita sarebbe cambiata, completamente, tutti i problemi erano risolti, un sogno si avverava. Per quanto invece riguardava la notizia cattiva non l'avrebbe mai rivelata, a nessuno.

Passò davanti alla finestra della signorina Mattei-Ferri, che era seduta in postazione, in mezzo a tutti i suoi pensieri.

«Oh, buonasera signorina, come sta? Come va la sua schiena? Porta ancora il busto?» disse squittendo la Mattioli, contenta di essere di nuovo a casa.

Per la Mattei-Ferri quella là pareva troppo su di giri. Sapeva che era stata a Bruxelles a trovare la figlia, e poi per ben quindici giorni sulla Riviera ligure, fuori stagione. Cosa ci si va a fare in Riviera a novembre, se non perché si ha una tresca?

«So che è stata in Liguria, ma di preciso dove?» chiese infatti ad Angela, ma questa non rispose, sorpresissima che la notizia fosse di dominio pubblico. «Beh, signora Angela, sapesse quante ne sono successe qui in sua assenza. Ne sono successe un bel po', protagonista indiscusso il signor... Lo sa che...».

«Ah, signorina, ora sono troppo stanca, me lo racconterà domani... Arrivederci e stia bene».

Angela dovette fare tre volte le scale per portare davanti alla porta di casa tutti i suoi bagagli. Proprio mentre stava per aprire il portone squillò il suo telefono, era Giulia.

«Ciao, mamma, come stai? Sei arrivata?».

«Proprio in questo momento, sono davanti alla porta di casa...».

«Come stai? Tutto bene?».

«Mah, un po' così... e tu? Le prendi le pasticche?».

«Le pasticche? Ah, beh, sì, certo che le prendo, ma tu? Tu le hai prese?».

«E Marc?».

«No, dimmi di te, io non ho molto da dirti, se non che...».

«Ah beh, io invece ne ho da raccontarti, figurati che sono tornata adesso dalla Liguria, una gran faticata, comunque alla fine siamo riusciti a combinare col notaio, la cosa sembra giunta a buon fine, ma non sto a dirti... mi hanno buttato lì un aumento del 10% per delle spese improvvise e per il ritardo del rogito, come se fosse stata responsabilità mia. Allora sai cosa ho fatto io? Mi sono alzata e ho detto che me ne andavo. E ho fatto la mossa di uscire, con la valigetta che conteneva l'anticipo. Ho cominciato a urlare e gliene ho dette quattro. Allora avresti dovuto vedere i venditori, due fratelli e una sorella, si sono cagati addosso, oltretutto, in base al compromesso, a questo punto la penale la dovevano pagare loro».

Eccola di nuovo, pensava Giulia ascoltando lo sfogo della madre, succedono tutte a lei. La penale? Ma quale penale? Anche un atto notarile diventa un fatto epico, una guerra. E sicuramente in queste scenate lei recita la parte della protagonista, la primadonna.

«Non vorrei dirtelo ma se non ero io a cercare di mediare, di arrivare a un'intesa, non lo so come sarebbe andata a finire... e inoltre io ero al centro degli sguardi, tutti a guardare me, come fossi stata io a fare qualcosa di scorretto... io!».

Le solite storie, pensava Giulia, sua madre, purtroppo colpita da una sindrome depressivo-maniacale bipolare, leggeva sempre qualsiasi avvenimento come se lei ne fosse al centro... Quante volte al minuto usava il pronome «io».

«Ma Giulia, tu vedessi cosa non è questo piccolo appartamento, è un gioiello, un amore, ha addirittura un terrazzino sul porticciolo con un pergolato... In fondo con un milione e mezzo l'ho preso bene, sai, quelle case non hanno prezzo, ma gli eredi avevano bisogno, si vedeva benissimo».

Giulia era sconsolata, ma per telefono non lo si poteva vedere. Adesso c'è anche la casa da un milione e mezzo sulla Riviera ligure. I deliri di sua madre non avevano più limite. Ma perché si inventava queste balle? Allora le pasticche non funzionavano per niente, a meno che lei non le prendesse affatto... Oddio, qui si ricomincia da capo...

«Beh, mamma, ti saluto, sto entrando in Istituto, ci sentiamo più tardi».

«Ah, ma cosa avevi da dirmi? Perché mi hai chiamato?».

«Niente niente, solo un salutino, mamma».

«Grazie. Che tempo fa lì a Bruxelles?».

Mentre pronunciava questa frase Angela si accorse che la figlia aveva già attaccato. Aprì la porta e accese la luce, pensando a cosa potesse prepararsi per cena, niente più che un sandwich al tonno e uno yoghurt, che aveva comprato alla stazione.

Quando si accorse che il suo appartamento era stato vandalizzato e devastato, rimase paralizzata, con le chiavi in mano. In salotto i suoi libri erano stati buttati per terra, sembrava una scena da Germania anni '30, anche se i volumi non erano stati incendiati. Corse in camera: il suo computer era lì, non l'avevano rubato, ma era stato gettato al suolo, così come tutte le sue carte. Il materasso squartato, ecc. Il trattamento era molto simile a quello degli appartamenti del De Angelis, di Donatella, del Consonni e della signorina Mattei-Ferri. Ma qui sembrava ci fosse stato dell'accanimento in più. Nel momento in cui Angela vide che le vetrinette con la sua collezione di pregiatissimi servizi da caffè, Rosenthal, Richard Ginori, ecc. erano state strappate dal muro e rovesciate, e che le tazzine erano per un venti per cento distrutte, fu più che sicura che non si trattava di un tentativo di rapina, che motivo ci sarebbe stato di devastare i suoi beni in questo modo così barbarico?

No, ne era più che certa. L'avevano scoperta, sapevano cosa aveva fatto e adesso la minacciavano, per la questione dei quattro milioni. Il prossimo avvertimento non avrebbe riguardato i suoi miseri averi, si fa per dire, le collezioni di tazzine da caffè valevano un Perù, o perlomeno quello le aveva pagate, ma avrebbe puntato direttamente alla sua integrità personale.

Guardando le sue tazzine ridotte in polvere provò dolore puro.

Prima o poi doveva succedere, e chissà che la colpa non fosse soltanto sua, quella di aver raccontato per iscritto al Consonni, ma non solo a lui, ciò che le era capitato cinque anni prima, e che le aveva cambiato così tanto la vita.

Oppure c'era di mezzo qualche parente della Kakoiannis-Sforza o uno del giro dei VIP milanesi, e lei, che aveva salvato il Consonni da morte certa, era diventata l'obiettivo della vendetta? Oppure erano quelli della casa editrice che volevano a ogni costo il suo manoscritto? Certo, era quello che cercavano, perché volevano sapere come andava a finire la storia. Ma lei si era disfatta di tutto il cartaceo, e il file lo teneva su una pennina USB che portava sempre con sé.

Se Giulia fosse stata presente, se avesse potuto conoscere i confusi e protagonistici pensieri della madre, non avrebbe che potuto dolersi, per la conferma dei deliri maniacali materni. Ma l'Angela era veramente stravolta, che i suoi pensieri fossero sensati o meno.

In ogni caso in un primo momento fu tentata di ricorrere alla scelta estrema, il suicidio. Mors omnia solvit. Se mi trovano morta le loro minacce finiranno nel vuoto, e rimarranno a bocca asciutta. Ma Giulia? Aveva organizzato tutto nel migliore dei modi, il grisbi era già a nome della figlia, il notaio aveva avuto indicazioni precise, a Lugano...

E l'Amedeo? Come la prenderà? Ci devo parlare, ci devo parlare subito. Il suo piano sarebbe stato quello di farsi una bella doccia, rimettersi un po' in ordine, arrivare di sorpresa, con pacchi e pacchetti, e con la notizia. Ma adesso? Quelli là senza dubbio sapevano tutto, anche di Camogli.

Consonni non era in casa e allora lei, senza patemi, usò la sua copia di chiavi. Anche l'appartamento di Amedeo era in cattive condizioni, ma sembrava più per incuria che per altro. Oddio, le tende di seta erano tutte rovinate, il parquet sporco, e, cosa del tutto inaspettata, l'intero archivio di ritagli di giornale, quello relativo ai crimini d'Italia, giaceva rovesciato sul pavimento. Era la collezione cui l'Amedeo teneva tanto, un lavoro di vent'anni. Lei glielo aveva detto mille volte di liberarsene, che era solo causa di guai, ma lui ancora non l'aveva fatto. Che fosse stato preso da un raptus?

La sorpresa delle sorprese fu che a un certo punto comparve un cagnetto, che nel frattempo aveva cagato sul parquet, e che adesso le ringhiava contro. E tu chi sei? Ma come sarebbe a dire, l'Amedeo si è preso un cane? Maximilian, nonostante ce l'avesse col suo nuovo padrone perché l'aveva chiuso in casa, faceva il suo dovere, abbaiava all'intrusa.

La casa era davvero uno sfacelo e Angela non la riconosceva: una casa che prima sembrava una bomboniera adesso pareva l'alloggio di un barbone, di un disperato che si era completamente lasciato andare. Come? Proprio lui, Amedeo, che dava la cera sul suo pregiatissimo parquet almeno due volte la settimana. Il bagno ricordava quello di uno studente universitario fuori sede. In cucina i piatti sporchi erano impilati sul tavolo, il frigo era aperto, e vuoto. Mamma mia, lo sapevo, avrei dovuto immaginarlo, pensava Angela, l'Amedeo si è perso, sicuro di avere perso me.

Angela, disperata, non sapendo a chi rivolgersi, andò a bussare di nuovo alla Mattei-Ferri, la quale, sardonicamente, le rinfacciò: «Io volevo parlarle, ma lei non mi pareva interessata».

«Ma che cosa è successo in questa casa, il mio appartamento è stato vandalizzato, è tutto sottosopra, e mi hanno rotto una ventina di tazzine pregiate».

La Mattei-Ferri ridacchiava in qualche modo soddisfatta: «Guardi che sono stati violati anche i nostri, di appartamenti, e nessuno sa perché. Ma forse lei un'idea ce l'ha, no?».

«Io? Ma io torno proprio adesso dall'estero, cosa vuole che ne sappia? A proposito, ha visto l'Amedeo? Non sa neanche che sono tornata, ma non c'è, che gli sta succedendo, io gli volevo fare una sorpresa».

«Ah, vedrà che la sorpresa gliela fa il Consonni a lei».

«Cosa intende dire, sta parlando del cane?».

«Il cane? Quel cagnetto di merda? Ah, non mi faccia ridere. Ma ora sono stanca, vado a riposare, vedrà che il Consonni ha molte cose da raccontarle, quando torna».

«Ma la polizia l'avete chiamata? Si è capito chi è stato? E io adesso cosa devo fare, chiamare i carabinieri anch'io?».

«Domattina tornerà il maresciallo, almeno così ha detto, così potrà aggiornarlo. Arrivederci». La signorina chiuse la finestra.

Consonni uscendo dal bordello aveva ritirato la Smith & Wesson, dopo aver esibito la regolare contromarca.

«Bella arma» gli disse il tipo più basso che l'aveva presa in consegna.

«Grazie».

Se ne andò a piedi, senza una meta, ormai aveva visto quello che doveva vedere, l'indomani sarebbe stata la giornata decisiva. Gli altri erano sicuramente più allenati, in quel campo, ma lui poteva sfruttare il fattore sorpresa.

Già vedeva la scena. Si presentava all'ingresso e gli dicevano: «Lei è ancora qui? Ma ha proprio voglia!» e sghignazzavano. A questo punto lui freddava i due guardiani. Entrava dentro, si trovava di fronte Markus, un po' sorpreso anche lui. Consonni non gli dava il modo di pensare, gli sparava in testa. A quel punto usciva da una camera il Francese, probabilmente seminudo o in mutande, armato. Amedeo lo seccava con un colpo al cuore, e continuava a sparare, ma quanti colpi aveva la Smith & Wesson? Poi si sedeva su un divano, nel silenzio, in mezzo a una pozza di sangue profonda due centimetri. Che fare adesso? Svetka era già fuggita, e lui, con calma placida, aspettava che arrivasse qualcuno a farlo fuori. Basta lottare, basta combattere, l'obiettivo era stato raggiunto. Consonni non arrivò a pensare che a quel punto si sarebbe sparato in testa, né tantomeno che avrebbe dovuto farlo con il dito, visto che aveva finito le munizioni. Però immaginava istanti di calma assoluta, dopo la strage.

Erano molti giorni che non vedeva Enrico, nella foga dell'amore e dell'azione, e visto che c'era tempo decise di andare a prendere il nipotino a scuola, cioè alla Materna, alle quattro e mezza.

All'uscita c'era la baby-sitter, quella nuova, che Caterina aveva reclutato da quando il Consonni si era sentito male. Enrico uscì, insieme a una fiumana di bambini urlanti, e quando vide il nonno gli si buttò addosso, cingendogli le ginocchia.

«Nonno, sei guarito!».

All'Amedeo gli si contorsero le budella, uno strizzone alla pancia e un colpo al cuore.

«Ciao Cipolla, come va?».

Consonni disse alla baby-sitter che il bambino lo portava a casa il nonno, che non si preoccupasse perché fino all'ora prestabilita ci avrebbe pensato lui. La ragazza all'inizio non era tranquilla, lei quel signore non lo aveva mai visto. Ma l'Enrico le disse che era il suo nonno Amedeo, che era guarito.

«Prima di prendere l'autobus andiamo a mangiare un gelato, ti va?».

Così andarono in gelateria, Enrico se ne fece uno da 6 euro, cioccolata, mousse di nocciole, pesca, panna montata, pistacchio e Nutella. Gli ci volle un quarto d'ora per mangiarselo tutto. Nel frattempo il nonno lo contemplava senza dire niente.

Sarà anche guarito, pensava Enrico, ma a me mi sembra un po' balengo. In effetti durante il viaggio verso casa il nonno faceva dei discorsi strani, sul fatto che forse doveva partire per un lungo viaggio, ma lui non si doveva preoccupare, un giorno si sarebbero rivisti, diceva, col magone.

«E dov'è che devi andare?».

«Domani devo salvare una principessa».

«Una principessa? È chiusa nella torre?».

«Eh sì, come hai fatto a indovinare?».

«E c'è il drago?».

«Una specie di drago».

«Che armi hai?».

«Una pistola di fuoco».

«Me la fai vedere?».

Ormai erano a casa, nell'appartamento di Caterina.

«Io te la faccio vedere, ma tu non devi dirlo assolutamente a nessuno».

Enrico deglutì, il nonno aveva una pistola di fuoco!

L'Amedeo la estrasse dalla tasca. Era scarica, naturalmente, ma controllò un'altra volta.

Enrico era strabiliato, soprattutto dal peso dell'arma, che riusciva a malapena a tenere sollevata, con due mani.

«Nonno, ma questa è veramente una pistola di fuoco! Me la fai provare?».

«Assolutamente no! Non è mica un giocattolo».

«Dai nonno, una volta sola».

«No Enrico, è impossibile. Mi scoprirebbero, e invece la mia missione è segreta».

Enrico faceva ruotare la pistola sul tavolo come una trottola. Sognava. Con quella sì che avrebbe potuto farsi capire meglio da qualche soggetto alla Materna.

«Quando hai finito me la presti?».

«Vedremo, ma tu non lo dire assolutamente a nessuno, è un'arma segreta».

Enrico avrebbe voluto insistere, ma sembrava che non ci fosse niente da fare. Allora scorrazzò un po' per casa, poi accese la televisione e mise una cassetta.

Verso le sette meno un quarto arrivò Caterina, fu assai sorpresa di trovare lì il padre.

«Ah, sei qui? Stai meglio?».

«Mah, abbastanza».

Consonni avrebbe voluto parlare francamente con sua figlia, spiegarle in quale situazione si trovava e quali rischi avrebbe corso.

Ma non ne ebbe il coraggio. Anzi, stava per scoppiare a piangere.

«A me non sembra che tu stia tanto meglio, papà, hai una faccia... Lo hai sentito il dottore? Era opportuno uscire, prendere freddo?».

«Ma no, ma no, mi sento bene».

«Mah... Se lo dici tu. Che fai, resti a cena qui? Butto un po' di pasta in più».

«No, no, grazie, è meglio che vada, devo, cioè, voglio, andare a letto presto».

«Riguardati papà, hai una brutta cera. Fila a casa e mettiti sotto le coperte».

Consonni salutò Enrico, con la morte nel cuore.

«Ciao Cipolla, fai il bravo».

«Ciao nonno, e ricordati che mi hai promesso».

«Cosa è che ti ho promesso?».

«Quella cosa segreta che devi usare per la principessa».

«Ah, sì».

Claudio, amareggiato, sconcertato, abbacinato, distrutto, uscì dalla casa della signorina dopo le sette.

Inizialmente, alla notizia del suo licenziamento, aveva assunto un atteggiamento muto e orgoglioso, come se la faccenda non lo toccasse più di tanto. Allora mi prendo i duemila, così impara. Sono cinque mesi di stipendio. Ma mi scopriranno, di sicuro, e io non sono un ladro!

Dopo ebbe modo di confrontarsi con se stesso, e con lo stress della situazione. Era in crisi, non sapeva cosa fare, si vedeva in trappola e pertanto aveva bisogno di bere qualcosa. Si ricominciava da capo, e con Donatella era andato di nuovo tutto a carte quarantotto.

No, tutto quello che ho fatto non è servito a niente, io non ce la faccio più, ho bisogno di bere, e andassero tutti a fanculo, quelli del Centro, mia moglie, quella merda della signorina, e tutti gli altri, pensava mentre aspettava l'autobus.

Mettendosi sotto a un lampione Claudio tirò fuori di tasca la copia del certificato che aveva trovato per terra, e quello che era nascosto nel cassone del WC. Erano identici in tutto e per tutto, tranne che per i valori dell'esame e per il referto commentato. Possibile? Qual è quello giusto? Eppure recano tutti e due addirittura la stessa ora. Che ha combinato quella stronza?

L'autobus tardava e Claudio si infilò in un minimarket, di quelli gestiti dagli indianini.

Consonni, dopo la visita all'Enrico, sulla via di casa, ebbe mille ripensamenti. E se mi ammazzano, che ne sarà di Enrico? Con chi passerà i suoi pomeriggi? E se piangerà? Che cosa gli diranno, che mi ha ucciso il drago?

Consonni tornò a piedi, più di un'ora sotto una pioggerellina insistente, ogni tanto toccava la pistola attraverso la giacca, per vedere se c'era sempre. Gliene passarono di tutte per la testa: e se Svetka è d'accordo con i suoi aguzzini, e hanno teso insieme una trappola a questo ingenuo pensionato? E se comunque il destino di Svetka fosse segnato, come del resto diceva sempre lei stessa, e la sua missione fosse destinata a fallire? E se Svetka per lui non provasse proprio niente? Si immaginava cose del genere, che andavano tutte in una direzione, cioè quella di convincersi che non era responsabile della orribile situazione in cui si trovava Svetka. Quando, intorno alle nove, fu a casa sua, era talmente confuso che si stupì che gli venisse incontro un cane di piccole dimensioni.

«Max, sei qui? Oh, piccolo Max, hai fame?».

La mente del povero Consonni era dilaniata, polverizzata, tentava di ragionare, di prendere una decisione, ma non ci riusciva, stava perdendo il senno.

Ma, ironia del destino, a farglielo ritrovare contribuì un messaggino telefonico appena arrivato: «Ti giuro, non sapevo niente, volevo fuggire, ma mi hanno ripreso. Il destino è quello che è, per me è finita. Un bacio. S.».

D'improvviso tutti i ripensamenti di Consonni andarono a farsi fottere. Domani vado, do i soldi a Svetka, e quando lei sarà al sicuro entrerò in azione. In un attimo tutti gli altri pensieri sfilarono nelle retrovie, ma del resto questa è la legge dell'amore. Tanto che Consonni neanche si accorse del bigliettino che gli aveva lasciato Angela sul tavolo. C'era scritto: «Amedeo, amore mio, dove sei? Io sono tornata, bussami quando vuoi».

Karim frequentava la seconda media insieme a Gianmarco, ma aveva quattrodici anni, e ne dimostrava un paio di più, essendo molto alto e baffuto. Gianmarco glielo aveva detto in tutte le maniere possibili, qui non devi venire mai, ma quella sera Karim arrivò alla casa di ringhiera e suonò all'appartamento Giorgi che erano passate le nove. Donatella ne fu sorpresa, non gradiva per niente che suo figlio frequentasse Karim, ma si tratteneva per non passare da razzista. Il ragazzo afgano le disse che doveva parlare assolutamente con Gianmarco, per una questione di compiti di matematica. Mostrò anche il quaderno a quadretti. Peraltro Karim era bravissimo in matematica, mentre andava malissimo in tutte le altre materie, anzi non ci andava proprio.

«Cinque minuti e basta» disse Donatella a quel ragazzone, «fra poco i bambini vanno a letto».

«Ok, signora, è roba di un attimino. Sa, ho lavorato tutto il pomeriggio a scaricare i camion e stasera devo fare i compiti».

Karim era un figlio di puttana, in senso metaforico. Sapeva benissimo come impietosire gli occidentali buoni. Bastava ventilare situazioni di fatica, sfruttamento infantile (infantile? Quello lì era alto un metro e ottantacinque), odiose situazioni di miseria che qualsiasi occidentale buono si scioglieva. Gli altri erano occidentali stronzi, ma volendo si poteva lavorare anche su quelli, bastava parlare male del proprio popolo. Con la signora Donatella non ce ne fu bisogno.

Karim entrò in camera di Gianmarco e Margherita. Chiese con uno sguardo se poteva parlare alla presenza della bambina (al suo paese a quell'età già si sposano) e Gianmarco gli disse di andare tranquillo. Karim buttò sul letto di Gianmarco, cioè sulla coperta del Re Leone, duecentocinquanta euro in vari tagli.

«Hai controllato i pezzi da venti?» gli disse Gianmarco. «L'altro giorno me ne hai dato uno falso».

«Gianma, qui le richieste aumentano, mi ci vogliono dieci dosi per domani, se no mio fratello perde il cliente».

«Vedremo quello che si può fare».

Donatella non resistette alla tentazione, si avvicinò alla porta della cameretta.

«a per x uguale quindici» disse Karim, che se ne era accorto.

«Ok, vedo se domattina posso procurarmele» sussurrò Gianmarco per poi esclamare «no, a per x fa venti!».

Margherita ritirò in fretta e furia le banconote, e se fosse entrata la mamma?

«Ci vediamo a scuola» disse Karim, «all'ingresso», e uscì.

«Ciao, Karim, stai attento per la strada, eh?» gli disse Donatella, imbarazzata, quando quello spilungone se ne andò via.

«Grazie signora Giorgi, non si preoccupi, nessuno dà fastidio a Karim. E stia tranquilla, ai suoi figli ci penso io. Nessuno ci proverà mai».

Questa frase fece venire i brividi a Donatella, adesso avevano anche un protettore.

Ed ecco che arriva la telefonata di Adolfo. Gianmarco fu lesto a intercettarla.

«Pronto? Vorrei parlare con Donatella, per favore».

«Chi parla?».

«Sono Adolfo Mocogni».

«Aspetti che vado a vedere».

L'intenzione di Gianmarco era di far credere che la mamma ci fosse e che avesse detto che non c'era per quello lì. Quindi Gianmarco aspettò qualche secondo, riprese la cornetta.

«La mamma non c'è».

«Ah, e quando torna?».

«Non lo so».

«Va bene, riproverò».

«Arrivederci».

In quel momento suonò il cellulare di Donatella. La mamma guardò chi la stava chiamando, e non rispose.

Claudio si era comprato due bottiglie, una di whisky e una di vodka. Le aveva disposte sul comodino della sua stanzetta della casa famiglia. Si sdraiò sul letto e si mise a guardare il soffitto.

Il suo compagno di stanza dormiva della grossa, ma non era bello bere lì, come all'ospedale. Prese le due bottiglie e uscì fuori. Erano le undici e mezza di notte. Trovò un posto sotto una vecchia galleria ferroviaria e con grande calma si accinse ad aprire la bottiglia di whisky.

Lo sapeva che si sarebbe sentito malissimo, ma a quel punto che valeva? E poi che cosa aveva da perdere? Se si fosse sentito male o fosse addirittura morto in quel posto schifoso, tanto meglio, oppure sarebbero riusciti a salvarlo, con l'ambulanza, e allora avrebbe passato giorni, settimane, all'ospedale. Era il suo sogno, starsene sdraiato immobile, senza doversi occupare di se stesso. I migliori ricordi dei suoi ultimi mesi erano relativi ai giorni passati in ospedale. Lì non doveva pensare a niente.

E invece in quel momento Claudio da pensare ne aveva troppe, e non ne aveva la forza.

Trangugiò a garganella una bella quantità di whisky. Quanto ci avrebbe messo l'Antabuse a entrare in azione? Effettivamente non lo sapeva, non ci aveva mai provato. Intanto si godette la botta di tutto quel whisky, durasse anche solo un minuto, si sentì subito bene.

Si mise in attesa: adesso arriva. Adesso mi sento male.

Ma non successe niente. Bevve un'altra sorsata di liquore, ancora più abbondante della precedente, l'ansia stava andandosene via, ma non ci furono reazioni avverse. Ma questo cazzo di Antabuse allora è un placebo? Non funziona per un cazzo? Claudio continuava a bere, e non soffriva per niente. Brindava, mandava a fare in culo la signorina Mattei-Ferri, i soldi, sua moglie Donatella, i pensieri sui suoi figli, il lavoro, il futuro perduto e tutto il resto, e soprattutto l'Antabuse che lo aveva terrorizzato per mesi, e che non faceva un cazzo. Vaffanculo Antabuse! Vaffanculo!

A mezzanotte Angela si accorse che la luce da Consonni era accesa, quindi era tornato, ma lo stronzo non si era fatto vivo: che gli era successo? Forse ha saputo qualcosa di quello che mi è capitato a Camogli? Per questo mi tiene il muso?

Ma come avrebbe fatto a saperlo? Chi poteva essere stato a dirglielo? Certo, se lo sapeva la Mattei-Ferri... No, no, sto diventando matta, ma questo incontro non può essere rimandato all'infinito, prima o poi dovremo confrontarci, e allora... Ma non sarò sicuramente io a cercarlo, adesso la prossima mossa sta a lui. Io un segnale l'ho già lanciato, non penserà che vada a strisciare davanti a lui chiedendo perdono. E poi perdono di che cosa, e soprattutto di qualcosa che lui non sa!

La discoteca abbandonata

Alle sei del mattino Claudio si svegliò inquieto, agitato, sudato fradicio. Gli ci volle un po' per tornare in se stesso: non sapeva che ore fossero, ma aveva il vago ricordo di aver bevuto. Era disperato.

Oddio cosa ho fatto! Cosa ho fatto!

Sul comodino vide che le due bottiglie, quelle che aveva comprato dall'indianino, non c'erano più, era terrorizzato, e si stracciava le vesti perché sapeva che il suo destino era rovinato per sempre, non c'erano più speranze.

Ma come è possibile che non mi sia sentito male, con l'Antabuse, e che abbia bevuto due bottiglie, *due bottiglie* dopo mesi e mesi che non toccavo più niente. È così che funziona? L'Antabuse è solo finzione? Sono tutti d'accordo?

Inoltre Claudio si sentiva lucido, come le mattine precedenti, e si ricordava momento per momento la giornata passata, soprattutto la faccenda dei 2.000 euro e dei due certificati della Mattei-Ferri, se avesse veramente bevuto due bottiglie non sarebbe stato così presente.

Si ricordava benissimo di averle comprate dall'indianino, e poi di averle appoggiate sul comodino in camera della casa famiglia. Ma dopo? Qui i ricordi diventavano più confusi.

Gli pareva di essersi infilato sotto un ponte, per scolarsi in tranquillità la bottiglia di Jameson e quella di vodka. Si era posizionato in un angolo riparato, ma faceva freddo. E poi? Poi non ricordava più niente. Il Giorgi non aveva il coraggio di alzarsi da letto.

Si svegliò il suo compagno di stanza, Manuel, uno che non ci stava tanto con la testa perché in gioventù se l'era sfondata con gli acidi. Inutile chiedere a lui che cosa fosse successo, se non se ne ricordava Claudio figuriamoci Manuel.

Eppure Manuel fece un gesto con la mano, come a farsi vento davanti alla faccia, che in Italia significa: «Giorgi, ma sei matto?».

«Eh, sì che sono matto, ma non mi ricordo niente».

Manuel continuò a esprimersi a gesti, poi disse: «Sei cretino».

«Ma che ho fatto? A che ora sono tornato?».

Manuel usando un po' di parole e un po' di gesti disse qualcosa che verbalmente poteva voler significare, almeno questo fu quello che capì Claudio, che peraltro era uno dei pochi che si intendeva con Manuel: «hai dormito tutta notte. Bottiglie sul comodino. Le ho portate fuori di casa, poi va a finire che i guai li passo io».

«Ma dove sono adesso le bottiglie?».

Manuel fece un gesto spiccio come a dire: «Via, buttate via».

Così Claudio si rese conto che non aveva bevuto affatto, e che si era addormentato grazie ai tre Librium che aveva preso dalla Mattei-Ferri, quando lo aveva licenziato. Aveva soltanto dormito molto, e sognato.

Consonni invece dormì non più di due ore, quella notte. Solo alle sette però decise di alzarsi, si fece la doccia, la barba, e dedicò molta attenzione al suo abbigliamento. Indossò i pantaloni color cammello, e sopra la giacca blu di fresco di lana, su una bella camicia bianca coi gemelli, e un gilet rosso bordeaux. Scelse la cravatta con gli elefantini, che gli aveva regalato Angela. Si pettinò con cura, e si strappò anche qualche pelo del naso. Si sentiva stanco, ma anche pronto a tutto. Mise il soprabito impermeabile e il cappello scuro.

Alle otto e un quarto uscì di casa. «Torno presto» disse a Max, dopo che questo si era già goduto cinque minuti di libertà nella corte. Consonni non fece il minimo caso al fatto che gli scuretti dell'appartamento di Angela fossero aperti, insomma che lei era tornata. Era l'ultimo dei suoi pensieri.

Così andò in banca un'altra volta. Ritirò i trentamila dei BOT, ormai il suo conto era a secco, per fortuna fra poco avrebbe avuto l'accredito della pensione. Ma tanto a cosa gli sarebbe servito?

«Signor Consonni, è sicuro che vada tutto bene? Non ci vuole ripensare?» gli chiese il vicedirettore.

«Se sono qui a ritirare i miei soldi evidentemente vuol dire che non tutto va bene, che c'è qualche problema, e lei fa il suo dovere a preoccuparsi dei clienti. Ma le assicuro che le evenienze in cui mi trovo non hanno niente a che vedere con truffe o ricatti. Purtroppo la cifra mi serve per aiutare una persona cara, e lo faccio in pieno possesso delle mie facoltà. È tutto sotto controllo».

Uscì con il contante in tasca e tornò a casa a recuperare la pistola. Lungo la strada però ci ripensò. No, questa volta la pistola la lascio a casa, se no potrei compromettere la mia missione. Devo vedere Svetka, e lasciarle il tempo di agire. Poi tornerò lì e allora si vedrà.

Ormai aveva un compito solo, nella vita, salvare Svetka dalla sua condanna e da quella gente, dalla quale aveva tentato di fuggire andando a lavorare in un bar. Ma loro l'avevano ritrovata, l'avevano di nuovo costretta a prostituirsi, che la drogassero anche? La tenevano prigioniera, era evidente, chissà se le davano una parte dei suoi guadagni: 500 euro per un'ora? Ma lui avrebbe pagato anche un milione, se lo avesse avuto, per passare un'ora con Svetka.

Adesso c'era il problema di cosa fare del cane. Mica poteva portarselo dietro nella sua ultima missione. Così decise di chiedere un favore al De Angelis, senza sapere che il De Angelis con i cani aveva un conto in sospeso.

«Ma è solo per oggi, Luis» mentì Amedeo. «Ecco qua i suoi croccantini e la sua ciotola, lui è buonissimo, dorme tutto il giorno, se ha bisogno te lo dice lui, lo liberi cinque minuti e lui torna subito dentro».

Il De Angelis era particolarmente sensibile sulla questione. «Eh, già, così lui può andare tranquillamente a defecare nel mio posto macchina, e poi chi è che deve pulire? Senza contare che non so perché ma a tutti i cani piace pisciare sui cerchioni della mia BMW, e lo sai che danni può fare quella schifosissima piscia acida sui fascioni?».

«Sarò di ritorno nel pomeriggio, è questione di poche ore, che cosa ti costa?».

Luis cedette, ma non perché folgorato da improvviso amore per i cagnetti ringhiosi, bensì perché gli era venuta un'idea. Aveva notato che Maximilian aveva un notevole senso della territorialità e ormai considerava la corte della casa di ringhiera, e soprattutto il posto macchina del Luis, come il suo areale. E dunque, se fosse arrivato Moka, quel merdosissimo cane che tanti problemi gli aveva creato, lo avrebbe malmenato, e allontanato. Oppure lui stesso avrebbe potuto portare Max a fare una passeggiata davanti alla casa dello stronzo, padrone di quel cane di merda.

Così il De Angelis alla fine acconsentì. «Se non sei di ritorno per le sei io lo lascio libero, e chi si è visto si è visto, intesi?».

«Va bene, Luis».

Ma c'era qualcosa che il Luis volle aggiungere.

«Senti Amedeo, non posso non parlartene, qui nel condominio la tua posizione si sta facendo sempre più delicata».

«E perché? Che cosa avrei fatto?».

«Eh... cos'hai fatto... lo sappiamo tutti cos'hai fatto... portarti le ragazzine a casa... ti sembra una cosa buona per un condominio rispettabile? E poi arriva anche il ruffiano a riprendersela. Insomma, tu sai che io sono di larghe vedute (non era vero affatto), ma nel condominio c'è gente che non lo è. Insomma, uomo avvisato mezzo salvato, no?».

Consonni arrivò alla villetta di via Ghislanzoni con largo anticipo, non erano ancora le tre.

Il «portiere» lo riconobbe: «Tu proprio non sta nella pelle, eh? Ti capisco. Anch'io una volta scopato Svetka, nel culo. Regalo del padrone. Lo rifarei, ma io non mi posso permettere».

Consonni avrebbe voluto avere con sé l'arma e sparare in testa a quell'infame. Come poteva parlare così? Ma non voleva creare problemi, voleva soltanto parlare con Svetka.

«Con cento euro in più lei parla francese, arrapante da morire. Lei parla bene francese, lavorato a Parigi».

Consonni pagò in anticipo i 550 euro, gli ultimi che gli erano rimasti. La ragazza nera fece passare le banconote attraverso la macchinetta, per controllare che non fossero false, e dette un cartoncino a Consonni, col numero della camera.

Quando Svetka vide Consonni si mise a piangere.

«Tu non dovevi venire qui, tu deve dimenticarti di me, o tu mi vuole scopare? Guarda che qui il tempo è cronometrato, non abbiamo tutta notte».

«Ma che dici? Io sono venuto a parlare con te, solo a parlare. Io ho capito in che situazione ti trovi, e vorrei aiutarti».

«Tu, aiutare me? Tu non puoi capire. Tu non ha neanche un'idea dei problemi miei».

«Ma perché non te ne vai? In un'altra città, ricominci una nuova vita, ti dedichi ai tuoi interessi, finisci gli studi...».

«Tu sei un po' scemo, Amedeo... sei un romantico... e poi come pensi che potrei vivere, non ho un soldo, mi danno cento euro al giorno, la paghètta».

A parte che a uno come Consonni, che aveva lavorato tutta la vita, 100 euro al dì non sembravano così pochi, a quel punto estrasse dalla tasca la busta, piena di banconote.

«Sono trentamila euro e sono per te. Non posso darti di più, non ne ho. Questi te li posso dare, sono solo miei, ne faccio quello che mi pare. E li do a te. Per ricominciare ti possono bastare...».

Anche Consonni si mise a piangere.

«Svetka, io ti amo alla follia, non c'è un istante della mia giornata che io non pensi a te, ma so che quello che c'è fra noi è un amore impossibile... Hai ragione quando dici che sono scemo, sono più che scemo, potrei quasi essere tuo nonno... ma ti prego, te lo dico come un nonno, o come un padre, prendi questi soldi e vattene via».

«Ma io non posso prendere tutti questi soldi... e poi dove potrei andare?».

«Ma in Francia, a Parigi, a Lione... a Marsiglia».

«Proprio in Francia mi vuoi mandare? Ma lo sai che lui...».

«Tu di lui non ti devi più preoccupare. A lui ci penso io, fosse l'ultima cosa che faccio nella vita...».

«Sei pazzo, pazzo matto, vieni, guarda che il tempo è passato, vuoi che ti baci il cazzo?».

Ecco, questa cosa Svetka non l'avrebbe dovuta dire. Tutto ma questo no. Ma come, lui andava da lei sacrificando la sua vita, se stesso e anche i suoi BOT, e lei lo ricompensava così.

Consonni ebbe una crisi di malinconia, cominciò a singhiozzare.

«Ma Svetka... anche tu... e io che pensavo che tu... ah...».

«Amedeo, mettiti in miei panni...».

A Consonni venne un pensiero trasversale, urtante: Svetka *voleva* essere salvata?

«Amore mio, come faccio ad accettare? Sono i soldi per il tuo nipotino...».

«Tu devi prendere questi soldi e andartene via, lontano. Tu non puoi fare questa vita, tu sei laureata, e puoi ottenere il master. Questi soldi ti possono bastare, e di certe persone me ne occupo io».

«Che intendi dire con me ne occupo io?».

«Tu non ci pensare. Nessuno ti darà più fastidio. La nostra relazione non può andare avanti, ma io ti potrò essere d'aiuto, tanto non ho niente da perdere».

«Mi fai paura quando dici così».

«Sono loro che devono avere paura. Loro sono abituati con gente che fa le cose per soldi o per potere, io invece le faccio per un altro motivo, e non mi fermeranno mai».

Anche Svetka, oramai, si era convinta che Consonni avesse perso la testa, non ragionava più, aveva gli occhi sbarrati e fissi.

«Ma tu hai capito che gente è questa? Pensi che

ho una possibilità di fuggire? Mi ritroverebbero dovunque».

«Ti ritroverebbero se potessero continuare a fare quello che fanno, ti ritroverebbero se potessero continuare a stare qui, e a vivere. Ma su questo ho qualche dubbio, tranquilla. Nessuno ti romperà più le scatole».

«Ma che vuoi fare, sei matto?».

Consonni, con la morte nel cuore, fissava il cronometro in alto sul muro, mancavano solo cinque minuti. «*Cinque minuti e un jet partirà, portandoti via da me...*».

«Svetka, tu lo sai, non ci rivedremo mai più».

«Perché dici così?».

«Perché se ci rivedremo sarà male, per me e per te».

«Io, Amedeo, ti sarò grata per sempre».

«Anche io, a te... ma adesso...».

«Amedeo, una cosa ti voglio dire, non so cosa tu pensa di me, ma l'altra notte sono stata bene con te, tutto quello che è successo è perché lo sentivo, e ti voglio molto bene».

Questa sberla giunse nel momento opportuno. Adesso sì che non capiva più niente: lei prova dei sentimenti per me? Consonni si lasciò andare sulla sedia dove era seduto, come se gli avessero sfilato la spina dorsale.

Era inerme ma felice, e pronto a dare tutto quello che aveva dentro di sé.

Ma Svetka aveva qualcosa da aggiungere.

«Ricordati Amedeo, non andare mai a Corsico».

Consonni, levitando, si chiedeva perché, anche se tutto sommato era la cosa meno importante.

«E perché, che succede a Corsico?».

«Succedono cose orribili, è così che ho cominciato, ma io ero un po' fuori da trattativa, avevo base d'asta già alta».

«Base d'asta? Ma di che parli, amore mio?».

«Non andare mai a Corsico, me lo prometti? In quel posto terribile».

«E perché dovrei andare a Corsico? Non ci penso nemmeno».

Mancavano solo due minuti. Consonni pianse, e un pochino anche Svetka, forse più per paura che per commozione.

«Non dire a nessuno dove andrai, neanche ai tuoi genitori» le disse come addio.

«Non ci penso nemmeno, Amedeo. Addio».

Consonni, imbambolato, uscì dalla stanza proprio all'ultimo minuto, se no si parlava di altri cinquecento euro, quella gente non faceva sconti. Sapeva che Svetka sarebbe rimasta per sempre nella sua mente, che dovesse anche lui scrivere un libro? Chissà se ne avrebbe avuto il tempo.

Adolfo non riusciva a capire. Se chiamava Donatella al telefono fisso questa si faceva negare, se provava al cellulare quella non rispondeva.

Ci provò un'altra volta.

Donatella prese il telefono, mentre suonava. La chiamata proveniva da Sandra B. Ma che cazzo vuole quella da me? Ma perché continua a chiamarmi quella stronza? Dopo tutto quello che mi ha fatto, quella merda, e adesso che vuole?

Si decise a rispondere con un messaggio, che suonava così: «Grandissimo pezzo di merda, non ti sognare mai più di chiamarmi, e vaffanculo».

Non è possibile, pensò Adolfo, ma che le ho fatto? Ma perché reagisce così?

Quando si mettevano all'opera Gianmarco e Margherita sapevano il fatto loro, e a cambiare due numeri nella memoria di un cellulare non ci vuole niente.

Il cervello di Consonni era in tumulto, ancora aveva dentro di sé l'adrenalina dell'incontro con Svetka, della sua buona azione eroica, della possibilità di redenzione della fanciulla, che ora, grazie a lui, poteva cercare di ricominciare da capo, di prendere in mano la sua vita. Ma sapeva che la sua missione non era finita, adesso veniva il difficile, adesso doveva occuparsi di quei porci delinquenti. Lui cosa aveva da perdere?

Uscendo vide il «portiere» di spalle che parlava al telefono. Diceva che quella sera andava a Corsico, e che non voleva perdersi la serata per niente al mondo. «Ci sono tutti, è una festa, arriva il carico, e tu non viene, vecchio ricchione finocchio?».

Ma a Corsico, che succedeva a Corsico? si domandava Consonni. E a quanto pareva ci andavano tutti. Che fosse l'occasione propizia?

«Allora come è andata con porca? Certo un'ora è poco, soprattutto a una certa età».

«Non si preoccupi, ho fatto tutto quello che dovevo fare».

Il portiere sogghignò: «Tu sembra scemo ma tu furbacchione, fammi vedere lì sotto, cazzo ancora bello contento?».

Consonni tornò a casa, delirando. Ah, e così quelli si radunano a Corsico, eh? E dove?

In salotto recuperò la pistola e si mise a carezzarla. Era un gioiello, perfettamente lubrificata. Tenendola in mano, così pesante e compatta, nella penombra, si immaginava i titoli dei giornali del giorno dopo: «Pensionato fa strage di criminali a Corsico». «Il momento dell'esasperazione». «Quando il cittadino vuole farsi giustizia da solo». «Chi è con Amedeo Consonni e chi no?».

Si vedeva anche in carcere, in cella, a lume di candela, passare interminabili giornate senza fare una parola, a ricordare quell'istante di felicità assoluta, a immaginarsi Svetka che era diventata una studiosa di successo. Chissà se lei, a Parigi, o in Canada, o in altri luoghi prestigiosi, avrebbe mai più pensato a lui? Si sarebbe ricordata di quel vecchio inebetito, che un giorno le aveva consegnato trentamila euro? Ma che importanza aveva... Consonni in carcere avrebbe potuto pensare a lei per tutto il tempo che voleva.

A meno che... a meno che nel conflitto a fuoco anche lui non rimanesse ferito, magari a morte. Consonni fantasticava sulla scena in cui i lettighieri lo avrebbero caricato sull'ambulanza, esangue, pronto a esalare l'ultimo respiro.

«Ma perché l'ha fatto? Perché?» gli chiede una dottoressa sui quaranta.

«Perché...» Consonni fa fatica a parlare «... perché io... io l'amo». E a questo punto l'ambulanziere può anche spegnere la sirena, e rallentare la corsa, non c'è più bisogno di correre.

Ah, basta con questi pensieri, ancora è tutto da fare. Ma come ci vado a Corsico? E quale sarà il posto?

A Consonni venne un'idea, l'unica che peraltro poteva venirgli, quella di chiedere l'aiuto automobilistico di De Angelis. Non era la prima volta e De Angelis, con tutti i soldi che spendeva per la sua spider BMW, era disposto a usarla, quando gliene venisse un introito.

Con la scusa di recuperare il cane bussò alla porta del Luis. Temeva di trovarlo mal disposto e rivendicativo, invece era uno zuccherino.

Per De Angelis la giornata passata con Maximilian era stata esaltante. Non tutti i cani sono uguali: per la maggior parte i cani di città, con padroni anziani, sono isterici e vittimisti, aggressivi con i deboli e pronti alla sottomissione con i forti. Invece Max andava alla battaglia contro tutti e tutto, si trattasse di un mastino napoletano o di un chiwawa. I cani di città, capì il De Angelis, fanno casino solo quando hanno il padrone, o la padrona, peggio ancora, nelle vicinanze, altrimenti si rinserrano nelle loro paure e cacciano la coda fra le chiappe. Max non era di questa razza: attaccava sempre per primo e sfruttava il fattore sorpresa: doveva aver imparato dagli esseri umani, l'importante è colpire per primi e con la massima convinzione. E così il De Angelis ai giardinetti se n'era levate di soddisfazioni.

Senza contare che, dopo qualche ricerca mirata, il Luis era riuscito a trovare il suo obiettivo, vale a dire quella merda di Moka, che gli cagava sempre sulla macchina. Appena lo aveva visto Max, forse intuendo i sentimenti del suo affidatario, gli si era scagliato contro e lo aveva messo alle strette, contro una rete.

Il padrone di Moka avrebbe voluto sollevare qualche istanza a favore del suo cane stupido e vigliacco, ma fra padroni vige un codice etico demenziale, secondo il quale se un cane piccolo attacca è perché, poverino, ha paura.

Così Max umiliò pesantemente Moka, che infatti nei giorni successivi – e per sempre – non avrebbe mai più messo il naso nella casa di ringhiera. De Angelis premiò Max con doppia razione di croccantini, il cane mostrò riconoscenza ma adesso era stanco, tutta quella adrenalina, voleva dormire sul divano.

«Il cane? Lo puoi anche lasciare qui, è proprio bravo» disse Luis, che contava il giorno dopo di togliersi altrettante soddisfazioni.

Consonni, favorevolmente stupito dalla piega che aveva preso la faccenda, non ebbe esitazioni a chiedere al Luis l'ennesimo piacere.

«Tu non puoi sapere, Luis, ma mi devi aiutare, è una cosa semplicissima. Mi devi portare in un posto con la macchina, e poi a Corsico. Ti do cento euro, più la benzina. È una faccenda di un'ora, due al massimo. Poi mi lasci lì e te ne torni a casa. Finis».

«A Corsico? E che ci andiamo a fare a Corsico?».

«È una storia lunga, ma tu devi solo portarmi a destinazione, poi te ne vai».

«E tu come torni?».

«Ah, dubito che tornerò, ma in ogni caso, dovesse capitare, lo farò con mezzi propri».

«Ma che dici, Amedeo? In quali altri casini ti sei infilato? E mi ci vuoi infilare anche a me?».

Amedeo insistette, assicurò che, questa volta per davvero, c'era di mezzo la vita di alcune persone, che dipendeva da lui, e che...

Alla fine De Angelis si fece convincere, solo che di euro ne volle duecento, più la benzina, che con il suo mostro 6 cilindri 24 valvole non era una voce indifferente.

«Quand'è che dobbiamo andare?».

«Adesso».

Consonni comunicò l'indirizzo al Luis, come se fosse stato un tassista. Del resto il Luis un tassista lo era, anche se in pensione, conosceva Milano come le sue tasche.

Arrivarono fuori della villa postribolare in via Ghislanzoni, lì posteggiarono e si misero ad aspettare.

«Che stiamo aspettando?».

«Che esca una macchina, la dobbiamo seguire».

«Ah, questa no, inseguimenti? Non me l'avevi detto».

«Non è un inseguimento, devi solo stargli dietro perché lui ci porta a Corsico».

«Amedeo, questa non me l'avevi detta, non so se io...».

«Eccola, la macchina è quella, stagli dietro».

Il De Angelis partì con la luna di traverso dietro a

una Mercedes, il conduttore guidava placidamente, senza la minima consapevolezza di essere seguito.

«Questa me la paghi, Amedeo!».

«E quando mai non ti ho pagato?».

Per Ahmed e Youssuf fu un bel problema seguire con lo scooter 125 la BMW roadster del De Angelis, che in certi tratti di rettilineo, in centro città, superava i cento. Fortunatamente ogni tanto c'era un semaforo, una breve coda, e così non li persero di vista.

De Angelis invece non ebbe difficoltà a seguire la Mercedes di Markus fino a Corsico e oltre, lungo una strada secondaria piena di capannoni ed ex officine, sembravano tutte abbandonate. Arrivarono a un cancello, oltre il quale c'era una proprietà privata.

«Ok, lasciami qui, te ne puoi tornare a casa».

«Amedeo, ma sei sicuro? Questo posto non mi piace, ma cos'è che fai?».

«Eh, questa volta non te lo posso dire, Luis, e soprattutto tu non dire a nessuno che mi hai portato qui, mi raccomando». Consonni estrasse il portafoglio, che era vuoto.

«Ecco, Luis, non mi ero accorto di essere a corto di contante».

«Si era detto 200, la benzina ce la metto io».

«Se vuoi andiamo a un bancomat».

«Lascia perdere Amedeo, piuttosto, vedi di stare attento, se no quando me li dai i duecento?».

«Ciao Luis, grazie».

Luis guardò il Consonni che si incamminava, chissà verso dove. Se ne ripartì. L'unica cosa che fu in grado di pensare fu: «Mah...».

Consonni, tastando la pistola nella tasca della giacca, raggiunse l'ingresso. Le auto oltrepassavano un cancello, sopra il quale c'era una vecchia insegna al neon, spenta, con scritto: «Dancing La Rot_nda». Si nascose dietro una siepe. Vide arrivare molte macchine, di tutti i tipi, da grosse Mercedes berlina a furgoni in pessimo stato, era un gran via vai. Alla fine di un vialetto c'era una vecchia discoteca abbandonata, in mezzo agli alberi, che in effetti assomigliava a una rotonda, ma tagliata a metà. Molta gente, quasi tutti maschi, si affrettava per entrare, Consonni vide che la sala della balera era illuminata.

Procedette con grande slancio, anche se con qualche prudenza. Infatti si accorse che fuori c'erano delle persone di guardia. Erano in borghese, si guardavano in giro e parlavano per telefono con l'auricolare. Consonni, alla distanza, fece il giro, le guardie erano cinque, perlopiù concentrate dal lato della rotonda, che era una struttura di legno, metallo e vetro. A spicchi, la metà di un ottagono.

Continuavano ad arrivare macchine, e dall'interno dell'ex locale filtrava la musica.

Consonni si rese conto che il retro del locale praticamente non era custodito. Nascondendosi fra un'auto e l'altra raggiunse un muretto posteriore, dal quale si saliva facilmente, si fa per dire, sopra il tetto assai rovinato del corpo principale dell'edificio, in muratura, che consisteva in un unico piano. Consonni, senza sapere neanche come, si trovò proprio sopra il tetto di vetro della balera, e, piazzatosi sopra il lucernario, con i piedi su due mattoni solidi, vedeva tutto quello che succedeva sotto, come al cinema. Ed era un cinema.

Il locale non sembrava assolutamente abbandonato, era pieno di gente, di luci forti, di colori. Le vetrate erano coperte da dei tendaggi, appiccicati lì in modo approssimativo, di stoffa da quattro soldi viola e verde pistacchio. Evidentemente quella gente non voleva che si potesse vedere dal di fuori, ma chi poteva farlo, se non quei gorilla messi a sorvegliare? Però la tettoia era trasparente, e da lassù la vista era ottima.

Da una parte c'era un lungo tavolo dove servivano un buffet, vini e liquori di tutti i tipi. Alcuni avventori si davano da fare con le tartine e con dei bicchierini verdi che contenevano qualcosa da mangiare col cucchiaino. C'erano anche dei begli affettati, salumi, formaggi, vini rossi e bianchi. Due camerieri in giacca bianca facevano fatica a stare dietro alle richieste. Dalla parte opposta del buffet c'era un altro tavolo, tondo, escluso dal resto dell'ambiente da un séparé, un paravento a elle. Consonni, da sopra, riusciva a notare particolari che gli altri in sala non riuscivano a vedere. Per esempio, alcuni si avvicinavano al tavolo, dove era depositata della polvere bianca, e poi l'annusavano. Comunque dietro il séparé ci entrava solo gente selezionata, un tipo grosso mandava via gli imbucati.

Si alzò il volume delle musiche: ma questi cosa fanno, una festa danzante? E perché sono tutti maschi? Girava alcol a fiumi e gli ospiti sembravano parecchio su di giri. Al centro della pista, proprio sotto Consonni, c'era una passerella di legno, dipinta di arancione: era illuminata da faretti, per il momento non c'era nessuno, però si percepiva un'atmosfera di grande attesa, parecchi maschi si mantenevano lì vicino, come a tenere il posto.

Fu un attimo, arrivò il Francese, che portava una borsa di pelle, tipo quelle da medico di campagna. Si guardò in giro, la sala era talmente affollata che probabilmente non riusciva a trovare la persona che cercava. A Consonni bruciavano le mani: pensò di scaricargli addosso tutte le sue munizioni e poi di darsela a gambe. Ma il Francese uscì dalla sua vista, rientrato nella parte in muratura dell'edificio.

Sul margine della balera, nella parte più esterna, c'era un tavolo grande, con sette-otto sedie intorno, ma non ci si sedeva nessuno. A un certo punto arrivò un signore in giacca e cravatta, sembrava un notaio, con una grossa borsa di pelle anche lui. Si sedette vicino al centro del tavolo e con aria annoiata estrasse alcuni incartamenti, che appoggiò sul tavolo. Un altro signore sui quarantacinque, moro, con la barba di tre o quattro giorni in giacca blu e scarpe Clarks, si sedette accanto a lui, si scambiarono qualche battuta.

Dalle casse di amplificazione arrivava musica un po' vecchiotta, la conosceva anche Consonni, roba anni sessanta, per esempio *Un ragazzo di strada* dei Corvi e anche *Cinque minuti e poi* di Maurizio e i New Dada. Ah, proprio quella canzone, che a intervalli tornava nella mente dell'Amedeo, struggendolo.

In quella massa informe che si muoveva in tutte le direzioni Consonni non riusciva a ritrovare il Francese: fra l'altro fumavano tutti, e nel locale cominciò a innalzarsi una coltre grigia che saliva verso l'alto e usciva proprio dal lucernario aperto dove era piazzato l'Amedeo. I vetri della Rotonda cominciavano ad appannarsi, evidentemente dentro la temperatura si stava alzando.

Così anche lui, sul tetto, cominciò a godere di una visibilità assai più confusa, attraverso la vetrata a tratti vedeva volti paonazzi ed eccitati che si alternavano, e il volume della musica era sempre più forte. Amedeo conosceva quasi tutti i pezzi in scaletta: in quel momento era la volta dei Pooh, con *Pensiero*.

Guardò l'orologio: erano le undici e mezza. La tensione stava montando sempre più, e tutto sembrava pronto. Ma che doveva succedere? E qual era il momento più giusto per entrare in azione?

Cambiò la musica, repentinamente si passò a Patti Pravo, *Se perdo te*, fin dai primi accordi i presenti la riconobbero come segnale, e si affollarono vicino alla passerella, ci fu un boato. Evidentemente stava per cominciare l'evento.

Furono introdotte una quindicina di ragazze, più o meno, tutte nude ad eccezione delle scarpe con i tacchi a spillo.

Erano scarpe nuove di pacca, la maggior parte di quelle ragazze non ci sapeva stare sopra, traballavano.

In fila indiana, come allo Zecchino d'Oro, le giovani montarono sulla passerella e si disposero una accanto all'altra.

Le ragazze, che parevano cenciose anche se spogliate, erano prostrate, ma esibivano, almeno alcune, qualche sorrisetto impaurito. Due o tre provarono addirittura a mettersi a ballare, come fossero delle cubiste. Forse l'avevano già fatto in passato, forse non capivano in che posto erano finite, ma ballavano, guardando il pubblico, simulando di essere delle professioniste. Per la gran parte, però, stavano ferme, Consonni pensò che non mostrassero il terrore che provavano soltanto perché sapevano che gli altri se ne sarebbero accorti, e allora sarebbe stato peggio. E inoltre il pubblico lì presente non era un pubblico normale.

Quello che stupì Consonni fu che, pur essendo quelle ragazze assai diverse fra di loro, alcune erano molto alte, altre piccole, alcune molto pelose, altre rasate, erano tutte di carnagione chiarissima. Ma come era possibile? Fra l'altro degli uomini in sala veramente pochi erano di pelle molto chiara, praticamente soltanto quello che sembrava un notaio, e che forse un notaio lo era per davvero, o perlomeno un facente funzione.

I maschi stavano andando in orbita: si accalcavano per guadagnare la prima fila, si spintonavano, alcuni già toccavano le ragazze, sulla pancia, sulle cosce, sulle tette. Sembrava il Black Friday, quando la gente si picchia nei grandi magazzini per accaparrarsi la merce in saldo. Qualcuno cercò di rimettere un po' d'ordine: i più sovreccitati della prima fila furono fatti spostare, fu creato spazio a cinque o sei personaggi, meno arrapati, più seri, alcuni non più giovani, che presero a studiare le ragazze con calma e con atteggiamento professionale. Alcuni di loro controllavano le bocche e le dentature, qualcuno gli altri orifizi, eseguendo delle vere e proprie visite ginecologiche. Quelli che controllavano le ragazze parlavano con quelli che le avevano portate. Il Francese non era della squadra.

Consonni a poco a poco capì che era una specie di asta: c'erano i venditori e gli acquirenti, e fra loro erano in corso delle trattative. I venditori mostravano le ragazze come vacche al mercato e gli acquirenti controllavano i denti, la costituzione e la disponibilità, ed eventuali difetti.

Mentre le trattative erano in pieno svolgimento alcuni imbucati e altri personaggi che sembravano più sicuri del fatto loro, nessuno a quelli diceva niente, cercavano di arraffare le ragazze e di portarsele in un angolo. In diversi ci riuscirono, e infoiati come porci mettevano le ragazze a pecorina, e sfoderavano i membri eretti che subito sparivano alla vista.

Consonni pensò che fossero della gente di rispetto, delle autorità, poliziotti?

Conclusa l'esposizione, venditori e compratori si sedettero al tavolo delle trattative, assieme al notaio. Furono tirate fuori delle carte, messe delle firme, cominciarono a uscire dei soldi, grossi rotoli di banconote. Purtroppo Consonni non poteva sentire cosa dicevano, ma in certi momenti sembrava esserci tensione, soprattutto fra i compratori.

Discutevano in modo acceso. Un venditore andò a prendere quella che sembrava l'oggetto del contendere: sicuramente la più giovane del lotto, Consonni dall'alto non poteva decifrare esattamente, ma cosa poteva avere quella lì, quindici anni? Fu sbarbicata dalle mani di un paio di tipi, che se la stavano già lavorando con una certa precipitazione.

Il venditore la mostrò nei dettagli, la fece girare, le fece aprire le cosce, la fece parlare, lui si premeva la mano sul petto, gesticolava. La ragazza pareva furibonda, probabilmente era questa nota caratteriale che interessava agli acquirenti, oltre alla giovane età. A Consonni sembrava di vedere Svetka dieci anni prima. Gliel'aveva detto di non andare a Corsico: probabilmente la sua tragedia era cominciata lì.

Il compratore sembrò volersene andare via, scuoteva la testa, si alzò e con lui il suo sodale. Lo andarono a riprendere che aveva quasi raggiunto la porta, che Consonni non poteva vedere. Ma si capiva che era una sceneggiata, ci furono gesti di rassicurazione, quello si risedette al tavolo e la negoziazione ricominciò.

Nel frattempo sembrava che agli altri presenti, ospiti d'onore e imbucati, fosse stata concessa una certa libertà d'azione, e i numerosi maschi cercarono di accaparrarsi almeno una femmina, se uno non ci riusciva cercava di condividerne una con qualcun altro.

Ahmed e Youssuf, spiando da un angolo della vetrata, si sentivano quasi in imbarazzo. Loro, che a diciassette e sedici anni, rispettivamente, credevano di averne viste di tutte, per perbenismo avrebbero preferito guardare da un'altra parte. E poi effettivamente di sesso, al di là di quello che millantavano, non è che fossero dei grandi esperti, soprattutto delle cose di gruppo. Erano proprio smarriti, si sentivano piccoli. Inoltre, donne bellissime e disponibili, per tutti, era quello il Paradiso? Cominciarono ad avere dei dubbi.

Vista dall'alto era una scena assai coreografica, piena di movimento e di colori, Consonni era indeciso se cominciare a sparare subito, ma quanti ne poteva prendere? E se colpiva una ragazza? Naturalmente il suo obiettivo principale era beccare il Francese, che poi forse tanto francese non era. Parlava un'altra lingua, la stessa che parlavano tutti gli altri. E poi questo Francese non doveva essere un pezzo grosso, sembrava che il suo incarico fosse quello di portare da bere al tavolo delle trattative, in particolare a un signore abbastanza anzianotto, diciamo dell'età di Consonni, che indossava un doppiopetto rigato non proprio recentissimo, e una camicia scura, abbottonata al colletto, senza cravatta.

Con la pistola in mano Consonni era come ipnotizzato, che fosse tutto un sogno? Non poteva essere vero...

Le ragazze tentavano di subire meno danni possibile, cercavano di capire chi erano gli uomini di potere, e di accontentare quelli.

E fra questi che sembravano «di potere» ce n'erano tre o quattro che si davano da fare più degli altri.

Uno di loro a un certo punto estrasse una grossa pistola, e la puntò su un giovane dall'aspetto levantino, diciamo un libanese, il quale cercava di ottenere una fellatio proprio dalla ragazza che l'altro si stava ingroppando.

«A stronzo, levete dai cojoni! Me se sta a deconcentra'».

Il libanese dovette allontanarsi, imprecando. L'italiano non rinfoderò l'arma, che gli rimase in mano, ciondolando da tutte le parti, a causa dei sussulti ritmici. Poi la pistola non si vide più. Dove l'aveva infilata?

Le persone di rispetto erano ancora al tavolo delle trattative, ma sembravano essersi messe d'accordo. Giravano un sacco di soldi, e, a quanto pareva, al tipo con giacca blu e le Clarks ne toccava una parte, versata da quelli che vendevano e da quelli che compravano, come a un agente immobiliare.

Alla fine furono portate delle bottiglie di champagne e si brindò al buon esito della manifestazione. Fu il Francese a servire. Il notaio se ne andò.

Il libanese era uno che non mollava, appena il tipo che aveva estratto la pistola ebbe finito si appropriò della ragazza e riattaccò nel punto in cui l'altro l'aveva lasciata. Basta avere pazienza, la ragazza aveva gli occhi rovesciati.

Consonni era strabiliato, ma non riusciva a smettere di fissare lo scenario complesso a cui assisteva. Era pronto a sparare? Ma a chi?

Ovviamente, mentre i riti orgiastici, o collaudi, se così si potevano chiamare, erano in pieno svolgimento, accadde l'inaspettato.

La ragazza giovanissima che in precedenza era parsa l'oggetto del contendere fra due acquirenti, evidentemente valeva un sacco di soldi, era finita con uno degli italiani di rispetto.

Ma la giovane parve ribellarsi e affibbiò un bel morso durante un rapporto orale (o simili) a quello che la stava «collaudando», il quale, pieno di cocaina, non ci pensò due volte e tirò fuori anche lui la pistola, brandendola e puntandola in giro. Gli altri lo guardarono con benevolenza, sapevano che stava scherzando, ma lui sentiva male e quando vide che l'uccello gli sanguinava molto perse il controllo e sparò in testa alla ragazza; questa precipitò a terra, morta, non sanguinò quasi per niente. Le altre ragazze si misero a strillare, in qualsiasi posizione si trovassero, il che innervosì i maschi che le stavano montando, ma anch'essi capirono che era successo un casino, un vero casino. Lo sparatore si affrettò a mettere via la pistola.

Un paio di persone si avvicinarono alla ragazzina, che adesso sembrava ancora più piccola e giovane che da viva, rattrappita sul pavimento, un uccellino stecchito.

Subito arrivò l'acquirente, quello che la ragazza l'aveva comprata, dopo la lunga negoziazione.

«Ma che cazzo fare? Che cazzo ha fatto?».

«Quella m'ha mozzicato l'uccello, l'ha fatto apposta, guarda qqua, sanguina!». Anche Consonni poté vedere che c'era una bella macchia rossa per terra.

«Stronzo di merda» disse l'altro «ma tu sa quanto valeva quella? E a me mia parte mi rendi tu?».

L'acquirente estrasse una pistola e la piazzò sulla nuca dell'italiano.

«Tu non doveva fare questo. E ora?».

L'italiano buttò uno sguardo verso il signore con la giacca blu, che nel frattempo stava montando una ragazza bionda.

Gli altri del suo gruppo si paralizzarono, anche loro guardarono l'uomo in blu. Alcune persone, non poche, cominciarono a defilarsi, senza dare nell'occhio raggiunsero l'uscita, il salone era un po' meno affollato.

Le ragazze, tranne due ancora impegnate, una con l'uomo importante, l'altra col libanese, che non demordeva, erano ora sedute sulla passerella, alcune piangevano, altre si guardavano intorno terrorizzate, avevano freddo. I loro padroni cominciarono a radunarle, a portarle nello spogliatoio, perché si rivestissero. I maschi discutevano fra di loro in una lingua che Consonni non capiva, ma era chiaro che c'erano due schieramenti, pronti a spaccarsi la testa l'un l'altro.

In modo imbarazzante la musica continuava a tutto volume. I camerieri cercavano di recuperare un po' di attrezzatura, piatti, bicchieri, cabaret, ma non c'era tempo. Anche il dj stava sbaraccando.

La visuale di Consonni si stava riducendo sempre di più, a causa dei vetri appannati, del fumo, e del fatto che si trovava un po' defilato rispetto ai personaggi principali. Cercava di sporgersi sempre più in avanti, ma non poteva appoggiare il piede sul vetro, era scivoloso e inoltre non avrebbe retto il suo peso. Tenendosi attaccato al cavo del parafulmini si sbilanciava sempre più, con la pistola in pugno.

Il dj a quel punto spense la musica, raccolse le sue

cose e se ne andò, lasciando un silenzio improvviso e agghiacciante.

L'uomo in blu non ebbe modo di terminare quello che stava facendo, d'altronde era sotto gli occhi di tutti, si tirò su i pantaloni e si ricompose. Non era di buon umore. Si avvicinò al tipo che era stato morso e lo guardò, intensamente. Poi si accostò a quello che gli puntava la pistola sul collo, che muoveva l'altro braccio come a dire: E che altro dovrei fare?

«Tutto se accomoda» disse nel silenzio l'italiano con accento romano. «Non c'è un problema che nun se po' resolve'».

«Ma che cazzo dici? Quella ragazza ho pagato 25.000 euro, e tu preso 5.000. E tuo uomo del cazzo spara in testa».

L'altro ci pensò un po', grattandosi il mento, e disse: «Dico che i problemi se risolvono, nun te sto a di' che il problema nun ce sta, e il problema è grosso, ma tu mo' metti a posto la pistola, ce penso io, se no che sto qua a fa'? Sto qua per risolve' li problemi de sicurezza. Ma co' gli uomini miei m'a a vedo io».

Il capo era parecchio incazzato con quello che aveva iniziato a combinare casini, e allora gli parlò, gli disse che era un coglione.

«Tu da oggi sei un eroe, tua moglie starà a gode' de tutti li benefici, suo marito è morto in un'eroica azione de servizio».

«Io? Morto in eroica azione di servizio? Io?».

«Sì, nun posso fa' altrimenti, me dispiace. Ma tu sei troppo stronzo, e guarda che me dispiace veramente, mi ero affezionato a te, come a tutti i miei ragazzi, ma tu sei troppo stronzo, sei veramente un coglione».

«Ma cazzo, hai visto come mi sanguina?».

Il capo aveva parlato così per tranquillizzare i venditori e per convincerli che di quel coglione si sarebbe sbarazzato lui. Almeno questo pensò Consonni.

Quello con l'uccello ferito accennò un sorrisetto, come se avesse capito che la storia dell'eroe in servizio era una balla, solo per far abbassare la pistola a quello tutto incazzato.

Allora, forse per far capire che aveva capito, disse: «Mah, cazzo, non mi devi trattare così davanti a questa gente, cazzo, queste cose le risolviamo in privato».

«Ah, perché tu qua' regazzina che ti ha mozzicato l'uccello l'hai liquidata in privato? Io stassera qualcosa te devo fa'. Magari nun mori, ma in ospedale ce devi anna', puoi anche sceglie' cosa preferisci. E nun te voglio più vede».

Il compratore, confuso, intimorito anche se incazzato, non sapeva che fare, ma manteneva la pistola puntata sul collo del coglione, che era in un bagno di sudore, forse se l'era anche fatta addosso, e il suo uccello continuava a sanguinare, la ragazzina gli aveva dato proprio un bel morso, prima di morire. Forse era quest'ultimo il suo scopo.

Con la circospezione dei gechi quando vanno a caccia sul muro i presenti lentamente raggiungevano l'uscita e abbandonavano la sala.

La balera a questo punto era piena per meno di metà: c'erano ancora i compratori, i guardaspalle, gli italiani e altri dell'organizzazione.

«Tu calmate, Gerolamo, adesso risolviamo, e tu vai fuori, e aspettami alla macchina» disse il capo al suo uomo che aveva combinato il casino. «Io devo metterme d'accordo con Gerolamo». Dicendo questo si avvicinava, con molta calma, ai due.

Consonni sul lucernario si sbilanciò ancora più avanti, altrimenti non riusciva a vedere tutti e tre i protagonisti della scena. Però a un certo punto scivolò e batté il gomito destro su un montante di legno, gli partì un colpo di pistola, che mandò in frantumi un settore della vetrata.

Subito il compratore sparò alla testa di quello che teneva sotto tiro. L'uomo con l'abito blu, che aveva estratto in un decimo di secondo la sua pistola, freddò il compratore da meno di un metro di distanza, forse l'avrebbe fatto comunque, ma adesso il suo uomo aveva la scatola cranica spappolata.

Solo dopo qualche secondo ai presenti nella balera venne in mente di guardare verso l'alto, e di sparare lassù. Consonni rispose al fuoco a raffica, proteggendosi dietro un camino in muratura.

Da quel momento in poi si scatenò un gran casino e la situazione precipitò, in pochi attimi nella balera non c'era più nessuno, anche i tre cadaveri furono con celerità portati via, e si fece buio, perché le centinaia di colpi esplosi avevano bruciato qualsiasi fonte di illuminazione.

Anche Consonni, appiattito dietro il camino di pietra, aveva finito i colpi. Le auto partivano a razzo, una dopo l'altra. La gente urlava, qualche sporadico colpo di pistola ancora risuonava nel posteggio.

A Consonni parve di sentire frasi come: «Questa qqua portatela via, buttatela da qualche parte, lui riportatelo al suo paese col furgone, e lasciatelo llà, vicino al suo villaggio, nun deve esse' ritrovato qqua», «A questo ce penso io», «Voi pensate alla bbalera».

A quel punto fu silenzio. Erano scappati tutti.

Oddio, proprio tutti no. C'erano ancora due o tre persone, nei paraggi. Consonni non vedeva niente, ma sentiva che quelli rompevano i vetri rimasti interi. E poi cominciò a percepire puzzo di benzina super. Benzina?

La fiammata si alzò improvvisamente, e il locale prese fuoco come un fiammifero. Consonni, di nuovo in piedi sul lucernario, notò che la sua mano era insanguinata, era stato un colpo di pistola o un vetro? Il sangue aveva imbrattato la trave sulla quale tentò di appoggiare un piede.

Scivolò, e prima che le lingue di fuoco riuscissero a lambirlo precipitò lungo la tettoia pendente, a testa in giù. In quella frazione di secondo pensò al Francese, se era riuscito a colpirlo. Al termine della tettoia sentì che stava volando, e poi, con la testa, centrò la capoccia di uno di quelli che avevano dato fuoco al locale.

«Shu hada?» disse Ahmed a Youssuf. Trovarono Consonni privo di sensi, rotolato giù per il prato pieno di preservativi e altro. «Ma tu guarda che schifo, qui è pieno di siringhe, che schifo!».

Vicino al corpo del Consonni c'era un tipo che aveva ancora un piccolo fucile mitragliatore in mano ma che era morto. La testata di slancio che gli aveva inferto il Consonni l'aveva steso, e quindi l'Amedeo aveva la testa più dura. I due ragazzi erano sbalorditi, cazzo, questo qui è uno che sa il fatto suo, si è messo da solo contro sessanta persone, questo è uno che ci conviene tenerci buono.

«E che facciamo adesso? Dobbiamo andarcene, qui fra un minuto arrivano gli sbirri».

La ex discoteca La Rotonda stava bruciando, le fiamme erano altissime.

«Dai, portiamolo al motorino».

Consonni pesava ben oltre novanta chili, probabilmente i due magrebini insieme non ne pesavano molti di più. Ma in trance adrenalinica riuscirono a sollevarlo e a issarlo sul sedile posteriore dello scooter.

Ahmed si pose alla guida, Youssuf si sedette sul portapacchi posteriore, con una mano teneva il Consonni che tendeva a cadere a babordo e a tribordo.

«E adesso dove andiamo?».

«Lo riportiamo a casa, no? Lui sa tutto, e a questo punto non può non restituirci la roba».

«E perché dovrebbe farlo?».

«Perché gli abbiamo salvato la vita, no?».

Partirono.

Dopo poco Consonni, probabilmente a causa delle buche e dello sferzare dell'aria fresca in motorino, cominciò a bofonchiare qualche parola.

«Svetka... Dobbiamo andare da Svetka... Dobbiamo trovare il Francese, lui la prenderà...».

I tre in motorino procedevano per le strade dalle parti di corso Lodi, Consonni, in mezzo ai due ragazzi magrebini, era svenuto di nuovo.

«E se questo ora muore?».

«Prima ci deve rendere la roba».

Il motorino procedeva assai piano, carico com'era.

Incrociarono una Ford Focus rossa e bianca, con le lingue di fuoco dipinte sul cofano e sulle fiancate. Dalla macchina usciva musica ad altissimo volume, TUM-TUM-TUM a mille watt. La Focus appena superato il motorino con i tre a bordo tirò un'inchiodata e fece subito inversione a U. In un secondo fu accanto allo scooter. Fu aperto un finestrino.

«Che bella sorpresa, guarda chi c'è, Ahmed e Youssuf, nostri amici» urlava quello che stava accanto al guidatore.

«Che fate, sandwich con vecchio porco? Fate trenino?».

La Ford cominciò a zigzagare per far perdere il controllo ad Ahmed, non c'era nessun modo di scappare, lo Scarabeo non superava i sessanta all'ora.

Consonni non era in sé, poi cominciò a sentire urla, frenate, si risvegliò per quanto possibile, una macchina li stava forzando contro il guard rail. Allora, con le ultime energie a disposizione, estrasse la pistola e la ricaricò. Iniziò a sparare all'impazzata contro la Ford, senza avere coscienza di quello che faceva.

La Focus sbandò, si ribaltò e andò a finire contro un albero.

Ahmed riprese il controllo del motorino.

Consonni fu perentorio.

«Dovete portarmi alla villa, presto, dobbiamo... Svetka potrebbe...».

Ahmed prese la strada per la villa, non ebbe bisogno che Consonni gli fornisse delle indicazioni.

Arrivarono al cancello e Ahmed posteggiò lo scooter dietro un muro.

Entrarono, Consonni mulinava ancora la sua arma. Non c'erano più né guardie né automobili. Nessuna luce accesa. Il portone d'ingresso era aperto.

Consonni entrò con coraggio, ancora in deliquio. Sulla testa, in fronte, gli era venuto fuori un gigantesco bozzo, il che di solito è un buon segno, vuol dire che non ci sono traumi interni di rilevanza.

Corse al piano di sopra, in camera di Svetka. Lei non c'era più, e nemmeno le sue cose, forse aveva fatto in tempo a scappare, oppure no, erano gli altri che avevano fatto in tempo ad andarla a prendere. Probabilmente erano in molte ad aver subito lo stesso destino, tutte le camere erano vuote, nella villa non c'era più nessuno.

Per la verità qualcuno c'era, era una signora di colore.

«E lei chi è? Che fa qui?».

La signora di colore era munita di due grossi sacchi neri dell'immondizia. Stava passando in rassegna tutte le camere, saccheggiando ciò che era stato lasciato, nella fretta, dalle titolari.

Nei sacchi buttava scarpe con vertiginosi tacchi a spillo, completini seducenti, anche se magari sporchi, mutandine, cosmetici, borsette di pelle, anche qualche coppia di lenzuola.

«Cosa fa, ruba? Ma lei è uno sciacallo!».

«No, io donna delle pulizie, io ho contratto».

«Eh, va bene, ma nel suo contratto rientra che lei si può rubare tutto quello che è stato lasciato?».

«Fra poco viene polizia, sequestrano tutto, pezzi migliori li prendono agenti per mogli o fighe. Se no buttano tutto. Già successo tre volte. Ma voi chi siete? Locale chiuso, tutti andati. Via! Via! Se no anche voi nella merda».

«Ma le ragazze? Le hanno portate via?».

«No, ragazze scappare da sole. Arrivate telefonate. Fuggi-fuggi. Fuggi-fuggi anche voi, e lasciate me fare, minuti arriva polizia».

I ragazzi misero fretta al Consonni. Rimontarono in tre sul motorino e si avviarono in direzione Loreto.

Consonni si liberò della pistola lanciandola in un naviglio, dalle parti di via Tibaldi.

Forse Svetka ce l'aveva fatta! E in qualche maniera lui aveva contribuito a rendere possibile la fuga.

Ma chi erano questi due ragazzi che lo stavano trasportando in motorino?

«Voglio andare a casa, per favore, non ce la faccio più. Portatemi in via...».

I due ragazzi conoscevano benissimo anche quell'indirizzo. Ma che volevano da lui? E perché lo avevano salvato? Consonni mica ci aveva pensato. Sarà stato per via della commozione cerebrale.

I due, arrivati alla casa di ringhiera, si decisero a parlare: «A noi basta riavere ciò che è nostro, noi di tutto questo dish dash non ne sappiamo niente, anzi, meglio che non ci facciamo vedere troppo in giro, e se qualcuno ci ha visto? Voi siete gente "categoria", noi mica siamo di questo livello. Ma il fumo era a noi, e qui qualcuno lo ha ciulato».

Consonni non ci capiva niente.

«Il fumo? Ma io non ho niente a che vedere col fumo».

«Ce lo possiamo immaginare, ma a noi qualcuno, proprio qui, ce lo ha fatto sparire. Un chilo. E c'è gente che ci cerca... li ha visti anche lei...».

Angela aveva aspettato Consonni per tutta la serata e la notte, a oltranza. Voleva sapere che ne era di lui. Aveva bevuto quattro caffè, questa volta non le sarebbe sfuggito. E così quando quello scemo arrivò, alle tre passate del mattino, era pronta a intercettarlo. Ma lui era in motorino, seduto a sandwich in mezzo a due ragazzini che avranno avuto sedici anni a testa, e non erano italiani. Angela era sbalordita. Che ci faceva alle tre di notte l'Amedeo con quei due? Sembravano rientrare da una festa. Si era dato alle relazioni omo con i giovani extracomunitari? Oddio, no, questo pareva troppo.

Consonni scese con difficoltà dal motorino. Barcollava, era ubriaco? Non si reggeva in piedi, parlava con i ragazzi. Angela dischiuse la finestra per ascoltare.

«Il fumo era nostro, e qui qualcuno lo ha preso. Tu deve trovare la roba, se no noi fatti».

Consonni ondeggiava, a guardarlo da una certa distanza, come quella da cui lo guardava Angela, sembrava effettivamente ubriaco fradicio, ma in realtà a lui girava la testa per altri motivi, e altri ancora. Aveva le vertigini.

Angela si mangiava le unghie. Senz'altro ha saputo di me, quel pover'uomo, e di quello che è successo a Camogli, all'Hotel Cenobio. Ma come ha fatto a saperlo? Qualcuno ha fatto la spia, oppure è lui che è venuto di persona, per sorvegliarmi? Che abbia visto tutto, o scattato delle fotografie mentre eravamo sulla terrazza dell'hotel? Ma perché si fanno certe follie?

Ah, in questo caso, con che coraggio mi presento davanti a lui? Gli ho rovinato la vita: e lui prima ha abbandonato ogni cura di se stesso e della sua casa, poi si è buttato sull'alcol, e forse anche su altro...

Certo, che frequentasse adolescenti maschi, eh, questo no, non se lo sarebbe mai aspettato, ma la disperazione, l'esasperazione, fino a che punto possono portare?

Adesso che volevo chiedergli perdono, cioè, a essere sinceri, non volevo raccontargli niente di preciso ma semplicemente ricondurlo a me, dirgli che la fase di sbandamento era superata, adesso che faccio?

Ahmed e Youssuf stavano cercando di riportare nel suo appartamento l'Amedeo, ma questo, terminata l'adrenalina, non stava più sulle gambe. Delirava, parlava di una donna, del suo amore, del pericolo, del fatto che non l'avrebbe vista mai più.

Angela, ancora origliante dalla sua finestra, credeva come al solito che si parlasse di lei. Ah, povero Amedeo, cosa ti ho fatto!

Quando i tre furono in prossimità del portone di casa a Consonni arrivò un messaggino telefonico.

Lo voleva leggere all'istante, ma non riusciva a tenere gli occhi aperti, chiese a Youssuf di leggerlo. Youssuf lesse: «In viaggio, da sola. Grazie». Consonni in quel momento perse definitivamente i sensi.

«Cazzo, questo qui sta morendo, guarda che bozzo ha in testa!».

«E allora che facciamo, lo lasciamo qui? E il fumo?».

«Io dico, portiamolo davanti al Pronto Soccorso, lo molliamo lì, qualche cosa succederà».

Angela assistette al nuovo trasporto, ma non fece in tempo a montare sulla sua Doblò, i tre se ne erano già andati. Cosa ho fatto! Cosa ho fatto! pensava lei, in piena sindrome di protagonismo.

Così Consonni fu ricaricato sul motorino, e scaricato di fronte al Pronto Soccorso del Niguarda.

Gli infermieri, sollecitati da una telefonata anonima, lo trovarono lì fuori, sembrava morto. Non ci fu bisogno del reinserimento dei dati, lo avevano riconosciuto.

Trauma e Traum

Consonni era ricoverato al reparto di Traumatologia, o come si chiama, per una significativa contusione cranica visibile anche dall'esterno, dall'enorme bozzo sulla fronte. Pareva non ricordarsi niente, di come fosse accaduto. Un incidente stradale? Era stato messo sotto, aveva subito un'aggressione?

Eppure il paziente, che alla radiografia, alla TAC, ecc. non mostrava di avere importanti lesioni interne (TIA), non ricordava assolutamente niente. Tantomeno sapeva chi lo aveva condotto al Pronto Soccorso.

I medici seguirono il protocollo, informarono anche la polizia che questo signore, dopo aver riportato senza ombra di dubbio un importante trauma cranico, era stato condotto davanti al Pronto Soccorso e lasciato lì, in stato di semincoscienza. Con tutta probabilità era stato investito da un'auto, e il guidatore, anziché chiamare l'ambulanza, aveva portato l'investito all'ospedale, e poi se ne era scappato. Una bella botta, questo era certo, ma niente di grave. Gli eleganti vestiti del paziente erano tutti sporchi di terra e di fango, probabilmente l'incidente era avvenuto in una strada di campagna, o in un parco. L'interessato non era in grado di esporre una denuncia in merito.

Consonni era a letto, in stato confusionale. Si rendeva conto di essere all'ospedale perché aveva picchiato la testa, ma dove l'avesse picchiata, quello no, c'era un vuoto nella sua memoria, anche se assai inferiore a ciò che pensavano i medici: a loro aveva raccontato che non si ricordava niente di niente, dove fosse andato la sera, contro cosa avesse sbattuto e chi l'avesse trascinato al Pronto Soccorso. Niente di niente.

In realtà si ricordava bene della serata sul tetto dell'ex dancing, fino al momento della sparatoria. Poi buio, fino a quando due ragazzi stranieri lo avevano portato via in motorino. E poi...

La testa gli faceva male, quasi dappertutto, non solo la fronte, dove gli avevano applicato il ghiaccio. Avrebbe potuto consigliare ai medici la pomata di arnica, che è miracolosa, ma preferì restare in silenzio, rispose a monosillabi alle domande, con una reticenza che fu tranquillamente presa per amnesia.

Avrebbe voluto soltanto dormire, e sognare, e toccare nel sogno la morbida, candida, fresca, perfetta pelle di Svetka, ancora ne sentiva l'odore, ne percepiva la rotondità e la fragranza.

Il Consonni viaggiava con la mente verso le meraviglie dell'amore e del contatto carnale, avrebbe desiderato continuare a sognare per l'eternità il corpo di Svetka. Ma non gli fu possibile.

Dal Pronto Soccorso avevano informato sua figlia Caterina della situazione.

«Ma come, ancora? E che gli è successo questa volta?».

«Trauma cranico. Lui non si ricorda niente, ma sta bene, non si preoccupi, lo teniamo in osservazione giusto fino a domani, per sicurezza».

Così Caterina corse all'ospedale, a trovare il padre.

«Ma papi, cos'è che ti è successo questa volta, te l'ho detto, non ti posso più lasciare solo...».

«Caterina, non mi ricordo niente, ho preso una gran testata, forse mi hanno messo sotto per la strada, son cose che succedono. Ma non è niente, dopo mi mandano a casa».

Caterina si trattenne nella camera per pochi minuti.

«Io con te non so più cosa fare, papà, non pensi che sia il caso che io ed Enrico veniamo a stare da te, nella casa di ringhiera?».

«Ma no, Caterina, ma no! Cosa vuoi, sacrificare la tua vita per farmi da badante? Non ce n'è ancora bisogno, è solo una circostanza sfavorevole, è solo un brignòccol».

«Adesso ti devo lasciare, devo andare al lavoro. Fammi sapere a che ora ti dimettono, che ti vengo a prendere».

Caterina, mentre usciva dal reparto, chiamò Angela, per informarla. Il Consonni era al Niguarda, trauma cranico.

La Mattioli fece finta di cadere dalle nuvole, ma era certa che tutto era successo per colpa sua. Consonni aveva tentato un gesto estremo, dettato dalla disperazione.

Nonostante ciò Angela andò all'ospedale, con un mazzolino di fiori e un sacchetto di arance.

La fecero passare, raccomandandosi di non sollecitare troppo il paziente. Il quale dormiva.

Angela, vedendo Consonni così male in arnese – era il primo incontro dopo tanto tempo – lo trovò sciupatissimo, dimagrito, un'altra persona.

Adesso ne aveva la certezza, Consonni aveva tentato il suicidio. Probabilmente era solo un gesto dimostrativo, rivolto a lei, ma l'uomo faceva veramente spavento, sembrava l'ombra di se stesso.

«Oh, Amedeo, che cosa ti ho fatto...».

Amedeo si risvegliò, vide Angela e richiuse gli occhi. Oddio, che ci fa Angela qua? E se fosse al corrente? Figuriamoci, con quelle lingue lunghe del condominio, sicuramente le avevano già raccontato tutto. Così Consonni simulò un torpore profondo, incapace di intendere e di svegliarsi.

Angela, di fronte all'assenza dell'Amedeo, continuò nel suo atteggiamento ultra-autoreferenziale, vista l'entità del bozzo in testa pensò che Consonni avesse provato a uccidersi, lanciandosi dall'alto (in qualche maniera aveva ragione). Probabilmente si era gettato da un ponte, o da qualche altura (a Milano?), e aveva picchiato la testa.

Consonni decise che era meglio non svegliarsi affatto, che avrebbe raccontato ad Angela?

Così Angela, lacerata dai suoi galattici complessi di colpa, dopo un quarto d'ora se ne andò, affranta.

Il mattino dopo De Angelis aprì la porta a Max, che si lanciò nella corte e soddisfece tutti i suoi bisogni, non nelle estreme vicinanze del BMW roadster, come gli aveva spiegato il nuovo padrone.

Max, felice, si dette a esplorare ogni minimo anfratto della corte: ah, finalmente quel portoncino verde che tanto lo incuriosiva era semidischiuso, lui ci sgattaiolò dentro, e si avventurò in quel posto meraviglioso, pieno di rifiuti, deiezioni animali e non, confezioni aperte di tonno e di cetrioli, sorci e immondizia di tutti i tipi.

Ah, che meraviglia, lo sapeva che in quel posto avrebbe trovato di tutto, c'era una sinfonia di odori, da ubriacarsi.

Ma uno in particolare, molto forte, lo attirava in modo speciale, era un odore che aveva già sentito a casa della sua ex padroncina, quella stronza che lo aveva abbandonato, ma peggio per lei, perché lui adesso in quella grande casa di ringhiera ci si trovava proprio bene, godeva di infinite libertà e aveva un sacco di amici.

Così si mise a ispezionare la cella frigo abbandonata, e non gli ci volle molto a trovare la stecca di fumo, mezza involtolata nella plastica, dentro una scarpa: una bella preda, da portare immediatamente al padrone, al neo padrone, insomma al padrone surrogato, cioè il De Angelis.

Prima però volle assaggiarne un po': dette un bel morso a quella strana sostanza, ne staccò un pezzo del valore commerciale di un paio di centinaia di euro, all'ingrosso. Non gli piacque affatto. Ripartì verso l'esterno, il De Angelis era già nella corte a lucidare la carrozzeria della sua auto. Aveva saputo che il Consonni era al Niguarda.

Il cane, consapevole di averla fatta grossa, scivolò via senza farsi troppo notare, ed entrò nell'appartamento di De Angelis: rilasciò il suo bottino sul divano, e si sdraiò accanto, esausto e fiero. Non si sentiva granché di stomaco, avrebbe anche potuto vomitare, ma si addormentò prima.

Claudio, nella sala comune della casa famiglia, stava ripensando all'accaduto e ai suoi orizzonti personali. Eppure per un verso si sentiva miracolato. Nei destini che gli si preparavano c'era stata un'inversione, qualcuno gli aveva impedito di fare un errore colossale, di riprecipitare nella perdizione. Era un segno, e bisognava lavorarci sopra. Per esempio quella storia dei certificati della Mattei-Ferri, ormai le cose gli erano chiare, quella donna viveva da anni alle spalle dei contribuenti, contraffacendo i certificati. E aveva anche il coraggio di incolparlo di un furto che lui non aveva obiettivamente eseguito.

Ma possibile che a prenderla nel culo siano sempre gli stessi? Claudio si stava quasi pentendo di non aver preso i 2.000 euro.

Quando il Luis tornò a casa, solo parzialmente soddisfatto delle condizioni della carrozzeria del suo BMW roadster, trovò Max sdraiato sul divano, addormentato, accanto al suo bottino.

Vide il pacchetto maleodorante, il trionfo di Max, e lo scrutò.

«E questo cos'è? Dove lo hai trovato?».

Max non rispondeva.
De Angelis non aveva molta pratica delle confezioni di afgano, prese il plico e lo gettò nella spazzatura.

Da quando era venuto fuori che gli appartamenti devastati nella casa di ringhiera erano numerosi, Donatella voleva parlare con Claudio, per chiedergli scusa. Lo aveva aggredito, senza neanche voler conoscere la sua versione, convinta di avere ragione, convinta che fosse stato lui.
Ci aveva pensato a lungo: lui non poteva essere stato. Neanche se avesse voluto. E poi perché avrebbe dovuto farlo?
Oddio, e adesso come faccio? Con che coraggio gli dico che mi sono sbagliata?
Beh, in qualche maniera il coraggio lo trovò. Si decise ad andarlo a trovare alla casa famiglia. E dire che non ci era mai voluta andare.
Si presentò con un mazzolino di fiori. Un ragazzo con la barba le aprì e disse che non erano permesse visite a quell'ora.
«Non può dirgli di uscire un momento? Sono sua moglie».
Claudio temette il peggio. Che vorrà da me adesso? «È venuta con la polizia?».
«No» gli disse quello con la barba, «è da sola».
Donatella si era lavata i capelli, si era vestita per bene e si era data anche un po' di ombretto sugli occhi.
«Claudio, questi sono per te» gli disse, allungandogli il mazzolino.

Lui stava per darsela a gambe. Che altro gli avrebbe vomitato addosso sua moglie, anzi, la sua ex moglie? Cosa c'era sotto?

Ma i fiorellini ebbero un effetto immediato di dichiarazione di pace, Claudio, invece di scappare di corsa, si fermò.

«Beh?».

«Claudio, ti devo chiedere scusa».

«Scusa? A me?».

«Sì, ti ho mal giudicato. Ho preso un granchio, ho fatto una cazzata».

«Una cazzata?».

«Sì, ti ho accusato di colpe che non sono tue».

«Non sono mie?».

«Ma che fai, ripeti tutto quello che dico? Già è difficile per me, e tu...».

«No, è che...».

«Tu stai dimostrando di essere un uomo meraviglioso, ne hai passate di tutte, eppure adesso ti sei impegnato, con umiltà, con coraggio, con onestà...».

Claudio era sbalordito, certamente Donatella non sapeva che lui era stato licenziato, ma dentro di lui le certezze prendevano sempre più corpo. C'era stata un'inversione astrale, da qualche parte, in qualche lontanissima costellazione, le stelle che custodivano il suo destino di merda dovevano aver sbattuto l'una contro l'altra.

«Grazie Donatella, è un pensiero gentile».

Quando Donatella se ne andò via però a Claudio risuonò in testa qualche altro pensiero: ma era veramente di quello che Donatella si era venuta a scusare? La pulce nell'orecchio c'era. Cosa aveva combinato sua moglie?

Dopo aver saputo che anche un quinto inquilino della casa di ringhiera di via ***, la professoressa Angela Mattioli, aveva ritrovato il suo appartamento vandalizzato, il sovrintendente capo Cotone aveva approfondito le sue ricerche e tratto delle conclusioni. In quattro locali su cinque non era stato rubato niente. Era accaduto solo alla Mattei-Ferri, ma le affermazioni della denunciante sulla cifra rubata e sul nascondiglio erano contraddittorie e indimostrabili.

Dunque pareva che le effrazioni fossero state eseguite non a scopo di furto, ma di altro in essere. Da alcune testimonianze risultava che alcuni giovani extracomunitari erano stati visti transitare nella corte della casa, dotati o privi di mezzo meccanico motoscooter. Tali testimonianze necessitavano di verifica in quanto fornite da residenti privi di permesso di soggiorno e con lievi precedenti per ubriachezza molesta e rissa.

Interrogati sui fatti anche Ortolani Patty e Du Vivier Jacopo, già proprietari degli appartamenti 6 e 7 in corso di restauri, che non sono stati forzati e irruzionati, dichiaravano che... ecc. ecc.

Convinto che per una volta si trovasse a che fare con qualcosa di più di un furto al supermercato o di auto, il sovrintendente capo preparò scrupolosamente un rapporto per i suoi superiori.

Detto rapporto non venne letto da nessuno.

Gianmarco e Margherita, tornando da scuola, parlottavano fra di loro, con la coda fra le gambe.

«Hai visto cosa è successo? Il Consonni lo hanno mandato all'ospedale, sono quei due, adesso ci ammazzano».

«Non abbiamo altra soluzione, dobbiamo rimettere la roba al suo posto, nello sportello del contatore del gas».

«E la droga che manca? Il pezzetto che abbiamo tagliato via?».

«Non è granché, vorrà dire che ci mettiamo i soldi, che altro possiamo fare?».

«E come facciamo ad avvertirli che l'abbiamo rimessa al suo posto?».

«Mmhh, boh?».

«Ho un'idea, mettiamo un cartello sul portone, con scritto: la roba l'abbiamo rimessa dov'era».

«Buona idea».

Gianmarco si infilò nella cella frigo, dove cazzo l'aveva nascosta la stecca quella cretina di sua sorella? Si mise a cercare, ma non doveva essere sotto il materassino sgonfio, dentro la scarpa? Cercò e cercò disperatamente.

Lavorò per mezz'ora in quella merda, ma non trovò niente. Allora recuperò la valigetta che conteneva la sua attrezzatura da spacciatore. La portò fuori e la infilò in un cassonetto.

Quando riparlò con Margherita era disperato.

«Ci hanno scoperto, la roba non c'è più, l'hanno portata via, e adesso?».

«Adesso siamo nella merda fino al collo».

«Che facciamo, scappiamo in Alaska? Lì non ci troveranno mai».

«In Alaska? E qual è la capitale dell'Alaska?».

«Boh?».

De Angelis ci provò in tutte le maniere, ma Maximilian non ne voleva sapere di svegliarsi, sembrava in coma, inerte, come morto. Santo cielo, e a questo cosa gli è successo?

Lo portò immediatamente al Pronto Soccorso Veterinario in una traversa di viale Corsica, con la BMW roadster impiegò dieci minuti.

Il veterinario di turno appena vide il cane mostrò segni di grave preoccupazione, Max fu condotto d'urgenza in rianimazione. Per quanto ne capì De Angelis gli avrebbero subito fatto la lavanda gastrica.

«Ha mangiato qualche pasticca, qualche medicinale, sonniferi, ansiolitici, barbiturici?».

«Che io sappia no, in casa mia di questa roba non ce n'è».

«Ma il cane è suo?».

«No, veramente ce l'ho in custodia, il cane è...».

Dopo meno di un'ora il dottore uscì dal reparto.

«Il suo cane è fuori pericolo, ma c'è mancato poco. Lo sa cosa aveva nello stomaco? Un enorme quantitativo di cannabis. Ma lei ha idea di dove se lo sia procurato? Sa, saremmo obbligati a denunciare il fatto».

«Cannabis, e che cos'è?».

«È droga, signore, un prodotto illegale, e nello stomaco del cane ce n'erano decine di grammi, roba da mandare in botta un elefante!».

De Angelis ebbe un sussulto, maledetto Consonni, lui e i suoi giri malavitosi, ecco cos'era quel panetto che aveva trovato Max. Panetto che era ancora nel suo bidone della spazzatura. Oddio, adesso finisco in galera per quel delinquente! Lo sapevo, lo sapevo, alcol tabacco e venere, riducon l'uomo in cenere.

«E il cane, posso portarmelo via?».

«Ma neanche per idea, è in intensiva».

«Ossignur, posso vederlo?».

«Non adesso, torni domattina, e speriamo che tutto vada bene».

«Grazie...».

De Angelis ripartì a razzo verso casa. Senza neanche spegnere il motore corse nel suo appartamento e si mise a cercare nel bidone. Trovò il plico. Lo incartò dentro un sacchetto del supermercato e ripartì a folle velocità per il Niguarda.

Consonni quando vide De Angelis smise di simulare di dormire.

«Ah, Luis, che piacere vederti. Come va? Che novità mi porti?».

«Le novità sono queste, Amedeo» disse mostrando l'oggetto. «Deve essere roba tua, me l'ha portata il cane. Lo sai che ne ha mangiato un pezzo e che per poco non ci rimane secco? Ma tu sei pazzo? Mi sono bruciato le mani. Lo sapevo che ti eri messo nei guai, ma io non ci voglio avere niente a che fare. Però te l'ho riportata, perché forse questa roba è all'origine di tutti i tuoi guai, no?».

Infilò la roba sotto il materasso.

«Ma io, veramente».

«È l'ultima volta che ti copro, chiaro?».

«Ma cosa c'è in quel pacchetto? Io non ne so niente».

«E io ancora meno, e ne voglio sapere meno ancora. Come va la testa? Ti ricordi che mi devi 200 euro?».

«Eh, beh...».

Dopo la cena ospedaliera Consonni si alzò dal letto per andare alla tualèt. Così poté dare un'occhiata ai suoi compagni di camera, per ora aveva conosciuto solo quello del letto accanto: un signore che era stato operato all'intestino perché aveva un volvolo, l'intestino gli si era avvoltolato su se stesso e annodato, come succede a certi cani di razza di grosse dimensioni. Gli altri erano tutti lì per problemi intestinali o gastrici, un signore abbastanza giovane, non era neanche arrivato ai sessanta, aveva guai al piloro, forse un tumore. Degli altri Consonni non sapeva, però parevano messi parecchio male. Si lamentavano. Non sarebbe stato facile dormire. Ma perché mi hanno messo a Gastroenterologia? Io ho solo picchiato la testa. O c'è dell'altro, che non mi hanno detto? Negli ultimi anni aveva sofferto, continuativamente, anche se non in forma grave, di reflusso gastroesofageo, ma da qui a...

Alle otto c'era la visita dei parenti per un'ora, e la camera si riempì di gente, facevano un casino della Madonna, e a Consonni tornò il mal di testa. A trovarlo non venne nessuno, a esclusione di Ahmed e Youssuf.

Entrarono in camera con prudenza, temevano che ci fossero gli sbirri.

«Signor Consonni, siamo noi».

«Voi chi?».

«Siamo noi, quelli che l'hanno portato all'ospedale. Non se ne ricorda?».

Consonni li guardò, un vago ricordo ce lo aveva, un motorino, una sparatoria, la villetta di via Ghislanzoni; ma preferì far vedere che non si ricordava niente. Aveva già capito che funzionava.

«Che volete, ho picchiato la testa».

«Ma noi sappiamo che lei... noi l'abbiamo aiutata, adesso lei deve aiutare noi».

«E come posso aiutarvi, ragazzi, non vedete come sono messo?».

Youssuf, che aveva un naso fino, avvertiva un odore molto preciso.

«Io sento odore di fumo» disse ad Ahmed.

«Ma non lo sai che adesso in ospedale ti fanno fumare le canne? Te lo danno come antidolorifico».

«Ma sei scemo? Inta majnoun?».

«Ma certo, tu devi dire che hai il mal di testa e ti danno la cannabis».

«Allora mi faccio ricoverare subito».

Stavano arrivando le infermiere, i due ragazzi marocchini volevano andarsene.

«Aspettate ragazzi, vi posso chiedere un piacere?».

«Dica, ma in fretta».

«C'è qualcosa sotto il materasso che mi dà fastidio, un pacchetto, me lo togliete, per favore?».

Youssuf lo avrebbe anche fatto, ma Ahmed gli disse che dovevano uscire subito.

«Lo chieda all'infermiera, noi dobbiamo andare».

Così alle nove e mezza la camera era finalmente libera da visitatori. Consonni si rigirava nel letto, sperando di avere un po' di pace. Chiese all'infermiera, una bionda piena di orecchini, piercing e tatuaggi, qualche pasticca di sonnifero, un ansiolitico, non so, uno Xanax, un Alcyon, uno Zolpidem.

«Non glielo posso dare, lei ha un trauma cranico, le fa male la testa? Una tachipirina al massimo».

«Fa niente... a proposito, mi dà un'occhiata sotto il materasso, ci dev'essere un oggetto appuntito, qualcosa che mi dà fastidio, come la principessa sul pisello».

Non si sa come mai ma i malati maschi ricoverati in ospedale, vecchi e magari terminali, non rinunciano a fare i galanti, cioè i cretini, con le infermiere.

L'infermiera bionda e tatuata si preoccupò un po'. Questo qui sta andando via di testa: che si debba chiamare il dottore?

Ah, se potessi dormire con un po' di tranquillità, pensava Consonni. Mi si chiudono gli occhi, ma non riesco. Dormire e basta, sognare un po', luoghi meravigliosi, io e lei. Non pensava all'infermiera.

Non è facile condizionare i pensieri che stai facendo nel tentativo di addormentarti, in modo da preordinare anche i sogni, piazzarci dentro le persone e le situazioni che ti piacerebbe sognare. Ma Svetka arrivò da sola, senza bisogno di chiamarla troppo Consonni la vedeva distintamente, si potrebbe dire ad alta definizione, sorridente, accogliente, gentile, come era sempre. Lo guardava, rannicchiata in un piccolo gommone da bambini, indossava un due pezzi. In quella specie di località balneare si distingueva per la sua pelle bianca. Invece accanto a lui, seduta sulla sdraio, c'era Angela, abbronzatissima, quasi carbonizzata, color marrone scuro. E non quadrava: perché le donne fra i 50 e i 60, e anche dopo, si abbronzano così tanto e diventano tutte bionde? Svetka aveva i capelli neri corvini: forse erano tinti ma erano belli, e con gli occhi azzurri a lanterna, e la pelle candida, come poteva una donna di quasi sessant'anni, con gli occhi marroni, del peso di 64 chilogrammi, pensare che...

Angela cominciò a guidare, una macchina tipo FIAT 124, ma a un certo punto disse che si doveva fermare perché le scappava la cacca. Si fermò, e la fece sul ciglio della strada. Le fu facile, non portava mutande, come del resto non le portava nemmeno il Consonni. Questi scese dall'auto, non aveva niente con sé, né il portafoglio, né gli occhiali da vista, né le scarpe. Solo la canottiera.

Avesse saputo che il sogno andava a finire sempre nella solita maniera non lo avrebbe sollecitato, adesso avrebbe voluto svegliarsi, ma non ci riuscì.

Per fortuna lo svegliò l'infermiera, quella con i piercing.

«Ha detto il dottore che uno Xanax lo può anche prendere».

«Ah, grazie...».

Prima di riaddormentarsi Consonni cercò di riepilogare mentalmente i fatti della giornata precedente. Gli costava fatica e gli faceva scoppiare la testa, ma, almeno fino al momento della sparatoria, si ricordava tutto. Poi le cose si facevano più confuse. Quei due? Chi erano quei due in motorino?

Svetka era chiusa nella sua camera, in villa. Era al telefono, cercava di informarsi, ma al cellulare non rispondeva nessuno. Nei corridoi della villa c'era un grande fermento, le ragazze erano tutte fuori, gli uomini di servizio non c'erano più, allora Svetka cominciò a fare le valigie, la valigia, o era già pronta? Con i trentamila in tasca stava solo aspettando il momento opportuno per svignarsela.

O no?

Consonni entrò in un sonno profondo, e almeno per due o tre ore non sognò niente.

Alle tre quello operato all'intestino cominciò a lamentarsi e da allora non si dormì più. Le ore di veglia permisero comunque al Consonni di riflettere a lungo su cosa sia l'amore, e di prendere una decisione.

L'infermiera tatuata non sapeva cosa pensare: aveva trovato sotto il materasso del paziente Consonni Amedeo un panetto di fumo, di quello buonissimo, che pesava più di mezzo chilo. Se lo era infilato dietro la schiena, nelle mutande, e poi era uscita, col fiatone. Aveva chiamato il suo ragazzo. «Vieni subito qui, ti devo dire una cosa importante».

«Ma che, sei incinta?».

«Non dire cagate, è una cosa che ti devo dire subito, ma non per telefono, vieni all'ospedale, ci vediamo fuori fra mezz'ora, sbrigati».

Il commissario Ametrano era nei pasticci per via del casino di Corsico. Non era tanto la storia del falò, e di quello che doveva essere successo nella ex balera prima dell'incendio, evidentemente doloso. Poteva darsi che là dentro ci fosse stato un bel movimento, ma non ce n'erano tracce, erano fatti di chi l'aveva combinato. Fatti loro.

Il problema veramente grave era che l'agente Tagliaferri, toscano di origine, in forza alla volante, era stato trovato morto vicino allo scheletro della discoteca carbonizzata. L'avevano steso con un violentissimo colpo in testa, su una tempia, morto all'istante. Era stato rinvenuto dai vigili del fuoco alle cinque del mattino, quando stavano cercando di spegnere gli ultimi fuochi. Nella discoteca bruciata non c'erano corpi umani carbonizzati, ma l'agente Tagliaferri che cosa ci faceva lì? Era in missione? Ufficialmente no, non era di turno, non solo, sua moglie aveva dichiarato alle otto del mattino che suo marito era stato in casa con lei, come al solito, fino alle sette, quando era uscito per entrare in servizio.

Soprattutto dopo questa dichiarazione fu molto duro comunicare alla signora che suo marito era stato ritrovato, privo di vita, alle cinque, a Corsico.

Ametrano fu informato che la discoteca La Rotonda, chiusa da almeno dieci anni, apparteneva a una società, di quelli che erano proprietari del Mosho, del Magrival e del Pio Pio (locali un po' hot dove c'era un bel giro di ragazze dell'Est). Poteva anche darsi che Tagliaferri fosse da quelle parti per ragioni in qualche maniera collegate al servizio, a meno che non ci fosse per divagarsi, magari c'era una festa privata. Però se uno va a una festa privata raramente viene accoppato, se non per un motivo sostanziale.

Morrone, il capo di Tagliaferri, non ne sapeva niente, e non ne voleva sapere niente. Per quanto riguardava lui, Tagliaferri alle otto, quando sarebbe dovuto montare di turno, non si era presentato, senza alcun avviso.

La notizia del ritrovamento del cadavere per il momento non fu diffusa, e colui che lo aveva effettuato, un pompiere, era stato trattenuto nella caserma di Lodi, proprio perché non parlasse con nessuno.

Ametrano intravedeva guai seri. Cazzo, perché avevano incaricato proprio lui di questa spinosissima magagna? In giornata c'era stata una processione di colleghi, che chiedevano notizie e fornivano consigli, ma in molti sembravano avere il pepe al culo.

Il telefono scottava, naturalmente lo chiamò anche il questore, richiedendo che sulla faccenda si mantenesse il più assoluto riserbo.

Una vera rogna, di quelle che non finiscono mai.

Fu riferito al dottor Ametrano che c'era un signore, che sembrava molto nervoso e sull'orlo di uno svenimento, che voleva assolutamente parlare con lui, solo con lui. Aveva un bel bozzo in fronte. Aspettava da più di tre ore.

«E come si chiama?».

«Consonni Amedeo».

«Consonni Amedeo? Proprio quel Consonni? Ma che vuole ancora... Ho fatto tutto quello che potevo per lui, adesso... Gli dica che non ci sono».

«Lo sa che lei è qui, l'ha visto, sono ore che è qui».

«Vabbè, lo faccia entrare».

Consonni, acciaccato, confuso, sfinito, gli disse che aveva da parlargli in privato, privatissimo, di una cosa di estrema importanza.

In effetti Consonni aveva deciso, nella tremenda nottata che aveva passato all'ospedale, come comportarsi. Non poteva tenersi per sé quello che sapeva.

Ormai Svetka era al sicuro, e se non lo era, a maggior ragione, lui doveva fare in modo che l'organizzazione fosse smembrata, e che tutti finissero in galera.

Così, appena dimesso dal Pronto Soccorso, alquanto malridotto, con i vestiti, pur eleganti, stracciati e infangati, si recò direttamente in questura, per parlare con quella brava persona del commissario Ametrano, che tanto comprensivo era stato con lui in passato. Lo conosceva da tempo, soprattutto lo conosceva bene Angela.

Ametrano pensava che quello lì ce l'aveva scritto da qualche parte che doveva mettersi nei pasticci. A cominciare dalla storia della Sfinge di Lentate... E vattelappesca, in quel tipo anziano c'era anche una parte di mitomania. E quando era stato rapito da alcuni genitori, i quali credevano che lui fosse un assassino pedofilo?

E quando si era infilato in una storia in cui la protagonista era una ragazza pugnalata?

«Buonasera, signor Consonni, ho i minuti contati, dica, ma in fretta per favore».

«Chiuda la porta, qui qualcuno ci può sentire?».

«No». Ametrano, sbuffando, chiuse la porta. «Qui non ci sente assolutamente nessuno. Dica».

«Beh, si tratta della strage di Corsico».

«Corsico?».

«Perché, non ne sapete niente?».

Ametrano dentro di sé cercò di assorbire la notizia, senza manifestare particolari reazioni. Come faceva quel coglione a sapere di Corsico?

«Perché, cosa sarebbe successo a Corsico?».

«Allora è vero? Non ne sapete niente».

«No, mi dica».

Consonni cominciò a raccontare, omettendo fin da subito alcuni particolari, per esempio com'era che lui era finito proprio a Corsico.

«In una discoteca abbandonata che si chiama La Rotonda ieri sera c'è stata una strage».

«Una strage? Cosa intende per strage?».

«Sì, sono morte tre persone».

«Ah, tre persone...». Ametrano cercava disperatamente di mostrare un atteggiamento scettico, ma le sue antenne erano drizzate all'inverosimile.

«C'era una specie di festa, con musica, ragazze nude, alcol e forse anche droga, ma è finita male».

Consonni raccontò quello che si ricordava, in dettaglio. Forse dopo la commozione cerebrale non tutto gli riaffiorava alla mente, ma fu abbastanza esaustivo.

Ametrano ci rimase di sale, a quel punto non riusciva più a far finta di essere indifferente al racconto del Consonni, controllò che la porta fosse ben chiusa.

«Come sarebbe a dire che lei ha assistito a una strage?».

«Sì, dall'alto, da una finestra sul tetto, un lucernario».

«E che ci faceva lì sopra?».

«Beh, questo glielo spiego dopo. Io non so di preciso di cosa si trattasse. Secondo me era una specie di asta, dove si compravano delle ragazze appena arrivate, tutte giovanissime, credo provenienti da qualche paese dell'Est, alcune erano molto belle, una sembrava una bambina».

Ametrano si guardava intorno, cercava di capire se nel suo ufficio potesse esserci qualche cimice, la faccenda gli parve, sfortunatamente, molto grossa...

«Dopo dieci minuti c'è stata una litigata: i maschi, che nel frattempo non avevano vergogna di continuare a darci dentro con le ragazze, si sono messi a questionare, ma parlavano una lingua che non capisco: comunque pareva che litigassero su una ragazza in particolare, quella più giovane, come se uno dicesse che gli spettava a lui, e l'altro il contrario. Allora un altro ancora, più anziano, ha detto qualcosa, le acque parevano calmarsi. A un certo punto è intervenuto uno che sembrava un notaio, cercando di rassicurare quelli che vendevano e quelli che compravano, ci avrebbe pensato lui, si sono dati pacche sulle spalle e la festa è ricominciata. Alcune ragazze ballavano, impaurite, ogni tanto qualcuno ne acchiappava una e la metteva sotto».

Ametrano deglutiva. Non vedeva niente di incredibile in quello che il signor Consonni Amedeo raccontava. Questi continuò:

«Si sono messi d'accordo e tutti stavano divertendosi, a parte quelli impegnati nelle trattative. A un certo punto è successo un gran casino, uno degli uomini che si ingroppava una delle ragazze, quella che sembrava una bambina, urlava disperato. In effetti sanguinava molto, il suo membro era ancora mezzo eretto. Quella lì gli aveva dato un morso con tutta la forza, e il coso schizzava sangue. Il tipo ha perso la testa, ha tirato fuori la pistola e ha sparato nella testa alla ragazza, quella piccola. Allora è successo un finimondo, e uno dei forestieri ha tirato fuori la pistola anche lui e l'ha puntata alla nuca di quello che aveva sparato alla ragazza, che giaceva per terra, tutta nuda. Ho potuto vedere un tatuaggio vicino all'inguine, che raffigurava una lucertola verde brillante, come si chiama... un ramarro».

Il commissario Ametrano aveva cominciato a sudare, si detergeva ma il sudore era troppo. Consonni ormai non pensava più a quello che diceva, affabulato da se stesso.

«Gli teneva la pistola puntata sulla testa e gli diceva: "Ma che cazzo fai? Che cazzo hai fatto?". Quello cercava di dare spiegazioni, a titolo di prova mostrava il suo uccello, sanguinante. L'altro voleva indietro i soldi. A quel punto è arrivato un altro signore, diverso come abbigliamento, portava la giacca e la cravatta, anche se era senza pantaloni e mutande perché stava facendo un assaggio anche lui, si è avvicinato. Si è messo a parlare con quello che puntava la pistola, cercando di convincerlo che il problema c'era, ma che andava risolto in un'altra maniera... Poi è successo un altro casino, si sono messi in diversi a sparare contro la tettoia di vetro».

Consonni a questo punto fu un po' reticente nel raccontare la versione dei fatti da quando lui era entrato in azione, soprattutto non aveva intenzione di menzionare che lui era dotato di una Smith & Wesson.

«Insomma, quello che teneva la pistola puntata ha lasciato partire uno o più colpi, ammazzando quello con l'uccello sanguinante, allora quello vestito di blu ha estratto la pistola anche lui e ha sparato a quello che aveva appena sparato. Insomma, spero di essere stato chiaro. A quel punto sono scappati via tutti: gli acquirenti hanno recuperato le ragazze e le hanno portate via, i venditori se ne sono andati in fretta e furia, gli italiani hanno detto qualcosa e poi se ne sono andati via anche loro».

Consonni sembrò ripensare a quanto aveva detto. Mancava qualcosa?

«Quello che sembrava il capo ha dato istruzioni di portare via tutto. "Voi fate un bel fuoco", ha detto, "non deve rimanere niente". E così hanno fatto, hanno dato fuoco alla balera e io sono caduto di sotto, però cadendo ho picchiato la testa, vede che bernoccolo?, e di quello che è successo dopo non ho ricordo. Mi hanno portato in ospedale, trauma cranico, devo aver sbattuto contro un albero, oppure mi hanno dato un colpo in testa, questo non lo so».

«E in ospedale come c'è arrivato? Chi ce l'ha portato? Lei era privo di sensi?».

«Non mi ricordo niente».

«E in quale Pronto Soccorso è stato ricoverato se lo ricorda?».

«Al Niguarda. Lì mi sono svegliato».

«Strano, e perché così lontano da Corsico?».

«Non mi ricordo niente».

«Mmhh».

Ametrano era a dir poco basito. L'incendio alla discoteca La Rotonda di Corsico c'era stato veramente, da collegarsi probabilmente a un regolamento di conti fra gang rivali. Ma quest'uomo parlava di tre morti, tutti e tre vittime di arma da fuoco, e di questi Ametrano non sapeva niente. Di morti ne aveva uno solo, che era stato ritrovato proprio fuori della balera, morto per sfondamento della teca cranica, causato da un oggetto non identificato, per ora, un oggetto morbido, almeno in superficie, come se fosse rivestito di pelle, ma pesantissimo, un enorme manganello?

Però quando il Consonni asseriva che in quel locale prima dell'incendio c'era stata una sparatoria non si sbagliava. Una volta spento il fuoco era cominciata l'analisi, si erano ritrovati parecchi bossoli, nella sala erano stati esplosi tanti colpi, qualche decina, ma le ricerche erano ancora in corso. Evidentemente le gang prima di smobilitare avevano bonificato l'area, ma i proiettili nelle travi di legno, quelli non li avevano potuti rimuovere, e in ogni caso avevano fatto molto in fretta, non avevano neanche raccolto i bossoli da terra, e ce n'erano di molti tipi. Alcuni furono rinvenuti fuori, sul prato, non lontano dal luogo di ritrovamento del Tagliaferri. Ma che cazzo era successo a Corsico?

«Si rende conto di quello che mi sta dicendo? Lei mi sta dicendo che ha assistito a una strage? Senta, venga con me, il caffè andiamo a prenderlo fuori».

«D'accordo».

Al bar, non il bar dove Ametrano andava di solito con i colleghi, Ametrano capì che quel pazzo aveva assistito veramente a qualcosa. Al commissario girava la testa.

«Ma lei, com'è che si trovava lì? Perché?».

«Perché avevo seguito un tipo che si chiama Markus».

Ametrano aveva idea di chi fosse quello che chiamavano Markus, ma domandò: «E chi è questo Markus?».

«È uno che lavora per il Francese».

«E chi sarebbe questo Francese?». Cazzo, quel pensionato conosceva anche lui.

«Come si chiama? Credo Charles, ma non so se è il suo vero nome, è uno che ha un giro di ragazze. Non è un pezzo grosso, è lo scherano di un altro, più anziano, che portava un doppiopetto. Esercitano nel villino di via Ghislanzoni, che peraltro nella notte è stato abbandonato, forse evacuato. Sono scappati tutti».

Oddio, Ametrano avrebbe voluto battere la testa contro il muro, quell'uomo sapeva anche quella! Sapeva del villino di via Ghislanzoni.

Deglutì, ordinò un americano, Consonni prese una china calda.

«E lei che cosa ha a che vedere con questa gente?».

«Su questo preferisco non pronunciarmi».

«Ah. Lei lo sa che dovrà dirmelo che cosa ci faceva a Corsico, no?».

«Certo che lo so».

«E questo quando avverrà?».

«Almeno fra altre 24 ore. Comunque, commissario, questa gliela devo dire, prima, negli uffici, sono stato un po' elusivo».

Elusivo? Ametrano pensava alle sue due figlie piccole.

«Altre due persone hanno assistito al macello di Corsico, o perlomeno erano lì, sono quelli che mi hanno tolto dai guai».

«E chi sarebbero? E perché prima non me lo ha detto?».

«Beh, si metta nei miei panni, sono due che non conosco, ma loro conoscono me, due magrebini».

«E cioè?».

«Sono due ragazzi marocchini, o roba del genere. Mi hanno fatto discorsi strani su un certo quantitativo di roba, dicono un chilo. Ma secondo me si sbagliano di persona, io non ne so niente».

«Un chilo di roba, e che roba?».

«Droga, no?».

«Che tipo di droga?».

«E che ne so io? Loro parlavano di fumo».

Prima che Consonni e Ametrano rientrassero in ufficio il commissario catechizzò il testimone, intimandogli di non parlare assolutamente con nessuno di quello che aveva visto, sentito e detto. Ufficialmente lui era in questura per una denuncia contro ignoti, e pertanto il commissario gli avrebbe mostrato alcune foto segnaletiche.

I soggetti non erano delle gran bellezze, Consonni li guardava con scrupolo, sapeva che la sua posizione era molto delicata. Per un verso alcuni si assomigliavano, non era facile, oltretutto quella sera lui era in alto, non aveva la stessa visuale, molta di quella gente aveva il cranio rasato, indossavano delle magliette a maniche corte, tutti piuttosto robusti, era difficile orientarsi.

«Questo c'era, questo lo riconosco» disse a un certo punto Consonni, tutto contento.

«E certo che c'era» disse Ametrano scuotendo la testa, «è uno di quelli che lei dice che sono morti».

«Ah, lo dicevo io. Allora lo conosce?».

Ametrano capì di essersi un po' tradito.

«Va bene, teniamola come controprova».

I ritratti fotografici comprendevano anche delle signore, alcune non più giovani.

«No, di donne di quest'età non ne ho viste, le donne erano tutte giovani».

«Ricominci da capo, signor Consonni, non abbiamo nessuna fretta, prenda tutto il tempo che ci vuole, desidera un altro caffè?».

Consonni si rimise al lavoro. Dopo un po' estrasse una foto dal mucchio.

«Questo qui era quello anzianotto, il capo del Francese. Lì per lì non l'avevo riconosciuto perché la foto è vecchia. Adesso avrà vent'anni di più, ma è lui, ne sono sicuro».

In quel momento entrarono nella stanza due signori in giacca e cravatta.

«Allora Ametra', come va? A che stai a lavora'?».

Ametrano fece in modo che i due non riuscissero a vedere le fotografie, ci appoggiò sopra un altro incartamento.

«La solita merda, stronzate, una denuncia contro ignoti».

«E che so' tutti 'sti segreti? Nun vuoi farce sape'?».

«Io non mi fido di nessuno, e tantomeno di voi due».

«Fai bbene Ametra'. Vieni a prende' un caffè con noi?».

«L'ho preso adesso».

«Ciao, Ametra'. A proposito. Hai saputo de Tagliaferri?».

«E certo che l'ho saputo, l'ho anche visto».

«L'hai visto? E dove?».

Ametrano fece un gesto come dire che era meglio che quel signore lì davanti non sentisse. Accennò anche a sbuffare, per far capire ai colleghi che di quel tipo non ne poteva più.

Consonni nell'imbarazzo aveva abbassato lo sguardo sul tavolo.

Nessuno di loro poteva capire quali fossero in quel momento i suoi complessi sentimenti, era estenuato e al tempo stesso era forzato a riconoscere a se stesso che era nei guai. Adesso il pensiero di Svetka si era in qualche modo messo da parte, e lui si sentiva molto più debole, forse... ora che Angela era tornata...

«A dopo, Ametra'». I due uscirono.

Ametrano ripensò a Tagliaferri. A quanto pareva, secondo la versione ricostruita coi suoi colleghi, Tagliaferri era in macchina dalle parti di Corsico nelle prime ore della mattina. Aveva visto le fiamme e si era avvicinato alla discoteca incendiata. Aveva anche telefonato in Centrale, per segnalare il fatto. Si temeva che lui si fosse avvicinato troppo, e che gli fosse caduta una trave sulla testa, mentre l'edificio stava crollando.

Ametrano ebbe un'idea, prese un altro incartamento e mostrò una foto a Consonni.

«Questo qui l'ha mai visto?».

A Consonni non ci volle molto. «Certo, c'era anche lui, ma vorrei dirle un'altra cosa».

«Un momento, un momento, qui la faccenda ha la sua importanza. Quest'uomo era dentro la discoteca, prima dell'incendio?».

«Certo che c'era, e si dava anche parecchio da fare. Però non era un acquirente, né un venditore, a me pareva un imbucato. Ma adesso me la fa dire quella cosa, io penso che abbia la sua importanza».

«Un imbucato? Ma che faceva? Che faceva?».

«Eh, si dava da fare con le ragazze, poi sa, certe volte le persone sfuggivano dalla mia visuale, io vorrei però dirle che...».

«E va bene, sentiamo, cosa le è venuto in mente...».

Consonni non sapeva come dirlo, fra l'altro gli scappava forte la pipì.

«Senta, signor commissario, devo dirle che uno di quei due signori c'era».

«Quali due? C'era dove?».

«Ieri sera, la sera del massacro, uno c'era».

«Ma quali, ma chi? Quello della foto? Me l'ha già detto. Ma lo sa che se fosse vero sarebbe un problema serio?».

«Uno di quei due che sono entrati adesso nella stanza, quello più alto e grosso. Quello che parla romano».

«Cosa?».

«Sì che c'era, è quello che ha sparato per ultimo, che ha fatto secco il nuovo padrone della ragazza».

Ametrano cercò di assorbire la notizia nel modo più naturale possibile, fece un gesto a Consonni, come a dire di aspettare un attimo. Si alzò, andò a chiedere qualcosa al portiere, per prendere tempo, e quando tornò indietro nella stanza mise davanti a Consonni un foglietto, dove c'era scritto: «Ne parliamo fuori, qui no, non parli assolutamente con nessuno. Mi restituisca il foglietto».

Consonni qualcosa capì. E chi erano quei due? Restituì il bigliettino ad Ametrano.

«Va bene, signor Consonni, mi farò sentire io, al più presto. Per la denuncia le farò sapere».

«La denuncia, quale denuncia?».

«Ma come, quella di cui abbiamo parlato per un'ora». Ametrano era disperato.

«Ah, sì, certamente».

«Bene, avrà presto mie notizie».

Ametrano uscì dall'ufficio, incontrò i due colleghi e raccontò che quel tipo non gli dava pace: «Era quello della Sfinge di Lentate, ve lo ricordate. È uno che gioca a fare lo 007. Un mitomane».

«Con tutti li casini che avemo qqua. A proposito, che se sa de Tagliaferri? Che cazzo ce faceva a Corsico?».

Il collega romano fumava pensieroso.

«E che cazzo ne so io?».

Ametrano comandò subito al suo agente di fiducia di recarsi immediatamente a casa di Consonni, per sorvegliarlo e proteggerlo.

Quell'uomo era un morto che cammina, se un decimo di quello che diceva era vero – e Ametrano si era convinto che fosse vero assai più di un decimo – era già cadavere.

Consonni tornò a casa, estenuato. Aprì la porta e si accasciò sulla poltrona. Angela era lì, che tamburellava sul tavolo da pranzo, nell'oscurità.

«Ah, sei qui» fu tutto quello che Consonni riuscì a dire.

In effetti, per motivi diversi ma simmetrici, entrambi erano tesissimi, quasi terrorizzati, in particolare il Consonni, che voleva sputare l'enorme rospo che si ritrovava nella pancia, e che aveva il terrore della reazione di Angela: innamorarsi di una ventenne! Invaghirsi come un bambino, e metter su una relazione. Che scemo! Approfittare dell'assenza dell'amata per darsi al libertinaggio! Era presumibile che Consonni non avrebbe raccontato proprio tutto, ma il senso doveva darglielo. Non poteva menare il can per l'aia.

In effetti a Consonni Angela sembrava molto preoccupata, forse aveva intuito qualche cosa, aveva ben capito che lui doveva darle novità importanti. E se qualcuno le avesse già raccontato tutto?

A sua volta Angela percepiva l'imbarazzo della situazione. Si vedeva benissimo che Consonni era stravolto e depresso e lei credeva che fosse per colpa sua.

«Come stai Angela... bentornata».

«E tu? Sono venuta a trovarti all'ospedale, ma tu neanche mi hai riconosciuto. Devi stare proprio male e io mi sento un verme».

«Tu un verme, e perché? Guarda che il problema sono solo e soltanto io».

«Ah, sei sempre il solito. Ti fai sempre carico di tutto, quando invece sono io che...».

«Eppure dobbiamo parlare, prima che ci manchi il tempo per farlo».

Angela rimase piuttosto stupita di questa frase, di solito queste cazzate qui le diceva lei.

Consonni, fra mille incertezze, non sapeva da dove cominciare, accennò ad Angela che doveva parlarle della loro relazione, insomma di cose di sentimento.

Ahia, pensò Angela fra sé e sé, ci siamo, non mi ero sbagliata.

«Amedeo, fra di noi non ci sono stati mai segreti, capisco quello che vuoi dirmi».

«Vedi, la nostra, o per lo meno la mia» disse Consonni «è una strana età. Non si capisce più chi siamo».

«Eh, Amedeo, come hai ragione. Non c'è nessuno più comprensivo di te».

Più comprensivo di me? Ma veramente, è lei che deve essere comprensiva.

«Vedi, in questi giorni in cui tu eri via io...».

Lo sapevo, lo sapevo, pensava Angela. Ci ha pensato. Non è così insensibile. Ha capito. Ma adesso come glielo dico? Mi sembra così fragile, così spento, debole. Ha anche un bozzo enorme in fronte, che ha fatto? Autolesionismo? Voglia di farla finita? Come faccio a dirglielo?

Perché ad Angela non passava minimamente per la testa che l'Amedeo potesse avere da confessare qualcosa, non si immaginava nemmeno di striscio che potesse aver avuto un flirt o peggio, addirittura essersi innamorato: pensava soltanto che Consonni aveva intuito qualcosa, e d'altronde secondo lei il motore mobile della loro relazione poteva essere soltanto lei. Quindi era più che sicura che Amedeo, per il terrore di perderla, si fosse inabissato in una crisi di dolore e depressione perché aveva capito che lei gli stava voltando le spalle. In effetti, pensava Angela, sono stata via per più di un mese, come avrà fatto senza di me? Bastava pensare all'appartamento del Consonni: un vero disastro, proprio la casa di chi non si cura più di niente, di chi ha perso ogni ragione di vivere. Ma povero Amedeo, come ho potuto fargli questo? Angela pianse per buoni cinque minuti, di fronte a Consonni, il quale era certo di conoscere i motivi di un tale sfogo. Ma invece si sbagliava, perché non è che Angela avesse la fedina totalmente pulita, qualcosa era successo, ebbene, qualcosa in Riviera era effettivamente successo.

La verità era che Angela, nei quindici giorni che aveva trascorso in Riviera, aveva conosciuto qualcuno.

E mentre Consonni si accingeva a parlare di Svetka, Angela, imperturbabile, cominciò a parlare di quell'uomo, senza però farne il nome.

«Un tipo strano, tutto a modo suo, ha anche un nome strano, soprattutto il cognome, ma non voglio dirtelo, a che servirebbe. Ebbene Amedeo, voglio che tu lo sappia, ho provato, e provo, una forte attrazione per questo signore. Siamo persone mature, a che servirebbe nascondertelo?».

Consonni era strabiliato. Con sforzi titanici si stava accingendo a raccontare alla sua (ex?) donna degli enormi tumulti sentimentali che lo avevano travolto nelle ultime settimane, e lei, con cosa ti viene fuori? Che anche lei ha qualcun altro per la testa.

«Amedeo, la relazione fra noi è così forte, così matura, così completa, che io non posso non parlarti di quello che mi è successo. Quell'uomo è stato veramente galante con me, e credo che i suoi sentimenti fossero, siano, sinceri. E anch'io, non sono fatta di ferro. Mi sono lasciata lusingare, lo debbo confessare, ed ho provato... Cosa può provare una donna della mia età? Ma diciamocelo, lo stesso che può provare una che ha trent'anni meno di me. Dove sta scritto il contrario? E poi devo dirtelo. Quell'uomo ha molti anni meno di me, non arriva a cinquanta. Per noi, poco più di un ragazzino...».

A Consonni vennero i brividi. Il padre di Svetka era sicuramente più giovane di quell'uomo galante che aveva fatto il filo alla Angela. Ma adesso, come dirglielo? Eppure Angela andava avanti per conto suo, ma che avesse ragione la figlia Giulia, e cioè che Angela soffriva di una forma maniacale depressiva di tipo bipolare? Lei tutto sommato a quello che facevano gli altri mica ci pensava più di tanto. E viveva la realtà come un continuo sfogo del suo... a Consonni, che non aveva molto studiato, non venne certo in mente la parola Ego, lui pensava a qualcosa tipo «il suo parere personale». Comunque secondo il parere personale di Angela l'Amedeo soffriva perché si era reso conto che lei si stava allontanando da lui. Ma Angela, che qui pianse altri cinque minuti, si era resa conto che il suo affetto più profondo andava all'Amedeo, almeno in quel momento.

Consonni si guardò bene dal chiedere all'Angela se lei e quel tipo erano arrivati alle vie di fatto. Angela invece questa domanda se l'aspettava, e rispose lo stesso, anche se non le era stata posta.

«Tu vorrai sapere se fra me e *lui* c'è stato qualcosa di fisico. Ti capisco bene. Capisco anche che tu abbia qualche riserva a chiedermelo esplicitamente. E allora te lo dirò io, perché fra noi non ci sono certe barriere».

Barriere? Quali barriere?

«Ebbene» Angela accennò a qualche altra lacrima «sì, fra noi c'è stato qualcosa di intimo, un istante, un bacio voluttuoso, e poi...».

Consonni espirò con soddisfazione e un forte senso di liberazione. La notizia, che secondo Angela avrebbe dovuto metterlo al tappeto, produsse invece in lui un grande effetto catartico, come si può capire, lo sollevò da una caterva di problemi. Ah, adesso sì che posso chiarirmi con Angela, e dirle della mia situazione.

Angela ci rimase quasi male del fatto che Amedeo non si fosse per niente incazzato, anzi sembrava risollevato. Aveva veramente perso la testa?

Consonni si alzò dalla poltrona e si servì una dose di Vecchia Romagna Etichetta Nera. Angela notò, Consonni beveva raramente, e solo in situazioni conviviali. Era proprio allo stremo, povero Amedeo. Ma perché gliel'ho detto? si domandava. Non mi ero forse riproposta di non dirgli niente? Perché devo sempre pensare che la verità non fa male? E adesso?

Ma Consonni aprì un altro capitolo.

«Angela, tu non ci crederai, ma in parte quello che mi racconti mi solleva molto, mi rende più facili le cose».

Angela si insospettì, si aspettava una reazione completamente diversa. Per esempio che l'Amedeo la buttasse fuori di casa o che si arrabbiasse furiosamente, invece era placido e rassicurato.

«Quali cose ti sono rese più facili?».

«Beh, anch'io ho da raccontarti qualcosa, Angela».

Nell'atteggiamento di Angela ci fu istantaneamente un'inversione radicale, di 180 gradi. Da colpevole rea confessa si spostò in un decimo di secondo nella posizione della vittima di un comportamento infame, peraltro ancora ignoto.

Consonni non era così fine da percepire queste sottigliezze e cominciò a raccontare. Espose la situazione, in piena sostanza il fatto di essersi invaghito di una ragazza di ventisei anni. Sintetizzò all'estremo i fatti. Ebbe anche qualche parola di autocompatimento, un vecchio che si innamora di una bella giovane, ma, concentrato sul suo racconto, non guardava Angela, non percepiva che in lei si stava passando da un compiacente vittimismo a un'aggressività esacerbata. E questo nonostante che l'Amedeo sorvolasse sulle situazioni propriamente sessuali.

Angela divenne rapidamente una furia. Quando Consonni giunse al termine del suo racconto, che fra l'altro escludeva opportunamente la sua presenza alla riunione di Corsico e tutte le altre conseguenze, lei era diventata una bestia.

Avrebbe voluto strappargli gli occhi al Consonni, che le rivelava, così, come se niente fosse, che aveva avuto una relazione con una giovincella che aveva la stessa età di Giulia.

Consonni cercò di allungare una carezza ad Angela, come se fra loro tutto fosse tornato al punto di partenza, ma lei si discostò bruscamente.

«Sei un vero porco, un porco di natura, io non mi sarei mai aspettata questo da te, e me lo vieni anche a raccontare, come se fossi il tuo compagno di merende, il tuo confidente, porco che non sei altro, ti rendi conto di quello che mi hai detto?».

L'Amedeo era un po' smarrito, ma come, non aveva cominciato lei?

«Però Angela devi sapere che è tutto finito. Svetka se ne è scappata via, e non tornerà mai più».

«Ah, questa troietta si chiama Svetka, niente di meno. E quanto ti è costato questo scherzetto, quanto ti ha preso la ragazzina? Perché non mi dire che la tua "storia d'amore" non ti è costata niente, vero?».

Consonni diventò tutto rosso, era stato colto nel vivo, cioè nei trentamila euro che aveva sborsato. E come dimostrare che non si trattava per niente di un pagamento per prestazioni sessuali, ma di un regalo come potrebbe fare un nonno?

Angela prese il suo cappotto e se ne andò, sbattendo la porta. Consonni non sapeva che cosa pensare, perché i problemi adesso erano assai più grossi, e andavano affrontati col commissario Ametrano. Ma ebbe qualche momento di incertezza, rivedendo davanti a sé l'immagine di Angela, coi suoi capelli mesciati e il terrore dell'età che avanzava, e davanti a lei Svetka, nel pieno della gioventù, con la pelle morbida e liscia, e nessuno spauracchio dell'età, se non quello di sopravvivere. E allora uno come lui di chi si doveva innamorare, anche se a fondo perduto? Per quale straordinario motivo avrebbe dovuto continuare a fare l'innamorato di una signora che si toglieva di prassi dieci anni, e che comunque, anche dopo questa erosione, non si sentiva soddisfatta? Tanto valeva promanare amore per una ragazza che poteva essere sua nipote. Che male faceva? L'amore in fondo è una freccia che va in una direzione sola, o no?

Consonni andò a dormire, e lo fece volentieri, perché a letto, al buio, poteva rimandare il sonno e pensare a Svetka. Cosa c'è di meglio che abbandonarsi a pensieri d'amore? Con Angela non gli era mai riuscito, forse solo le prime sere, quando l'aveva invitata al ristorante, a mangiare la cassoela.

Si concentrò su Svetka, la vedeva impaurita e tremebonda, ma dotata di trentamila euro, aveva affittato un microscopico appartamento a Parigi, e di nuovo, pur essendo così giovane, doveva confrontarsi con la vita, ricominciare da capo. Chissà cosa faceva Angela a ventisei anni: forse il concorso per avere l'abilitazione a insegnare, e abitava ancora coi genitori. Poi aveva incontrato quel mezzo uomo che aveva sposato. Mentre Svetka... I pensieri in libertà di Consonni lo portavano a intravedere altre minacce per la ragazza, ma lui, comunque, interveniva, la salvava... la rassicurava... si addormentava...

Ratti che si amano

Fin dal giorno in cui Consonni si era presentato nel suo ufficio, sul tavolo di Ametrano si ammassavano novità, tutte in qualche modo collegate alla testimonianza in questione. Prima di tutto in un Naviglio fu effettivamente ritrovato il cadavere di una ragazza sui sedici/diciassette anni, di identità sconosciuta, di carnagione chiara ma con un tatuaggio molto ben riconoscibile nei pressi dell'inguine, un ramarro a bocca aperta pronto a mordere, esattamente quello che aveva segnalato il Consonni. La ragazza aveva la testa perforata da un colpo di pistola di grosso calibro. Come da testimonianza.

In secondo luogo un agente di quelli della squadra del vicequestore romano non si era più fatto vivo, mancava all'appello. Dalla descrizione pareva proprio quello che Consonni indicava come morto, tal Cozza, sparato in testa da un operatore del settore balletti rosa, come si chiamavano una volta. L'agente, celibe, era introvabile, e nessuno lo avrebbe più trovato, così pensava Ametrano, chissà dove l'hanno buttato. Consonni, mostratagli la fotografia, lo riconobbe a prima vista. «Se un giorno lo ripescate controllategli il pirlo» disse l'ex tappezziere.

Non era materia di Ametrano, ma qualche notizia confusa sul collega Tagliaferri giunse anche a lui. E sembravano esserci svariate incongruenze, alcune puzzavano da lontano di coperture interne.

Ametrano cercò anche, senza parere, con estrema delicatezza, qualche informazione sul romano, questo vicequestore che godeva di un certo prestigio, e che era stato trasferito a Milano da una zona lontana, Friuli o qualcosa del genere. Sembrava un duro, integerrimo e duro. Uno che aveva una storia complicata alle spalle, probabilmente si era messo contro gente di rispetto, gente di potere, che gliel'aveva fatta pagare. Eppure Ametrano venne a sapere che questo vicequestore era in rapporti strettissimi, di grande confidenza, proprio con Tagliaferri. Poteva essere una coincidenza?

Ametrano doveva fare attenzione a tutto.

Il quadro che si fece era abbastanza drammatico e gravissimo. Cosa poteva fare?

Ne parlò con un magistrato, ma si assicurò che la cosa rimanesse assolutamente segreta. Si presentò dal sostituto procuratore con un rapporto dettagliato. Ci aveva pensato un bel po', poi si era deciso.

«Ametrano, io sono convinto e spero vivamente che le cose non stiano come lei le dipinge. In fondo cosa abbiamo se non un testimone, non si sa quanto affidabile, lo ha espressamente detto anche lei che quel signore ha certe caratteristiche del mitomane. Ma se fosse vero quello che il suo testimone riferisce le devo dire tre cose: la prima è che la sua carriera è terminata; la seconda è che occorre fin da subito prendere dei provvedimenti; la terza è che l'eventuale testimone è già morto, perché sarebbe impossibile organizzare per lui un percorso di protezione, sarebbe meno sicuro protetto che libero, vale a dire in fuga».

«Signor procuratore, non è che questi problemi mi siano ignoti e indifferenti, il film *Witness* l'ho visto anch'io, ma lei capisce? Dai riscontri che ho elencato nel rapporto è più che evidente che il testimone ha assistito a una scena di sangue, a Corsico. Si può confondere su qualche elemento, su alcuni è reticente, ma ha visto Tagliaferri, Cozza, e anche chi le ho detto... Tagliaferri è stato trovato morto fuori della balera. Cozza è scomparso, quando il Consonni dice che è stato ucciso. La ragazza che Consonni aveva dichiarato essere morta è stata ritrovata nel Naviglio. Per non parlare del villino di via Ghislanzoni che è stato abbandonato la sera stessa. È successo un gran bordello e credo che ci siano almeno due fazioni rivali che si stanno organizzando, ma ancora di preciso non sanno cosa fare, sono allo sbando».

«Ci devo pensare, Ametrano, che cosa vorrebbe che facessi? Se la situazione è come dice lei domani potremmo non esserci più né io né lei. Bisogna che ci pensi bene. E inoltre lei ha un bel coraggio. Chi le assicura che anch'io non sia d'accordo con qualche pezzo grosso che ci è dentro, o con quelli sopra di lui? Che cosa le dice il contrario? In una tale evenienza anche lei dovrebbe guardarsi le spalle, appena uscito di qui, o anche prima».

«Signor procuratore, se avessi pensato anche per un istante che la banda, perché di banda si tratta, fosse amica sua, non sarei qui. Ci sono modi migliori e più sicuri per suicidarsi. Per quanto riguarda me lo so che finisco nei casini, in un modo o nell'altro. Ma che dovrei fare? Finta di niente? E poi, come ha visto nel rapporto, pare che di testimoni ce ne siano altri due».

«Sì, ma sono minorenni, clandestini e pure spacciatori, se ho capito bene. Anche nella remotissima ipotesi che volessero testimoniare, io che me ne faccio? Mi ridono dietro».

«Beh, quei due lì è facile condizionarli, se si venisse a sapere che erano presenti a Corsico avrebbero vita breve, e probabilmente loro due se lo sono immaginato».

«E che gli promettiamo? Sono dei ragazzi. Forse l'unica è portarli lontano».

«Mah».

«Faccia subito qualcosa per quel Consonni, presto lo troveranno».

Max si era ripreso. Finalmente si era svegliato, anche se non è che si sentisse in piena forma. Ma che cazzo ho preso, avrebbe pensato, se fosse stato un essere umano, ma i cani, per fortuna loro, non sono sotto nessun riguardo esseri umani, e non pensano queste cose. De Angelis lo andò a riprendere. «Devo niente?» chiese al dottore il Luis, abituato a non pagare un cazzo, come al Pronto Soccorso per umani.

«Sì, prego, vada a regolare alla reception».

«Sono 1.143 euro, signor De Angelis».

«Cosa?» chiese il Luis, con il Max in collo. «Scusi sa, ma sono un po' sordo».

«Millecentoquarantatré euro. Paga in contanti o come?».
«1.143 euro, per un cane?».
«Sulla ricevuta c'è il dettaglio del ricovero, dei trattamenti e degli esami eseguiti».
«1.143 euro? Ma dove li vado a trovare?».

Se Max si sentiva meglio, chi invece, per gli stessi motivi di Max, si trovava in quel momento in difficoltà erano due fidanzati, insomma, due che stavano insieme, non erano ufficialmente fidanzati, che in serata avevano fatto un festino con il loro ritrovamento ospedaliero.

Avevano nascosto il panetto nel frigorifero, dopo averne tagliato un pezzo da un etto e averlo passato a Maurizino, che aveva pagato in contanti. Un altro pezzo se l'erano tenuto per sé e con quello avevano fatto festa insieme ad alcuni amici.

Lei, che di mestiere faceva l'infermiera, non si recò sul posto di lavoro.

Angela escludeva a priori che in vita sua avrebbe avuto altro a che fare con quel porco dell'Amedeo. Ormai fra loro era finita, quello stronzo... Lo odiava, quell'idiota, quel vecchio, quel bolso imbecille, quello spudorato. Lui avrebbe dovuto baciare il marciapiede sul quale camminava lei, e invece ci sputava sopra, l'infelice. Se solo sapesse a cosa ho rinunciato per lui, a quali uomini ho detto di no pensando a lui, a dove potrei essere in questo momento... Stronzo maiale, vecchio rincoglionito, irriconoscente bestia, ecc.

Angela non era mai stata così arrabbiata, era pronta a una svolta radicale nella sua vita. Va bene, è questo che vuoi, pezzo di merda? Io ho un'alternativa, in Riviera. E di te, vecchio scemo, non ne saprò più niente, te e quella cretina di tua figlia e quel delinquente del tuo nipotino...

Per cui quando Ametrano la contattò, non per telefono, attenzione, facendole sapere che aveva bisogno di parlare con lei a proposito del Consonni, all'inizio si irrigidì, rifiutandosi.

Solo dopo ripetute insistenze cedette, anche perché il commissario parlava di questioni di vita o di morte.

Così Angela accondiscese a vedersi con Ametrano, in una mensa popolare dalle parti di piazzale Corvetto, immersi in un clima di gran segretezza.

Ametrano le spiegò la situazione. Consonni era un testimone chiave di una strage, la situazione era veramente scabrosa e coinvolgeva molte persone, anche importanti. Ametrano dipinse un quadro un po' forzato del Consonni, come se fosse un indomito paladino della giustizia, pronto a morire. Contro tutto e tutti, contro qualsiasi convenienza, Consonni si era messo a combattere nemici molto più grandi di lui. Ametrano cercò di essere il più convincente possibile, e mentre parlava Angela piano piano abbandonava i suoi piani bellicosi nei confronti dell'Amedeo.

Di una cosa si convinse, che il Consonni le aveva raccontato la balla che si era innamorato solo perché voleva rompere i suoi legami sentimentali con lei, Angela, e, sapendo di essere in grave pericolo di morte, evidentemente non voleva lasciare dietro di sé nessuno strascico affettivo.

Ma certo, com'è che non ci ho pensato prima? L'Amedeo si è inventato la storia della sua giovane amante solo perché, una volta morto, io non soffrissi più di tanto. Oh, povero Amedeo, ma come ho potuto credere alla tua innocentissima balla? Perché devi sempre cercare di proteggere gli altri? Anche a costo di farti odiare?

Angela pertanto con Ametrano si dichiarò a totale disposizione, occorreva nasconderlo e salvarlo.

Ametrano era un po' disorientato. Perché la professoressa Mattioli inizialmente si era rifiutata di aiutare il Consonni, e adesso invece sembrava pronta a tutto? Evidentemente l'ho convinta, pensava il commissario, orgoglioso delle sue virtù persuasive.

Angela irruppe nella casa di Consonni mentre lui, in vestaglia, fumava una sigaretta.

Ma da quando in qua tu fumi, gli avrebbe voluto dire, poi capì che la risposta era semplice: tanto ormai...

Consonni era impaurito, temeva che Angela gli desse un'ulteriore ripassata, e invece, miracolo, era dolce e tenera.

«So tutto» disse lei «ma avresti dovuto dirmelo».

«Ma io, Angela, ti ho detto tutto».

«Smettila, adesso so veramente tutto, e non avresti dovuto farlo».

«Fare cosa?».

«Raccontarmi quelle storie, per proteggermi».

«Per proteggerti?».

«Sì, so che stai rischiando la vita».

«Beh, forse sì, ma io... insomma, è tutta colpa mia, tu che c'entri?».

«Se dobbiamo rischiare la vita la rischieremo insieme, e non ti sognare di pensarla diversamente».

Consonni non ci capiva granché. Dopo che Angela lo aveva infamato pesantemente, adesso sentiva di far coppia con lui, indissolubilmente, fino alla morte. Ma era ammattita? Aveva proprio ragione Giulia, depressione maniacale bipolare, com'è che si chiamava?

«Da questo momento in poi tu ti trasferisci in un luogo segreto, ti stanno cercando persone pronte a tutto, lo sai che sei un'ombra che cammina?».

«Io? E perché? E quale sarebbe questo luogo segreto?».

«È talmente segreto che non lo devi conoscere neanche tu. Sono d'accordo con Ametrano».

«Oddio, allora è lui che ti ha detto...».

«E chi altri?».

Il sovrintendente capo Cotone andò a parlare col commissario Ametrano, responsabile di quel quartiere. Gli raccontò delle sue scoperte, relativamente ai fatti del condominio di via *** 14, nel quale ben cinque appartamenti erano stati violati e sottoposti a perquisizioni vandaliche. Fra l'altro aveva saputo che un cane residente in tale condominio era stato ricoverato in un Pronto Soccorso Veterinario perché aveva ingerito sostanze illegali. Evidentemente le incursioni erano dovute a traffici che avevano sede in quella casa. Potevano mettere le mani sulla ghenga di spacciatori che imperversava al Casoretto. La figura al centro delle operazioni di natura illegale poteva essere quella di un certo Consonni Amedeo, l'attuale proprietario del cane, uomo noto alle forze dell'ordine, con pendenze legali in corso – è in attesa di giudizio – e protagonista di alcune circostanze poco chiare che negli ultimi tempi avevano messo in subbuglio l'intero casamento. Su quell'individuo occorreva indagare più a fondo.

Ametrano il nome di Consonni Amedeo avrebbe preferito non sentirlo ripetere, soprattutto se legato ad altre novità e alle indagini del sovrintendente capo Cotone. Sfogliò il rapporto e decise per il meglio.

«Maresciallo, la situazione sembra assai seria, le faccio i complimenti per il suo zelo. Adesso però l'incartamento arriverà alle alte sfere, lo passerò a chi di dovere. Per il momento non posso fare altro che chiederle di non occuparsene più, anzi, di dichiarare l'indagine, almeno dal suo punto di vista, conclusa. Ci sarà tempo e modo perché a lei siano riconosciuti i suoi meriti, ma per il momento la invito, anzi le ordino, di non parlare della vicenda con nessuno, assolutamente nessuno, neanche parenti o conoscenti, lei mi capisce, vero?».

Il maresciallo era un po' deluso ma rispose prontamente: «Certo che la capisco».

«Neanche a colleghi di ogni ordine e grado, sono stato chiaro?».

Oddio, che razza di vespaio ho sollevato? pensava Cotone.

«Come lei senz'altro si immagina ci sono molti uomini che stanno lavorando su queste cose, specialisti, si tratta di ricostruire una rete, non basta prendere i pesci piccoli».

«Capisco».

«Mi raccomando».

Quando il maresciallo se ne fu uscito Ametrano si interrogava sulla incredibile capacità del Consonni di attirarsi addosso complicazioni di tutti i tipi: adesso ci mancava anche il traffico delle droghe leggere.

Consonni sarebbe stato trasferito dal suo appartamento a certi scantinati che si trovavano nei seminterrati della casa di ringhiera, di proprietà della signora Xing, dei quali però Angela custodiva le chiavi. Angela aveva contribuito all'organizzazione, con entusiasmo e senza rancore, d'altronde, la storia dell'innamoramento di Consonni per la ragazzina, pur se ben congegnata, era proprio incredibile.

«Preparati una piccola valigia, siamo in partenza».

«E dove andiamo?».

«In un posto segreto».

«E dov'è?».

«Non devi saperlo, potresti rivelarlo».

«Ma Angela, se lo rivelo vuol dire che mi hanno trovato, e allora lo conoscono già».

«Non mi fare perdere tempo, preparati».

«Ma io...».

«L'ha detto Ametrano, che sto rischiando la vita, e anche di più, per stare dietro a te. Vuoi che muoia?».

Consonni capì che era inutile controbattere, si preparò.

Angela lo caricò sulla sua FIAT Doblò, nel cassone posteriore, privo di finestrini. Per sicurezza bendò Consonni, e fece un giro di mezz'ora per depistare gli eventuali pedinatori. Quindi arrivò all'ingresso laterale, dietro quello principale della casa di ringhiera, ingresso segreto e secondario ai seminterrati.

Consonni, ancora bendato, fu fatto entrare dentro il magazzino.

La benda gli fu tolta solo una volta raggiunto il locale sotterraneo.

Consonni chiese: «Ma dove siamo? Dove mi hai portato?».

«Te l'ho già detto, Amedeo, è bene che tu non lo sappia».

Angela scaricò due scatole di polistirolo espanso, contenenti provviste per un reggimento. Mozzarella di Aversa, baci di dama, insaccati del Tirolo, pane toscano, maionese biologica, salamini valtellinesi, marmellata di lamponi, formaggi di pecora e di capra, cioccolato fondente, sottaceti, speck, fagioli in scatola, biscotti sugarfree, acciughe sott'olio, monregalesi al rhum, salmone affumicato e anche un paio di bottiglie di Nebbiolo.

«Ma mi vuoi far venire il colesterolo a 500?».

«Non durerà a lungo, Amedeo, aiutami».

«Angela, non ci capisco più niente, e io qui cosa devo fare?».

«Niente, niente di niente. Guarda, ti ho portato anche una Settimana Enigmistica. Adesso devo andare, presto verrà a parlare con te il commissario Ametrano. Buonanotte amore».

Consonni era ulteriormente destabilizzato. Buonanotte amore? Dette un'occhiata al luogo in cui l'avevano nascosto: c'era una branda sfatta con un sacco a pelo sopra, le mura di pietra trasudavano umidità. Una lampadina nuda pendeva dal soffitto. Consonni credette di essere in una cascina isolata, magari nel Pavese. Eppure, ogni tanto sentiva una vibrazione profonda, un tremore lontano, cos'era, il treno? O la metropolitana?

L'avvocato Adolfo Mocogni si aggirava per la casa di ringhiera con un mazzo di fiori in mano. Questa volta era deciso, non era uno cui piaceva essere preso in giro. Perché Donatella si rifiutava di vederlo? Si era forse comportato male? Oppure c'era qualcos'altro sotto? Beh, niente di male, ma perché rifiutarsi anche di parlarne? E perché mandarlo addirittura a quel paese?

Così acquistò un mazzo di fiori misti, per le rose c'era tempo, e si introdusse nella corte della casa di ringhiera. Suonò alla porta di Donatella.

Ebbe come la senzazione che dall'altra parte del portoncino stesse succedendo qualche cosa. Dopo un po' aprì un ragazzetto esile e pallido, che doveva essere il figlio di Donatella.

«La mamma non c'è» disse lui, senza neanche chiedere chi era.

«Ma sei sicuro? Eppure mi pare di averla vista che rientrava».

Adolfo si sentiva un po' in imbarazzo, perché quel ragazzo lo guardava da sotto in su, con grande diffidenza. Si vedeva che non era preso dall'entusiasmo dal fatto che sua madre avesse un corteggiatore. Magari quella di dire che la mamma non c'era era una sua iniziativa.

«Posso entrare un momento? L'aspetto qualche minuto. Sono un amico dello zio Dado».

«La mamma non c'è, e io non posso fare entrare nessuno» ribadì Gianmarco. «Comunque ha detto che non vuole vederla e che se torna chiama la polizia».

Possibile?

«Ma ci dev'essere un equivoco!».

«Nessun equivoco, la mamma ha detto Adolfo, quanti Adolfi vuole che ci siano?».

Dunque Ametrano riuscì a riparlare con Consonni nel rifugio.

Il commissario non voleva che si sapesse, che nessuno potesse sapere, che era al lavoro su Consonni. Certamente la cosa sarebbe arrivata alle orecchie delle persone sbagliate. Anche l'agente che lo accompagnava in macchina poteva essere una persona sbagliata.

Trovò Consonni che sembrava un prigioniero, un ostaggio, un rapito.

Benissimo. Angela Mattioli sapeva il fatto suo.

«Consonni, noi dobbiamo stabilire per lei un piano di protezione. Si rende conto in quali pasticci si trova? Deve abbandonare al più presto questo rifugio, e noi siamo pronti a trovarle una sistemazione assolutamente blindata. Assai lontano da qui. Se lei vuole portare in tribunale la sua testimonianza si dovrà preparare a starsene via per un bel po', lontano da tutti».

«Ma per un bel po' quanto? Io l'ho già detto, voglio testimoniare, ma quanto ci vorrà?».

«Lei ha capito in che casino si è ritrovato?».

«Beh, sarà questione di qualche settimana».

«Settimana? Possono essere mesi, più probabilmente anni».

«Anni? E dove mi portereste?».

«In un posto che non deve sapere neanche lei, al momento attuale».

«Oddio, e i miei cari mi potrebbero venire a trovare?».

«Assolutamente no».

«E io posso oppormi?».

«Certo che può, ma io non glielo suggerirei».

«Che vuol dire, che ho i giorni contati? Che il suo collega è già sulle mie tracce?».

«Questo non lo so, e non userei queste parole grosse, però se fossi in lei seguirei il mio consiglio».

«Ho capito, anche lei ha le mani legate».

«Diciamo così».

«E allora non ne facciamo di niente, io me ne torno a casa mia. In fondo nessuna di quelle persone può sapere che io ero lì. Lo sa solo lei, no? Qua non mi troveranno».

«Beh» disse Ametrano un po' titubante, «non è esattamente così semplice. Sarà istituita un'istruttoria, per forza di cose sarà citato come testimone. Alcuni già lo sanno».

«Saranno persone fidate, no?».

Ametrano non disse niente, non ne ebbe il coraggio. Temeva che quelli del romano sapessero già abbastanza.

«Il posto più sicuro che conosco è casa mia, e poi non riuscirebbero a farmi cambiare idea. Ho detto che testimonierò e testimonierò».

«Ma Consonni, non so se ci siamo capiti, ci sono tanti modi per impedire a un testimone di testimoniare».

«E va bene, che mi ammazzino! Così saranno colpevoli anche di questo, e la loro pena sarà più grave!».

Ametrano scosse la testa, che ci fosse da fidarsi di un individuo del genere? Aveva idea di dove si era infilato?

Quello che ottenne fu la promessa di Consonni che non si sarebbe agitato, non avrebbe cercato di fuggire o di tornare a casa sua. E di chiamarlo subito «a questo numero» se avesse avuto il sentore di qualche pericolo.

«Ma qui il telefonino non prende, e poi Angela mi ha sequestrato il mio».

Il commissario avrebbe lasciato un agente in incognito a sorvegliare.

«Un agente sarà di sopra, non deve far altro che chiamarlo con questo cicalino».

E così Consonni se ne restò chiuso in quel rifugio segreto, come ipnotizzato dai suoi sogni, dalla nostalgia e dalla convinzione di portare a termine la sua missione.

In quella cantina ripensava alla situazione, e a Svetka, e ai suoi begli occhi. E alla sua naturale gentilezza. Questo è veramente un dono di natura, pensava l'Amedeo, l'unico di cui vale la pena, sempre, di innamorarsi. E se mi sono innamorato della gentilezza, che male ho fatto?

Angela era stata molto severa nei suoi confronti. Lo aveva maltrattato, gli aveva assicurato che fra loro non ci sarebbe stato più alcun contatto. Ma poi aveva improvvisamente cambiato atteggiamento, ed era stata tenera e comprensiva con lui. Chi è che non ha mai uno sbandamento?

Un ratto di grosse dimensioni gli passò vicino, ma a lui non fece un effetto particolare. Anche un ratto può essere gentile, anche un lurido schifoso ratto può comunicare la sua debolezza e la sua disponibilità.

Il ratto guardava Consonni con fare interlocutorio, era la prima volta che vedeva un essere umano in quello scantinato di antichissime origini, infatti si trattava nientepopodimeno che di un pozzo romano, opus reticolatum. Il ratto di questo non era a conoscenza, e oltretutto a Milano chi va a pensare che in cantina si possa trovare l'opus reticolatum.

Proprio mentre Consonni, sulla brandina, si abbandonava ai suoi deliri amorosi: dove è lei in questo momento; ai suoi pensieri più angosciosi: mi ama? E ai suoi ripensamenti: lei verrà a conoscenza di come mi sto immolando per lei?, arrivò Angela.

Gli aveva portato un piatto caldo: zuppa di fagioli e lenticchie.

«Ti piace Amedeo? È tutta roba biologica. Ci ho messo una C di olio extravergine toscano».

«Buonissimo... ma dimmi... dimmi qualcosa di Max.

Hai controllato che il Luis gli dia da mangiare? Magari il piccino ha fame».

Angela, ignara del fatto che Max non si era sentito bene, detestava quel cagnetto, sia di per sé, perché era viziato e insopportabile, sia e soprattutto perché era il cane di quella ipotetica troietta che aveva tentato di sedurre il Consonni. In effetti il cane esisteva, unica prova vivente di una storia altrimenti totalmente inventata dal Consonni. E dire che ancora lui non le aveva raccontato la faccenda dei 30.000, ammesso che avesse intenzione di farlo.

Angela se ne andò, un po' irritata. Consonni fantasticava, tanto che considerava i due ratti che si erano affacciati sotto una pietra come due presenze amiche.

A dire la verità i due ratti presero ad accaprettarsi, in frenetica estasi d'amore.

Ah, beati voi, poveri ratti, l'umanità vi disprezza, eppure siete così umani.

Consonni, ormai disattivato rispetto ai ragionamenti più ovvi e normali, ignorava che il genoma umano e quello murino sono molto simili.

A voi che cosa importa di tutte le umane nequizie? Voi fate l'amore, quando potete e come volete, e non vi ponete alcun problema delle relazioni psicologiche, delle gelosie, del potere, delle differenze di età. I rapporti fra voi sono semplici, la vita breve, le occasioni da sfruttare, i pericoli dietro l'angolo, ma non vi crucciate per questo. Sapete che cos'è la paura? Credo di sì, ma la vostra paura è che uno vi prenda a colpi di scopa...

L'amore può darvi una sensazione di disperazione? No, non credo.

I due ratti avevano finito, ci avevano messo pochissimo, dopo l'estasi ricominciarono ad annusare in giro, non parevano curarsi più di tanto dell'ospite umano.

Là sotto si perdeva facilmente la cognizione del tempo: era buio e non si sentiva alcun rumore, se non ogni tanto qualche vibrazione, prodotta dai mezzi meccanici che...

Consonni quella notte non riuscì a dormire neanche un minuto: troppi pensieri. L'indomani sarebbe cominciata una nuova vita, completamente diversa dalla precedente. Chissà dove l'avrebbero portato. E chissà per quanto tempo avrebbe dovuto restare sotto chiave, senza poter vedere nessuno, i suoi cari, Caterina, e soprattutto Enrico.

Ah, sarebbe stata durissima, ma ormai aveva deciso, avrebbe testimoniato, avrebbe raccontato al giudice per filo e per segno quello che aveva visto quella sera. Lo faceva anche per Svetka, affinché quelle persone che le avevano fatto tanto male la pagassero cara. Ah, Svetka, chissà dov'era in quel momento. Il pensiero gli addolcì un po' l'angoscia, anche se gli fece venire il magone, un senso di sofferenza al petto, come se qualcuno lo stesse privando delle sue forze.

E Angela? Lei era l'unica al corrente di tutto, l'unica che avrebbe potuto fargli visita. Si sarebbe dimenticata della sua infatuazione? E si sarebbe dimenticata di quella di Consonni?

Per il vicequestore romano e i suoi non fu particolarmente difficile mettersi sulle piste del Consonni Amedeo.

Vennero a sapere che un tipo anziano con una Smith & Wesson frequentava la casa di via Ghislanzoni. Questo signore si chiamava, come risultava dalla fotocopia della carta d'identità, Amedeo Consonni. A quanto pareva aveva una cotta per una ragazza che lavorava lì. Nella discoteca di Corsico erano stati ritrovati bossoli di una pistola del genere. In più il detto Amedeo Consonni aveva sporto una denuncia, perché il suo appartamento era stato devastato da ignoti, senza che nulla fosse stato rubato. Era lui il tipo che stava parlando con Ametrano.

Andarono a trovare Consonni, ma lui non c'era.

Probabilmente non era andato molto lontano.

Seguirono tal Mattioli Angela, che a quanto pareva viveva una relazione sentimentale col Consonni. La seguirono, e questa li fece diventare pazzi: con la sua Doblò faceva chilometri, andava a fare la spesa a Vimodrone, tornava a Sesto, poi si direzionava verso Usmate-Velate, tornava indietro, a Lambrate, e posteggiava a parecchie centinaia di metri da casa sua, in una traversa di via Porpora. Però, con estrema segretezza, la donna non entrava dall'ingresso principale, bensì accedeva da un ingresso laterale, un bandone di un magazzino abbandonato.

«E adesso come la giustifichiamo tutta la benzina consumata?». Questo pareva essere il problema principale degli uomini che avevano seguito la Mattioli per tornare al punto di partenza. Comunque riferirono.

I due pusher Ahmed e Youssuf erano parecchio sotto pressione. Dopo la sparatoria che aveva causato l'incidente stradale il loro destino era abbastanza segnato. Non si facevano vedere in giro, si nascondevano. Presero dei bei rischi a tornare alla casa di ringhiera, compresi i colpi che tiravano quei maledetti peruviani. Eppure la loro unica speranza era Consonni. Sul ballatoio ebbero una sorpresa, di tipo olfattivo. Percepirono distintamente un forte odore di cannabis, qualcuno si stava facendo un cannone. «Ci siamo, te l'avevo detto!». Seguirono l'odore come fanno certi personaggi dei cartoni animati.

Si trovarono di fronte un signore vestito con un cappotto loden e scarpe Clarks. Lo riconobbero. Fuggirono, questa volta per sempre.

Gonzalo e Oscar, i due maschi peruviani anziani, in realtà nessuno dei due aveva superato i cinquant'anni, non facevano niente dalla mattina alla sera. Si occupavano della «famiglia», secondo loro, in realtà l'unica loro attività era quella di organizzare partite a carte, dove giravano anche un po' di soldi, e farsi delle bevute di birra. Si raccontavano delle gran balle e avventure, l'ultima delle quali riguardava come avevano messo in fuga quei ladri marocchini.

Avevano trovato un posto ideale dove giocare d'azzardo, in un seminterrato della casa di ringhiera, raggiungibile tramite un bandone in teoria chiuso con un lucchetto.

Ci si infilavano dentro alla sera, e ci restavano fino alle prime ore del mattino.

Ma quella volta i peruviani, scendendo nel sottoscala, sentirono delle voci. I due «anziani» fecero un cenno agli altri, più giovani, di andarsene via. Oscar e Gonzalo, invece, si avvicinarono alla porta, c'erano persone, dall'altra parte, che discutevano.

Le voci erano un po' offuscate, e inoltre i due peruviani non capivano molto bene l'italiano. Si avvicinarono alla porta di legno, Oscar estrasse il coltellaccio.

«... Signor Consonni, noi vorremmo sapere con chi ha parlato in questura, e a quale riguardo».

I due sgherri armati avrebbero avuto interesse a farlo fuori subito ma il loro capo si era raccomandato: prima di seccarlo, senza troppi riguardi, dovevano sapere cosa sapeva, con chi aveva parlato, se le sue dichiarazioni erano depositate da qualche parte, in questura con chi aveva a che fare, ecc.

I peruviani capirono che per Consonni non era un buon momento e immediatamente si trasformarono in una macchina da guerra. Si intesero sul da farsi senza parlare e senza vedersi, era buio, là sotto. Produssero un lieve rumore, come avrebbe potuto fare un gatto, o un ratto. Si aprì la porta della «stanza dei giochi». I peruviani, nascosti dietro una scansia, videro due uomini eleganti che stavano in conversazione con il Consonni, che sembrava ancor più prostrato del solito.

«C'è qualcuno?».

Nessuno rispose.

«C'è qualcuno?».

Il tipo aveva una grossa pistola in mano, uscì dalla stanza dov'era Consonni ed entrò nell'anticamera, ma ciò non sconfortò più di tanto Oscar, il quale uscì all'improvviso dal suo nascondiglio, gli dette un destro e un sinistro al volto e lo gettò al tappeto. Raccolse velocemente la pistola e si nascose nuovamente.

L'altro che stava torchiando Consonni poté sentire solo un paio di rumori sordi, non sapeva se gli conveniva uscire o restare lì, pensò che forse avrebbe dovuto terminare il soggetto, prima che qualcosa andasse storto. Non ebbe una simile freddezza, d'altronde che cosa ci avrebbe guadagnato. Sperò che non si trattasse di niente di importante e andò a cercare il suo socio. Gonzalo gli si avventò addosso e gli si attaccò al collo, fino a fargli perdere i sensi.

Consonni, nella stanza dei giochi, era più morto che vivo.

«Señor Consonni, que haces usted aquí? Necesita andare, muy pronto!».

Consonni non era troppo lucido, ormai si era visto spacciato, non sapeva cosa fare, affidarsi ai peruviani?

«Venga con noi, señor Consonni. Adelante!».

L'Amedeo fu portato via, in un posto che i peruviani pensavano di conoscere solo loro, la cella frigo. Informarono Angela, ma di quello che fecero degli sgherri non le dissero niente.

«Alle sei lo vengono a prendere» disse lei.

«Mucho mejor».

Che ne fecero i peruviani dei due uomini del vicequestore romano? Li ammazzarono? No, non era roba per loro, però, dopo essersi assicurati, tramite due iniezioni, che non si svegliassero nel giro di quattro/sei ore si misero in contatto con certi amici loro, che lavoravano per una ditta di spedizioni. I due furono spogliati e caricati nella stiva di un camion, in partenza per la Turchia, completamente nudi.

Per alcuni giorni questi non si sarebbero certamente fatti vivi, e una volta usciti dal camion avrebbero avuto i loro problemi a tornare rapidamente in azione.

L'agente di guardia che presidiava l'appartamento di Consonni dormì ottimi sonni, il cicalino non aveva funzionato, oppure Consonni non aveva fatto in tempo ad azionarlo, oppure l'agente non l'aveva sentito.

All'ora prevista, prima dell'alba, Angela andò a chiamare Consonni, nella cella frigorifera. In mezzo ad altri ratti, escrementi e sporcizia di tutti i generi Consonni aveva avuto modo di smaltire la paura, ma certamente non aveva dormito. E dove poi? Su quel materasso marcio?

Angela gli aveva preparato un'altra borsa, con quello che a lei sembrava necessario che l'Amedeo si portasse dietro. Ametrano si era raccomandato, una borsa ridotta, con lo stretto indispensabile. La borsa non era poi così piccola e pesava molto, Angela ci aveva infilato dentro anche qualche libro, visto che Consonni avrebbe dovuto passare molto tempo in solitudine. Erano di Nesbø. A lei facevano schifo, ma per distrarsi dice che sono adatti. Neanche lei sapeva dove lo avrebbero portato all'inizio, segreto assoluto. In seguito avrebbe potuto vederlo, ma se ne sarebbe parlato dopo.

Un agente l'aveva obbligata a indossare il giubbotto antiproiettile. Anche Consonni avrebbe dovuto metterselo.

«Il giubbotto?».

«Sì Amedeo, e ti devi infilare anche l'elmetto, non si sa mai».

«Ma no, l'elmetto no, non siamo mica in guerra, e poi do troppo nell'occhio».

«Come vuole lei, ma stia dietro di me» gli disse l'agente nel corridoio fatiscente.

Ametrano e i suoi erano lì ad aspettarlo, col motore acceso. Non certo un'auto di servizio. Consonni si soffermò un attimo nel centro della corte della ringhiera, volle dare un ultimo sguardo a quella che era stata casa sua per tanto tempo, scenario di tante vicissitudini. Pensò in un attimo ai momenti chiave della sua residenza lì, in fondo la casa è tutto, è il nostro Io. E adesso la doveva abbandonare, forse per sempre. Gettò uno sguardo agli appartamenti dei suoi coinquilini, gli parve di scorgere la signorina Mattei-Ferri dietro il vetro della sua finestra di cucina, al buio.

Mentre Ametrano e altri due poliziotti gli intimavano di fare presto Consonni volle trattenersi qualche altro minuto, in quella corte poco illuminata, nel silenzio delle prime luci dell'alba. Avrebbe voluto tornare per un istante nel suo appartamento, dargli un ultimo saluto, e prendere una cosa che sapeva lui, un souvenir, ma non c'era tempo, non c'era tempo. Eppure i ricordi gli si affollavano nella testa, come una sequenza frenetica di immagini, che ricoprivano gli ultimi trent'anni della sua vita, e i suoi affetti, i suoi cari, le sue donne, dalla Luigina quando era giovane ad Angela, la prima volta che gli suonò il campanello alla ricerca di un po' di caffè. E infine Svetka, quando si era rifugiata da lui insieme a Maximilian, impaurita, affranta, bisognosa del suo aiuto.

Alzò lo sguardo verso l'alto, al secondo piano, dove abitavano soltanto i peruviani, gli altri appartamenti erano vuoti. In mezzo all'oscurità gli parve di vedere due sagome appoggiate alla ringhiera, in effetti i peruviani avevano orari imprevedibili, andavano al lavoro, o ne tornavano, a qualsiasi ora del giorno e della notte. Quelle due sagome erano immobili, sembravano guardarlo, puntare verso di lui. Poi si accesero delle lucine e si sentirono quattro o cinque colpi di arma da fuoco.

Consonni non avrebbe pensato che sarebbe andata così, si lasciò andare e si accasciò a terra, immediatamente il sangue macchiò le pietre del selciato, vicino alla macchina del De Angelis.

Ametrano e i due agenti cominciarono a sparare verso l'alto, scaricarono le loro armi, le ricaricarono. Corsero da Consonni, imprecavano, urlavano. La testa era spappolata. Il commissario cercò di sentirgli il polso, chiamò l'ambulanza.

Gli agenti si avventarono su per le scale, proteggendosi con una selva di fuoco.

Adolfo non era uno che si arrendeva facilmente, questa volta comprò delle rose, si introdusse nella corte della casa di ringhiera la mattina presto, verso le sette. Dette subito un'occhiata alla porta della famiglia Giorgi, sembrava tutto tranquillo. Era deciso ad aspettare che Donatella uscisse, gli doveva delle spiegazioni. C'era una macchina posteggiata in mezzo alla corte, con due uomini dentro. A un certo punto da un portoncino scassato uscirono tre persone, in borghese, una donna e due uomini. Quello più anziano si piazzò al centro della corte, si guardava in giro. Gli altri due gli mettevano fretta. Improvvisamente si riversò sulla corte una gragnola di colpi. Adolfo pensò che fossero diretti a lui. Un paio di tiratori sparavano dall'alto. Lui si mise a correre a grandi balzi, in meno di un secondo era già oltre l'androne. Si tastò, si guardò braccia e gambe, si controllò addosso. Incredibilmente non l'avevano preso. Fuggì alla disperata, fino alla macchina che aveva posteggiato lì vicino. Okay, okay, qui sarà meglio lasciar perdere.

Gli uomini di Ametrano raggiunsero il ballatoio in alto, continuando a proteggersi con uno sbarramento di fuoco. Nessuno rispondeva ai loro colpi, ma dove erano scappati? Si infilarono in una porta sgangherata che conduceva a una scala, quella che portava alla terrazza sul tetto, dove c'erano gli stenditoi. E la terrazzina confinava con una tettoia della casa accanto, dalla quale non era difficile raggiungere un'altra terrazza.

Angela, inginocchiata su Consonni, urlava dalla disperazione: «Amedeo, Amedeo! Amore mio! Che cosa ti hanno fatto! Perché? Perché?».

Ametrano cercò di allontanarla, senza riuscirci.

Nel frattempo si affacciarono fuori dalle loro case il De Angelis, Donatella e la Mattei-Ferri, anche lei, in sedia a rotelle sul ballatoio.

Arrivò l'ambulanza, il medico scosse subito la testa e disse di fare presto, di caricare il ferito.

«Ma dottore, non lo mettiamo in sicurezza per la spina dorsale, lo carichiamo così?».

«Ma non lo vedete? E voi vi preoccupate della spina dorsale?».

L'ambulanza partì a tutta velocità, senza accendere la sirena.

Angela voleva a tutti i costi andare in ospedale, ma Ametrano non glielo permise, per motivi di sicurezza.

Il parere del noirista

I giorni intercorsi fra la morte di Amedeo Consonni e i funerali erano stati un'agonia, per i suoi cari. Il cadavere era conservato alla morgue, non fu possibile visitarlo, se non un'unica volta, quando sua figlia Caterina era andata a fare il riconoscimento. Ma quale riconoscimento, Consonni era un ammasso di carne, crivellato di colpi a tal punto da essere completamente irriconoscibile.

Senza pietà le chiesero se suo padre avesse qualche segno particolare, preferibilmente sulla schiena, o sui glutei, insomma nelle zone meno martoriate dai proiettili di grosso calibro che erano stati utilizzati.

No, a Caterina, che a stento si reggeva in piedi, non risultava alcun segno caratteristico. Forse sì, una grossa macchia di cheratosi senile sulla fronte, all'attaccatura dei capelli, ma l'attaccatura dei capelli non si vedeva più.

Gli abitanti della casa di ringhiera erano stravolti, perché tutti volevano bene a quell'uomo, che sapeva farsi amare. Ma nessuno volle farsi intervistare dai numerosi giornalisti che si affacciavano al portone principale.

«Andatevene, sciacalli!» gli urlava la signorina Olga Mattei-Ferri, che pure, pettegola com'era, si sarebbe trovata benissimo a dispensare notizie sulla vita segreta di un suo coinquilino, coinvolto evidentemente in una storia di crimine.

No, questa volta no, non aveva nessuna voglia di parlare e nessuna dichiarazione da rilasciare.

«Ma siamo giornalisti! Facciamo il nostro mestiere. La gente *deve* sapere!».

«Andé a ciaparvelo in tel cù, voi e la gente che deve sapere» rispose crudamente la signorina Mattei-Ferri.

Alla fine furono disposti due agenti sull'androne, per impedire l'accesso ai curiosi, professionisti e non.

In effetti le forze dell'ordine avevano preso possesso della casa di ringhiera, era impossibile avere un po' di quiete perché l'intero edificio era invaso dalla polizia, di tutti i tipi: scientifica, magistrati, pezzi grossi, commissari, procuratori, agenti, ecc.

I curiosi però non demordevano, aspettavano gli inquilini al varco, quando andavano a fare la spesa, li assaltavano.

In situazioni normali fra quei curiosi ci sarebbe stato anche Consonni: con la sua passione per il crimine non si sarebbe certo lasciato sfuggire un omicidio proprio nel suo quartiere, sarebbe andato a ficcare il naso. Ma questa volta non gli fu possibile.

Tornando al giorno successivo alla fatidica sparatoria, al mattino Angela Mattioli aveva acquistato tutti i giornali, uscendo di casa presto, in incognito. Indossava gli occhiali da sole più scuri e più grandi che possedeva, in testa aveva infilato una berretta nera, addosso un soprabito scuro.

Aveva disposto i quotidiani sul tavolo in cucina. Sua figlia Giulia, appena arrivata da Bruxelles, cercava di starle vicino, aveva paura che la madre, stremata e distrutta dal dolore, e nelle sue condizioni psicologiche, non ce la facesse più. Eppure Angela leggeva con attenzione, pietrificata, i titoli dei giornali della cronaca milanese, dominati dalla morte di un signore che si chiamava Amedeo Consonni e che era un tappezziere in pensione. Una morte molto cruenta avvenuta il giorno precedente, alle sette del mattino.

Giulia si affacciò alla finestra, per vedere se in giro c'erano curiosi o giornalisti.

«Mamma, non vedo perché tu debba sottoporti a questa tortura. Che li leggi a fare questi giornali? Pensi che ti restituiranno il tuo Amedeo? E poi se arriva qualcuno? Se viene gente a farti le condoglianze?».

«Ah, a me non viene nessuno a farmi le condoglianze, io e Amedeo ufficialmente non eravamo niente l'uno per l'altro, come degli sconosciuti...».

Angela, entrata già nello stato d'animo della vedova inconsolabile, solo questo rispose alla figlia, e lesse il primo articolo che le capitò sott'occhio:

Tranquillo sessantacinquenne milanese giustiziato davanti a casa sua.

Atroce esecuzione ieri a Milano. Mentre si trovava nella corte della casa di ringhiera dove abitava, in via *** il signor Consonni Amedeo è stato selvaggiamente ucciso da un gruppo di sicari professionisti, cecchini che piazzatisi su uno dei ballatoi lo hanno fatto segno di decine di colpi di fucile mitragliatore, crivellandolo.

La squadra, probabilmente composta da tre persone, è fuggita per i tetti, nel giro di pochi secondi, senza lasciare traccia. Gli inquirenti non hanno fatto dichiarazioni relativamente al caso, ma è evidente che si tratta di un'esecuzione di stampo mafioso.

Ma perché Amedeo Consonni? Apparentemente un uomo tranquillo, che dedicava il suo tempo alla famiglia, in particolare al nipotino, e ad altre attività da pensionato. Ma agli osservatori più attenti non sarà sfuggito che il nome di Amedeo Consonni è già comparso, più di una volta, sulle pagine della cronaca nera milanese. A lui si deve la soluzione del cosiddetto caso della Sfinge di Lentate, un omicidio che ha dato molti grattacapi alla polizia del luogo. Il suo nome riecheggia in più di un contesto criminoso, basti pensare al caso Kakoiannis-Sforza, o alle recenti vicende riguardanti la signorina Amelia Morpurgo, vicende per le quali il Consonni era in attesa di giudizio per una serie nutrita di reati che vanno dalla rapina a mano armata al sequestro di persona.

Insomma, chi è, ovverosia, chi era veramente Amedeo Consonni?

Le autorità mantengono un assoluto riserbo sulle circostanze e sulle modalità della sua morte, ma è evidente che l'uomo è stato giustiziato. In quali torbide vicende si era intrufolato, lui che aveva la passione per il delitto? Forse era al corrente di qualche segreto, di qualche verità scomoda. In definitiva, perché è stato ucciso Consonni, che cosa sapeva?

La polizia non rilascia dichiarazioni ufficiali, ma da ambienti vicini alla questura trapelano voci, per esempio che si sia trattato di un errore di persona. Questa versione pare poco credibile...

Angela cambiò giornale, per il momento saltò l'articolo intitolato *Killer mafiosi in azione a Milano*, e passò direttamente a *Ex tappezziere giustiziato al Casoretto*. Sottotitolo: *Pensionato italiano mitragliato da una squadra di killer.*

Anche qui il cronista insinuava una serie di dubbi: «Ma a uno sguardo un po' più da vicino, chi era veramente la vittima?». Anche in questo caso si citavano i precedenti di Consonni, la sua predilezione per i casi criminali, fino a vere e proprie pendenze con la giustizia. «E allora cosa può aver spinto la malavita organizzata a realizzare un'esecuzione così visibile e spettacolare? Che cosa sta succedendo a Milano? E qual era la posizione di questo signore, apparentemente così inoffensivo?».

Anche questo articolo rammentava la questione della Sfinge di Lentate, e quella della morte di Luisa Kakoiannis-Sforza, la regina del jet-set milanese, trovata cadavere nella sua villa di Lugano. Per non dimenticare il processo per le vicende di Trezzano sul Naviglio: Consonni era in attesa di giudizio, fra le imputazioni anche quella di rapina a mano armata. (Non si specificava che si trattava di una bici Graziella pieghevole).

E dunque qual era il mondo frequentato dall'ex tappezziere? I bassifondi, la crème de la crème o la malavita organizzata?

Ma il bello venne sull'altro quotidiano, dove, oltre a un disegno ricostruttivo con vista dall'alto dell'attentato a Consonni, compariva anche qualche altra notizia in esclusiva: lo stesso Consonni era coinvolto in qualche giro di prostituzione venuto dall'estero. Frequentava noti bordelli di Milano e addirittura si portava a casa giovani squillo da 500 euro a botta.

Angela era sorpresa: e chi è quel delinquente che ha parlato? La Mattei-Ferri? Oppure il De Angelis si è fatto corrompere?

L'attenzione di Angela, desolata, fu poi attirata da un trafiletto laterale, che accompagnava gli articoli di cronaca sul suo ex fidanzato.

Morte di un ex tappezziere a Milano: il parere del noirista.

Lei, un giallista, vincitore di numerosi premi, milanese al cento per cento ed esperto di noir, come vede questo ennesimo fatto di cronaca nera nella nostra città?...

Io non sono quello che si dice canonicamente un giallista, io sono per il post-post noir... il giallo non ha più senso, così come il noir. Oggi dobbiamo misurarci con una linea rossa, un fil rouge, un solco, un confine che non è più un confine, fra il crimine e la vita quotidiana. Nel mio ultimo romanzo *Attacca l'attaccabile* ho cercato di confrontarmi con questo immane problema, lo spartiacque fra crimine e non crimine, e per l'appunto il personaggio principale è un pensionato.

Quali sono le considerazioni che le vengono in mente, alla notizia che un uomo normale, un pensionato, appunto, viene smitragliato da una specie di plotone d'esecuzione?

Il popolo del noir cerca di comprendere, attraverso il genere, il mondo in cui vive. Ecco, forse oggi il mondo non è più comprensibile in base a queste categorie, ce ne vogliono altre. Proprio in *Attacca l'attaccabile* ho voluto sfrondare, arrivare al nocciolo: il criminale non esiste, se non, come diceva Freud, nella testa del borghese. La verità è un flusso di comportamenti, senza registro e classificazione.

Qual è la metafora che lei legge nel caso dell'ex tappezziere fucilato? Siamo tutti sotto tiro?

Già quella del tappezziere è una metafora potente: un uomo che tappezza, ovvero che ripara i guasti dell'uso. Riporta la struttura del manufatto, attraverso una riparazione, al suo ordine iniziale. Non è difficile ritrovare in questa viva metafora tracce di Peter Handke e di Simenon. Ma l'ex tappezziere chi è? È colui che ha rinunciato all'idea di rammendare il mondo, di aggiustarlo. Il mondo non è aggiustabile, ci dice questa morte, e ce lo dice con strumenti quasi teatrali, una esecuzione in grande stile. Proprio come accade in *Attacca l'attaccabile*: un ex dentista viene giustiziato. Ma che differenza c'è fra un dentista e un tappezziere? Quasi nessuna, a pensarci bene.

Che stronzo, aveva pensato Angela Mattioli, non c'è differenza fra un dentista e un tappezziere? Ma la pagheranno, la pagheranno tutti, se soltanto l'Amedeo avesse...

«Mamma, lascia perdere, tanto è solo una massa di stronzate, vieni, beviamoci un caffè».

Dalla finestra Giulia vide che stava arrivando Caterina, senza Enrico, dietro di lei c'erano due signori scesi da un furgone di una ditta che pareva di traslochi. Evidentemente la figlia del Consonni non aveva intenzione di perdere tempo, voleva impadronirsi immediatamente degli effetti del padre e trasferirsi subito nella casa bomboniera del Consonni, senz'altro l'appartamento più bello e meglio arredato di tutta la casa di ringhiera, dotato di un parquet di pregio, di preziosi divani rivestiti di sete costose, di tendaggi di prestigio, tutta roba che il Consonni aveva realizzato personalmente, dato il suo mestiere, e alla quale teneva tanto. Giulia in effetti non aveva presente in che condizioni fosse l'appartamento negli ultimi tempi. Soffriva per la madre. Ma come possono essere le persone così insensibili?

Caterina parlottava con gli uomini dei traslochi.

De Angelis uscì fuori di casa, indisposto per il posteggio irregolare del furgone nella corte, avrebbe voluto mettere qualche bastone fra le ruote. Anche a lui non faceva una buona impressione che la figlia del Consonni, a distanza di così poco tempo, già prendesse possesso dell'appartamento. Non poteva aspettare qualche giorno in più? È vero che ha dei problemi di soldi e che paga un affitto elevato, ma non prende niente dal suo ex marito? E poi, un minimo di rispetto per l'Angela, che ha fatto tanto per loro.

In realtà non erano per niente addetti dei traslochi, la scritta sul furgone era solo una copertura, erano uomini di Ametrano che dovevano parlare con Caterina, e perlustrare meglio l'abitazione del Consonni.

Ma De Angelis continuava a rimuginare, pensava al tragico destino delle persone anziane, delle quali i parenti se ne fregano, si interessano solo dell'eredità.

In una circostanza del genere De Angelis, ottantatreenne, non poteva non riflettere sul suo destino, su come si sarebbero comportati i suoi eredi. Quando morirò chi si occuperà di me? E chi si avventerà sul mio appartamento? Quel disgraziato e parassita di mio nipote Daniel? Sarebbe meglio che lasciassi tutto alla parrocchia, anche se non mi stanno molto simpatici neanche quelli. Sanguisughe che non sono altro. E poi io all'oltretomba non ci credo. Cosa pensano, che sono un deficiente? E nell'incertezza dovrei fare un legato a loro favore, e giù immobili e appartamenti, sui quali non pagano nemmeno l'ICI. No, magari lo lascio alla Misericordia, oppure alla Croce Rossa. Ma son tutti preti e suore anche lì. E se vendessi la nuda proprietà della casa e mi andassi a sputtanare il ricavato in crociera? A costo di bruciare tutto in vizi e donnine, questa sarebbe la cosa da fare. Vendo la casa, do qualche lira alla Donatella, che poveraccia non sa come fare, ne do un po' al parroco e a Emergency, che quelli sono bravi, e il resto me lo spendo in crociera, finché non tiro il calzino.

Ah, ad averci il coraggio...

E la BMW? Brucio anche quella, guai se tornasse al Daniel, quel ladro farabutto.

Durante lo sfogo silenzioso di De Angelis Caterina condusse i due uomini nell'appartamento del padre. Dopo una mezz'ora circa scesero giù e rimontarono sul furgone.

De Angelis li seguiva con uno sguardo fulminante. Posteggiare nella corte, e fuori dalle specifiche aree riservate, una delle quali era la sua, era rigorosamente vietato. Se volevano traslocare, il furgone lo lasciavano fuori.

In quel momento uscì all'aperto Maximilian, che sembrava essersi ripreso perfettamente.

«Sai cosa faccio Max? Io lascio tutto a te, cagnolino, che ne dici? In America si può fare».

Max scodinzolando andò a pisciare vicino alla macchia di sangue lasciata da Consonni, indifferente a tutti gli sbarramenti di nastro bianco e rosso piazzati dalla Procura.

Arrivò anche Donatella, con i figli Gianmarco e Margherita.

«Buonasera Luis, sempre a lustrare la sua macchina?».

«Ma cosa vuole, si fa per passare il tempo, alla nostra età...».

«Ci sono novità?».

«Ma quali novità vuole che ci siano, ormai...».

Margherita e Gianmarco erano tetri e agghiacciati. Sapevano che Consonni era stato ucciso per colpa loro. Eppure non ebbero il coraggio di raccontarla a nessuno, tanto ormai a cosa sarebbe servito? Si rendevano conto che le loro vite sarebbero state segnate da questa atroce colpa: una volta grandi gli psicanalisti avrebbero scoperto che questa era la macchia che aveva sporcato le loro vite, fino a portarli sull'abisso e oltre. E ce n'erano anche altre di macchie, per esempio quella volta che avevano sequestrato loro padre, per vedere se smetteva di bere... Però avevano entrambi sentito parlare della rimozione, cioè i ricordi peggiori si dimenticano, si nascondono. Ecco, diciamo che da quel momento in poi si misero in attesa dell'oblio, sperando che arrivasse presto, e rimuovesse tutto. Inoltre, per quanto riguardava gli psicanalisti, sapevano che non se li sarebbero mai potuti permettere.

D'altronde non avrebbero visto mai più Karim, e nemmeno quei due puscier che avevano nascosto la droga nel contatore. In effetti questi qui, una volta saputo che Consonni Amedeo era stato trucidato, erano scappati all'estero, destinazione segreta, che neanche io conosco.

Andò avanti così per alcuni giorni, fino agli strazianti funerali. Non si avevano notizie sui colpevoli, silenzio assoluto. L'unica novità fu una lettera.

Angela era la sola che disponeva ancora della chiave della cassetta della posta di Amedeo. Per scrupolo andò a controllare cosa c'era, tutta pubblicità. Però c'era anche una lettera, che arrivava dalla Svezia. Dalla Svezia?

La aprì, dentro c'era un'altra busta, con scritto sopra nuovamente l'indirizzo di Consonni. Evidentemente non si voleva che si sapesse da dove realmente proveniva. Aprì anche la seconda busta. C'era una lettera scritta a mano. La lesse.

Caro Amedeo mio,
mi decido a scrivereti ora che mi sento più sicura. Non ti posso dire dove sono io, ma tranquillo, tutto bene. Vorrei

dirti molte cose, ma non riesco. Vorrei abbracciarti stretto stretto e non servirebbe parole. Tu forse pensi molto male di me ma io ti volio bene come tu non credi. E verrà momento che io mi sdebito. Tu mi ha salvato la vita, e io ti devo tutto. Ti abbraccio fortissimo e ti do un bacio sulla bocca. Mi manchi.

Addio, amore mio. S.

Angela, da ex professoressa, avrebbe voluto segnare gli errori di ortografia con la matita rossa e blu, ma si mise a piangere. La lettera era decorata con una miriade di cuoricini, di faccine sorridenti, di asterischini, di stelline. Una bambina! Ah, povero Amedeo, se potesse leggere questa lettera, adesso sarebbe molto più felice! La bambina gli voleva bene!

Anche se Amedeo fosse stato ancora vivo quella lettera non l'avrebbe mai letta, perché Angela la bruciò subito, sul fuoco del fornello a gas.

Quella stessa sera Claudio era tornato dalla signorina Mattei-Ferri, per discutere dei loro, interrotti, rapporti di lavoro. Aveva studiato a lungo i due certificati relativi all'esame elettromiografico. Si era informato in rete, si era fatto una cultura in proposito. Inoltre aveva approfondito quali fossero i suoi diritti, e dato che nessuno avrebbe potuto difenderli, decise di fare da solo. Probabilmente la morte di Amedeo Consonni gli aveva dato un impulso, anziché deprimerlo.

La Mattei-Ferri non lo accolse calorosamente. In piedi, ai fornelli, gli disse: «E lei, dopo essere stato licenziato, ha la faccia di ripresentarsi qui? Guardi, non gliene dico quattro solo per rispetto del povero Consonni».

La signorina aveva già mangiato per conto suo. Il che significava che era perfettamente in grado di raggiungere la cucina, il bagno, e gli altri pochi locali dell'appartamento.

«Signorina, sono venuto a parlarle».

«Io tutto quello che c'era da dire l'ho già detto».

«Io no, signorina».

«E allora?».

«Vede, signorina Mattei-Ferri, lei quanto guadagna di pensione di invalidità?».

«Una miseria, ma a lei che cosa importa?».

«Signorina, qui bisogna parlare chiaro, lei di pensione prende 2.180 euro, che a me proprio una miseria non mi pare».

«Cosa? Come? Cosa ha fatto? Ha curiosato nei miei incartamenti segreti? Ma io la denuncio, sa? Io la denuncio un'altra volta».

«Signorina, è sicura di quello che dice? È sicura che mi vuole denunciare? È sicura che le conviene?».

«Brut cioccattee de merda, cosa fa, mi minaccia?».

Claudio parlò con calma.

«Veda, ho dato una controllata ai suoi certificati, soprattutto alle elettromiografie. Sono quelle che contano. Le radiografie non significano niente, le TAC anche. Le risonanze magnetiche dicono poco sulla sintomatologia. Invece le elettromiografie dicono con precisione se un nervo ha smesso di funzionare, o se funziona solo in parte, o se funziona benissimo. E allora come mai l'elettromiografia eseguita a Catania del 20-9-2008 dice che la funzionalità di certi nervi è quasi normale, e invece un'altra copia dello stesso referto dice che gli stessi nervi sono profondamente danneggiati, tanto da giustificare una condizione di paraplegia? E perché poi è andata fino a Catania per farsi fare un esame?».

«Io la denuncio altre due, tre, quattro volte. Chi le ha permesso di rovistare fra i miei esami?».

«Me l'ha detto lei, signorina, mi ha espressamente incaricato di mettere ordine».

«Lei Giorgi finirà in galera, quanto è vero che...».

«Quanto è vero che lei cammina benissimo? E perché, per una lesione che non c'entra niente, in via di guarigione, si fa curare a Lugano? Alla ASL saranno molto curiosi di saperlo».

La signorina si mise a sbraitare, a minacciare, urlava come una gallina strozzata.

Claudio la lasciò fare, poi passò al dunque.

«Allora, signorina, mettiamola così. 2.180 euro? Metà a te metà a me, se no rivelo tutto. Muoia Sansone e tutti i filistei. E lei ha falsificato un certificato medico. È un reato grave. Io penso che sarebbe lei a passare gli ultimi anni della sua vita in serie difficoltà. Dovrà restituire i soldi che ha rubato, e pagarne molti altri. Per quanto riguarda me, non ho desiderio di rubarle niente, io voglio solo essere pagato equamente. Continuerò a fare il mio lavoro di badante, d'altronde lei, paralizzata com'è, ne ha bisogno, no? Lavorerò otto ore al giorno, come lavoravo prima, però dalle mie incombenze sono escluse... E se lei mi dà del lei io le do del lei, se tu mi dai del tu io ti do del tu. E sappia che sfortunatamente, alla ASL conosco più gente di lei. E non mi rompa i coglioni con le miserie, so che in banca dispone di più di 50.000 euro, senza contare i titoli, che non so a quanto ammontano. Ma lei cosa se ne fa? È solo per il piacere di fregarli allo Stato? Allora se non le dispiace me ne dà la metà a me, che me li guadagno. Non voglio niente in più, io non sono un ricattatore. E così, signorina, mi può anche cacciare, ma in tal caso la mia vendetta si abbatterà su di lei. Prendere o lasciare».

«Ma lei è un disonesto!».

«E lei no?».

Altri due Milano in Riviera

Il signor Alberto Scevola aveva vissuto più di trent'anni a Bruxelles, dove aveva lavorato nel settore dell'import-export delle pelli. Lì nei primi anni Ottanta si era sposato con tale Luisa Mandorlin, che era la sua fidanzata italiana e che, una volta raggiunto un posto fisso, aveva chiamato perché si trasferisse anche lei in Belgio. Purtroppo Luisa decedette pochi anni dopo, per una forma di leucemia. Il signor Scevola, nonostante fosse abbastanza giovane, essendo nato nel '45, non si risposò, e condusse una vita appartata, dedicandosi al lavoro e a qualche suo hobby.

A Bruxelles frequentava il Centro Culturale Italiano, legato all'ambasciata, non si perdeva un'iniziativa. Aveva la passione per la lettura, e conobbe Angela a una manifestazione di letture dantesche.

Alberto Scevola era appena andato in pensione, ed evidentemente l'incontro con Angela lo scosse e lo convinse che era venuto il momento di tornare in Italia. Lui, originario di una piccola frazione nelle vicinanze di Sannazzaro, in Lomellina, ricordava con struggimento le sue frequentazioni in Liguria, in Riviera, che ai tempi nostri non è la stessa di quando la frequentava lui, anche se certe località sono cambiate proprio poco.

Questo era quello, non è molto, che la signorina Mattei-Ferri sapeva del nuovo amante della ex professoressa Angela Mattioli, che a quanto pareva non ci aveva messo molto a riprendersi dalla morte del suo fidanzato, l'Amedeo. Pareva che avesse addirittura comprato (ma con quali soldi?) una casa in una località esclusiva della Riviera ligure, niente di meno che Camogli. Se soltanto la signorina Mattei-Ferri avesse saputo quanto può costare (ammesso che lo si trovi, il che è quasi impossibile) un appartamento con vista mare a Camogli (Camoggi) le sue valutazioni morali ed economiche su Angela avrebbero avuto bisogno di un rincaro di dose. Ma lei non si intendeva troppo di valori immobiliari. Ciò che sapeva era che l'Angela si era presto consolata della perdita.

Voci circolavano che nella casa di Camogli l'Angela si fosse trasferita con quell'uomo. Alla Mattei-Ferri glielo aveva raccontato un'amica della Carla, che l'aveva saputo da...

Sembra che l'Angela quest'uomo lo avesse conosciuto a Bruxelles, durante il suo lungo soggiorno, mentre il Consonni ne combinava di tutti i colori.

Certo il Consonni non aveva scusanti, si portava in casa delle «squillo» di cui avrebbe potuto essere il nonno. Che vergogna! Però Angela mica lo poteva sapere, e quindi faceva le corna al Consonni mentre lui gliele faceva a lei! Che schifo! Nessuno dei due aveva ragione, erano entrambi dei porci maiali, traditori e fedifraghi. Ma almeno il Consonni, a causa dei suoi amorazzi, ci aveva rimesso la vita, aveva pagato. Invece la Mattioli di vita ne cominciava un'altra, con un viveur francofono.

A Camoggi, gli occupanti del primo piano della casa rosa credevano di saper tutto sui nuovi inquilini. Lei, la signora, l'avevano già vista alcune volte, però adesso aveva cambiato pettinatura, si era tagliata i capelli molto corti e portava un trucco vistoso anni Settanta, molto ombretto e kajal. Il signore aveva un'aria distinta, e a quanto pareva si chiamava Alberto, un florido pensionato del Lombardo-Veneto, altro non sapevano.

Erano arrivati un sabato mattina, una bella giornata del tardo febbraio, con pochi bagagli, e sembrava non volessero farsi notare in modo particolare. Ma la signora Pittaluga li bloccò al portoncino d'ingresso.

«Ah, chi si vede, finalmente i nostri vicini, signora, come sta?».

La signora non aveva voglia di fare molti convenevoli, ma si procedette a rapide presentazioni. Dal nulla comparve anche il marito della Pittaluga.

Dunque la nuova vicina, che questa volta pareva intenzionata a trattenersi più a lungo del solito a Camoggi, si chiamava Angela Mattioli, dall'accento non era facile decifrarne la provenienza, forse aveva vissuto lungamente all'estero, chissà, ma presto si sarebbe saputo. Già la Pittaluga credeva di conoscerne la professione, doveva essere una scrittrice, perché aveva sempre qualche libro sotto mano.

Che cosa facesse lui, il marito, sempre che fosse il marito, o che cosa avesse fatto prima di ritirarsi, non era ancora noto. Le mani le aveva grosse e callose, non pareva un intellettuale, che fosse uno scultore? Però era di modi gentili e urbani, assai più della moglie che non pareva avere nessuna intenzione di trattenersi a chiacchierare con i Pittaluga.

Col passare dei giorni ci fu modo di farsi un quadro, anche se vago, dei due nuovi membri dell'abbiente comunità di pensionati di Camoggi, una coppia affiatata e tranquilla. I due parevano essersi trasferiti per rimanere, lei forse voleva terminare il suo nuovo romanzo. Furono svolte immediatamente indagini accurate su una scrittrice di nome Mattioli Angela, senza esito. Forse era ancora sconosciuta, una sedicente autrice come ce ne sono tante, anche se lei effettivamente non l'aveva mai detto. O forse pubblicava sotto pseudonimo.

Lui passava il tempo al porticciolo a leggere i giornali e a guardare le barche dei pescatori, anche se non era un esperto, chiaramente non era un uomo di mare. Non ricevevano nessuno, e non erano troppo socievoli con gli altri vicini. Però parevano essere benestanti, nella loro precedente vita di palanche dovevano averne messe da parte a sufficienza. D'altronde quell'appartamento da 70 metri quadri sul porticciolo dovevano averlo pagato un bel po', certamente oltre il milione e mezzo.

Nelle rare conversazioni occasionali lui pareva intendersi di tessuti: che fosse un ex industriale tessile?

Secondo la signora Pittaluga Angela e Alberto erano una coppia recente, lo si vedeva da come squittivano quando, nei primi tempi, si dedicavano a sistemare il loro delizioso nido d'amore. Da fuori si poteva percepire il rumore dei lavori in corso, migliorie che evidentemente i due erano in grado di fare da soli. Il signor Alberto sembrava essere uno di quegli uomini esperti di bricolage, che sanno fare tutto. Che in un futuro potesse venire utile? Con lo spedizioniere arrivarono un divano e due poltrone, ma senza tappezzeria. Cosa ci avevano messo sopra, dei mezzeri turchi o marocchini?

I nuovi ad approfondire le conoscenze coi vicini sembravano non tenerci. Anzi, proprio non volevano dare troppa confidenza a nessuno, come se non esistessero.

Raramente ricevevano visite. Un giorno arrivò una bella ragazza che parlava benissimo francese, lo si capì perché dei velisti le chiesero delle informazioni, che lei non seppe dare, però lo disse benissimo. Nessuno fece le presentazioni, e questo ai Pittaluga non piaceva, però si capiva che quella giovane era la figlia della Mattioli, e non dello Scevola.

Un giorno venne a trovarli un signore molto anziano con una BMW spider da ragazzino. Posteggiò lontano, cercò di non farsi vedere, ma tutti lo notarono per via dell'auto e perché indossava i guanti da guida. Era il De Angelis, in visita dalla Mattioli. Quando entrò nell'appartamento fu sorpreso di trovarlo così in ordine, così ben arredato, con tanto buon gusto. Due finestre del salottino-studio guardavano il mare.

Una volta arrivò un signore che pareva un avvocato o un commercialista, indossava un giaccone Barbour e portava un borsone di pelle. Non si vide nessun altro.

Ogni tanto i nuovi inquilini se ne andavano per due o tre giorni, con la macchina, una Doblò, in gita.

Di solito il signore, Alberto, si alzava presto la mattina e andava al porticciolo a guardare le barche. Comprava il giornale e si prendeva un caffè, e acquistava due croissant per la signora, o forse se li mangiava lui. Facevano colazione sul terrazzino.

Per esempio in quel momento Angela e Alberto erano seduti proprio lì.

Angela era un po' incantata davanti a una copia della Settimana Enigmistica. In realtà stava pensando a ruota libera. Le era venuto in mente quello strano signore in giacca a vento rossa che al funerale le aveva espresso le sue condoglianze e aveva detto cose strane, tipo: la morte è tanto semplice, ed è pulita. È la vita che è complicata e sporca, un pantano. Adesso per il Consonni è tutto netto e cristallino. *Mors omnia solvit.* Lei ci pensava spesso a quel motto latino. Ma come faceva quel signore a saperlo?

«Che stai facendo, le parole incrociate?».

«Sì, sto facendo il labirinto, ma non mi riesce mai».

«Te lo spiego io come si fa, basta partire dal punto d'arrivo, e torni indietro, vedrai, è facilissimo».

«Vecchio furbacchione, sai anche i trucchetti, eh, Amedeo?».

«Ma guarda che io non mi chiamo Amedeo...».

«Scusami, scusami davvero, è l'abitudine. Devi scusarmi moltissimo».

«Non ti preoccupare Angela, un giorno riuscirai a dimenticarlo».

Indice

Morte di un ex tappezziere

Questo volume è stato stampato
su carta Palatina
delle Cartiere di Fabriano
nel mese di giugno 2016

Stampa: Officine Grafiche soc. coop., Palermo

Legatura: LE.I.MA. s.r.l., Palermo

La memoria

Ultimi volumi pubblicati

701 Angelo Morino. Rosso taranta
702 Michele Perriera. La casa
703 Ugo Cornia. Le pratiche del disgusto
704 Luigi Filippo d'Amico. L'uomo delle contraddizioni. Pirandello visto da vicino
705 Giuseppe Scaraffia. Dizionario del dandy
706 Enrico Micheli. Italo
707 Andrea Camilleri. Le pecore e il pastore
708 Maria Attanasio. Il falsario di Caltagirone
709 Roberto Bolaño. Anversa
710 John Mortimer. Nuovi casi per l'avvocato Rumpole
711 Alicia Giménez-Bartlett. Nido vuoto
712 Toni Maraini. La lettera da Benares
713 Maj Sjöwall, Per Wahlöö. Il poliziotto che ride
714 Budd Schulberg. I disincantati
715 Alda Bruno. Germani in bellavista
716 Marco Malvaldi. La briscola in cinque
717 Andrea Camilleri. La pista di sabbia
718 Stefano Vilardo. Tutti dicono Germania Germania
719 Marcello Venturi. L'ultimo veliero
720 Augusto De Angelis. L'impronta del gatto
721 Giorgio Scerbanenco. Annalisa e il passaggio a livello
722 Anthony Trollope. La Casetta ad Allington
723 Marco Santagata. Il salto degli Orlandi
724 Ruggero Cappuccio. La notte dei due silenzi
725 Sergej Dovlatov. Il libro invisibile
726 Giorgio Bassani. I Promessi Sposi. Un esperimento
727 Andrea Camilleri. Maruzza Musumeci
728 Furio Bordon. Il canto dell'orco
729 Francesco Laudadio. Scrivano Ingannamorte
730 Louise de Vilmorin. Coco Chanel
731 Alberto Vigevani. All'ombra di mio padre
732 Alexandre Dumas. Il cavaliere di Sainte-Hermine
733 Adriano Sofri. Chi è il mio prossimo

734 Gianrico Carofiglio. L'arte del dubbio
735 Jacques Boulenger. Il romanzo di Merlino
736 Annie Vivanti. I divoratori
737 Mario Soldati. L'amico gesuita
738 Umberto Domina. La moglie che ha sbagliato cugino
739 Maj Sjöwall, Per Wahlöö. L'autopompa fantasma
740 Alexandre Dumas. Il tulipano nero
741 Giorgio Scerbanenco. Sei giorni di preavviso
742 Domenico Seminerio. Il manoscritto di Shakespeare
743 André Gorz. Lettera a D. Storia di un amore
744 Andrea Camilleri. Il campo del vasaio
745 Adriano Sofri. Contro Giuliano. Noi uomini, le donne e l'aborto
746 Luisa Adorno. Tutti qui con me
747 Carlo Flamigni. Un tranquillo paese di Romagna
748 Teresa Solana. Delitto imperfetto
749 Penelope Fitzgerald. Strategie di fuga
750 Andrea Camilleri. Il casellante
751 Mario Soldati. ah! il Mundial!
752 Giuseppe Bonarivi. La divina foresta
753 Maria Savi-Lopez. Leggende del mare
754 Francisco García Pavón. Il regno di Witiza
755 Augusto De Angelis. Giobbe Tuama & C.
756 Eduardo Rebulla. La misura delle cose
757 Maj Sjöwall, Per Wahlöö. Omicidio al Savoy
758 Gaetano Savatteri. Uno per tutti
759 Eugenio Baroncelli. Libro di candele
760 Bill James. Protezione
761 Marco Malvaldi. Il gioco delle tre carte
762 Giorgio Scerbanenco. La bambola cieca
763 Danilo Dolci. Racconti siciliani
764 Andrea Camilleri. L'età del dubbio
765 Carmelo Samonà. Fratelli
766 Jacques Boulenger. Lancillotto del Lago
767 Hans Fallada. E adesso, pover'uomo?
768 Alda Bruno. Tacchino farcito
769 Gian Carlo Fusco. La Legione straniera
770 Piero Calamandrei. Per la scuola
771 Michèle Lesbre. Il canapé rosso
772 Adriano Sofri. La notte che Pinelli
773 Sergej Dovlatov. Il giornale invisibile
774 Tullio Kezich. Noi che abbiamo fatto La dolce vita
775 Mario Soldati. Corrispondenti di guerra
776 Maj Sjöwall, Per Wahlöö. L'uomo che andò in fumo
777 Andrea Camilleri. Il sonaglio
778 Michele Perriera. I nostri tempi
779 Alberto Vigevani. Il battello per Kew
780 Alicia Giménez-Bartlett. Il silenzio dei chiostri

781 Angelo Morino. Quando internet non c'era
782 Augusto De Angelis. Il banchiere assassinato
783 Michel Maffesoli. Icone d'oggi
784 Mehmet Murat Somer. Scandaloso omicidio a Istanbul
785 Francesco Recami. Il ragazzo che leggeva Maigret
786 Bill James. Confessione
787 Roberto Bolaño. I detective selvaggi
788 Giorgio Scerbanenco. Nessuno è colpevole
789 Andrea Camilleri. La danza del gabbiano
790 Giuseppe Bonaviri. Notti sull'altura
791 Giuseppe Tornatore. Baarìa
792 Alicia Giménez-Bartlett. Una stanza tutta per gli altri
793 Furio Bordon. A gentile richiesta
794 Davide Camarrone. Questo è un uomo
795 Andrea Camilleri. La rizzagliata
796 Jacques Bonnet. I fantasmi delle biblioteche
797 Marek Edelman. C'era l'amore nel ghetto
798 Danilo Dolci. Banditi a Partinico
799 Vicki Baum. Grand Hotel
800
801 Anthony Trollope. Le ultime cronache del Barset
802 Arnoldo Foà. Autobiografia di un artista burbero
803 Herta Müller. Lo sguardo estraneo
804 Gianrico Carofiglio. Le perfezioni provvisorie
805 Gian Mauro Costa. Il libro di legno
806 Carlo Flamigni. Circostanze casuali
807 Maj Sjöwall, Per Wahlöö. L'uomo sul tetto
808 Herta Müller. Cristina e il suo doppio
809 Martin Suter. L'ultimo dei Weynfeldt
810 Andrea Camilleri. Il nipote del Negus
811 Teresa Solana. Scorciatoia per il paradiso
812 Francesco M. Cataluccio. Vado a vedere se di là è meglio
813 Allen S. Weiss. Baudelaire cerca gloria
814 Thornton Wilder. Idi di marzo
815 Esmahan Aykol. Hotel Bosforo
816 Davide Enia. Italia-Brasile 3 a 2
817 Giorgio Scerbanenco. L'antro dei filosofi
818 Pietro Grossi. Martini
819 Budd Schulberg. Fronte del porto
820 Andrea Camilleri. La caccia al tesoro
821 Marco Malvaldi. Il re dei giochi
822 Francisco García Pavón. Le sorelle scarlatte
823 Colin Dexter. L'ultima corsa per Woodstock
824 Augusto De Angelis. Sei donne e un libro
825 Giuseppe Bonaviri. L'enorme tempo
826 Bill James. Club
827 Alicia Giménez-Bartlett. Vita sentimentale di un camionista

828 Maj Sjöwall, Per Wahlöö. La camera chiusa
829 Andrea Molesini. Non tutti i bastardi sono di Vienna
830 Michèle Lesbre. Nina per caso
831 Herta Müller. In trappola
832 Hans Fallada. Ognuno muore solo
833 Andrea Camilleri. Il sorriso di Angelica
834 Eugenio Baroncelli. Mosche d'inverno
835 Margaret Doody. Aristotele e i delitti d'Egitto
836 Sergej Dovlatov. La filiale
837 Anthony Trollope. La vita oggi
838 Martin Suter. Com'è piccolo il mondo!
839 Marco Malvaldi. Odore di chiuso
840 Giorgio Scerbanenco. Il cane che parla
841 Festa per Elsa
842 Paul Léautaud. Amori
843 Claudio Coletta. Viale del Policlinico
844 Luigi Pirandello. Racconti per una sera a teatro
845 Andrea Camilleri. Gran Circo Taddei e altre storie di Vigàta
846 Paolo Di Stefano. La catastròfa. Marcinelle 8 agosto 1956
847 Carlo Flamigni. Senso comune
848 Antonio Tabucchi. Racconti con figure
849 Esmahan Aykol. Appartamento a Istanbul
850 Francesco M. Cataluccio. Chernobyl
851 Colin Dexter. Al momento della scomparsa la ragazza indossava
852 Simonetta Agnello Hornby. Un filo d'olio
853 Lawrence Block. L'Ottavo Passo
854 Carlos María Domínguez. La casa di carta
855 Luciano Canfora. La meravigliosa storia del falso Artemidoro
856 Ben Pastor. Il Signore delle cento ossa
857 Francesco Recami. La casa di ringhiera
858 Andrea Camilleri. Il gioco degli specchi
859 Giorgio Scerbanenco. Lo scandalo dell'osservatorio astronomico
860 Carla Melazzini. Insegnare al principe di Danimarca
861 Bill James. Rose, rose
862 Roberto Bolaño, A. G. Porta. Consigli di un discepolo di Jim Morrison a un fanatico di Joyce
863 Stefano Benni. La traccia dell'angelo
864 Martin Suter. Allmen e le libellule
865 Giorgio Scerbanenco. Nebbia sul Naviglio e altri racconti gialli e neri
866 Danilo Dolci. Processo all'articolo 4
867 Maj Sjöwall, Per Wahlöö. Terroristi
868 Ricardo Romero. La sindrome di Rasputin
869 Alicia Giménez-Bartlett. Giorni d'amore e inganno
870 Andrea Camilleri. La setta degli angeli
871 Guglielmo Petroni. Il nome delle parole
872 Giorgio Fontana. Per legge superiore
873 Anthony Trollope. Lady Anna

874 Gian Mauro Costa, Carlo Flamigni, Alicia Giménez-Bartlett, Marco Malvaldi, Ben Pastor, Santo Piazzese, Francesco Recami. Un Natale in giallo
875 Marco Malvaldi. La carta più alta
876 Franz Zeise. L'Armada
877 Colin Dexter. Il mondo silenzioso di Nicholas Quinn
878 Salvatore Silvano Nigro. Il Principe fulvo
879 Ben Pastor. Lumen
880 Dante Troisi. Diario di un giudice
881 Ginevra Bompiani. La stazione termale
882 Andrea Camilleri. La Regina di Pomerania e altre storie di Vigàta
883 Tom Stoppard. La sponda dell'utopia
884 Bill James. Il detective è morto
885 Margaret Doody. Aristotele e la favola dei due corvi bianchi
886 Hans Fallada. Nel mio paese straniero
887 Esmahan Aykol. Divorzio alla turca
888 Angelo Morino. Il film della sua vita
889 Eugenio Baroncelli. Falene. 237 vite quasi perfette
890 Francesco Recami. Gli scheletri nell'armadio
891 Teresa Solana. Sette casi di sangue e una storia d'amore
892 Daria Galateria. Scritti galeotti
893 Andrea Camilleri. Una lama di luce
894 Martin Suter. Allmen e il diamante rosa
895 Carlo Flamigni. Giallo uovo
896 Maj Sjöwall, Per Wahlöö. Il milionario
897 Gian Mauro Costa. Festa di piazza
898 Gianni Bonina. I sette giorni di Allah
899 Carlo María Domínguez. La costa cieca
900
901 Colin Dexter. Niente vacanze per l'ispettore Morse
902 Francesco M. Cataluccio. L'ambaradan delle quisquiglie
903 Giuseppe Barbera. Conca d'oro
904 Andrea Camilleri. Una voce di notte
905 Giuseppe Scaraffia. I piaceri dei grandi
906 Sergio Valzania. La Bolla d'oro
907 Héctor Abad Faciolince. Trattato di culinaria per donne tristi
908 Mario Giorgianni. La forma della sorte
909 Marco Malvaldi. Milioni di milioni
910 Bill James. Il mattatore
911 Esmahan Aykol, Andrea Camilleri, Gian Mauro Costa, Marco Malvaldi, Antonio Manzini, Francesco Recami. Capodanno in giallo
912 Alicia Giménez-Bartlett. Gli onori di casa
913 Giuseppe Tornatore. La migliore offerta
914 Vincenzo Consolo. Esercizi di cronaca
915 Stanisław Lem. Solaris
916 Antonio Manzini. Pista nera
917 Xiao Bai. Intrigo a Shanghai

918 Ben Pastor. Il cielo di stagno
919 Andrea Camilleri. La rivoluzione della luna
920 Colin Dexter. L'ispettore Morse e le morti di Jericho
921 Paolo Di Stefano. Giallo d'Avola
922 Francesco M. Cataluccio. La memoria degli Uffizi
923 Alan Bradley. Aringhe rosse senza mostarda
924 Davide Enia. maggio '43
925 Andrea Molesini. La primavera del lupo
926 Eugenio Baroncelli. Pagine bianche. 55 libri che non ho scritto
927 Roberto Mazzucco. I sicari di Trastevere
928 Ignazio Buttitta. La peddi nova
929 Andrea Camilleri. Un covo di vipere
930 Lawrence Block. Un'altra notte a Brooklyn
931 Francesco Recami. Il segreto di Angela
932 Andrea Camilleri, Gian Mauro Costa, Alicia Giménez-Bartlett, Marco Malvaldi, Antonio Manzini, Francesco Recami. Ferragosto in giallo
933 Alicia Giménez-Bartlett. Segreta Penelope
934 Bill James. Tip Top
935 Davide Camarrone. L'ultima indagine del Commissario
936 Storie della Resistenza
937 John Glassco. Memorie di Montparnasse
938 Marco Malvaldi. Argento vivo
939 Andrea Camilleri. La banda Sacco
940 Ben Pastor. Luna bugiarda
941 Santo Piazzese. Blues di mezz'autunno
942 Alan Bradley. Il Natale di Flavia de Luce
943 Margaret Doody. Aristotele nel regno di Alessandro
944 Maurizio de Giovanni, Alicia Giménez-Bartlett, Bill James, Marco Malvaldi, Antonio Manzini, Francesco Recami. Regalo di Natale
945 Anthony Trollope. Orley Farm
946 Adriano Sofri. Machiavelli, Tupac e la Principessa
947 Antonio Manzini. La costola di Adamo
948 Lorenza Mazzetti. Diario londinese
949 Gian Mauro Costa, Alicia Giménez-Bartlett, Marco Malvaldi, Antonio Manzini, Francesco Recami. Carnevale in giallo
950 Marco Steiner. Il corvo di pietra
951 Colin Dexter. Il mistero del terzo miglio
952 Jennifer Worth. Chiamate la levatrice
953 Andrea Camilleri. Inseguendo un'ombra
954 Nicola Fantini, Laura Pariani. Nostra Signora degli scorpioni
955 Davide Camarrone. Lampaduza
956 José Roman. Chez Maxim's. Ricordi di un fattorino
957 Luciano Canfora. 1914
958 Alessandro Robecchi. Questa non è una canzone d'amore
959 Gian Mauro Costa. L'ultima scommessa
960 Giorgio Fontana. Morte di un uomo felice
961 Andrea Molesini. Presagio

962 La partita di pallone. Storie di calcio
963 Andrea Camilleri. La piramide di fango
964 Beda Romano. Il ragazzo di Erfurt
965 Anthony Trollope. Il Primo Ministro
966 Francesco Recami. Il caso Kakoiannis-Sforza
967 Alan Bradley. A spasso tra le tombe
968 Claudio Coletta. Amstel blues
969 Alicia Giménez-Bartlett, Marco Malvaldi, Antonio Manzini, Francesco Recami, Alessandro Robecchi, Gaetano Savatteri. Vacanze in giallo
970 Carlo Flamigni. La compagnia di Ramazzotto
971 Alicia Giménez-Bartlett. Dove nessuno ti troverà
972 Colin Dexter. Il segreto della camera 3
973 Adriano Sofri. Reagì Mauro Rostagno sorridendo
974 Augusto De Angelis. Il canotto insanguinato
975 Esmahan Aykol. Tango a Istanbul
976 Josefina Aldecoa. Storia di una maestra
977 Marco Malvaldi. Il telefono senza fili
978 Franco Lorenzoni. I bambini pensano grande
979 Eugenio Baroncelli. Gli incantevoli scarti. Cento romanzi di cento parole
980 Andrea Camilleri. Morte in mare aperto e altre indagini del giovane Montalbano
981 Ben Pastor. La strada per Itaca
982 Esmahan Aykol, Alan Bradley, Gian Mauro Costa, Maurizio de Giovanni, Nicola Fantini e Laura Pariani, Alicia Giménez-Bartlett, Francesco Recami. La scuola in giallo
983 Antonio Manzini. Non è stagione
984 Antoine de Saint-Exupéry. Il Piccolo Principe
985 Martin Suter. Allmen e le dalie
986 Piero Violante. Swinging Palermo
987 Marco Balzano, Francesco M. Cataluccio, Neige De Benedetti, Paolo Di Stefano, Giorgio Fontana, Helena Janeczek. Milano
988 Colin Dexter. La fanciulla è morta
989 Manuel Vázquez Montalbán. Galíndez
990 Federico Maria Sardelli. L'affare Vivaldi
991 Alessandro Robecchi. Dove sei stanotte
992 Nicola Fantini e Laura Pariani, Marco Malvaldi, Dominique Manotti, Antonio Manzini, Francesco Recami, Gaetano Savatteri. La crisi in giallo
993 Jennifer Worth. Tra le vite di Londra
994 Hai voluto la bicicletta. Il piacere della fatica
995 Alan Bradley. Un segreto per Flavia de Luce
996 Giampaolo Simi. Cosa resta di noi
997 Alessandro Barbero. Il divano di Istanbul
998 Scott Spencer. Un amore senza fine
999 Antonio Tabucchi. La nostalgia del possibile

1000 La memoria di Elvira
1001 Andrea Camilleri. La giostra degli scambi
1002 Enrico Deaglio. Storia vera e terribile tra Sicilia e America
1003 Francesco Recami. L'uomo con la valigia
1004 Fabio Stassi. Fumisteria
1005 Alicia Giménez-Bartlett, Marco Malvaldi, Antonio Manzini, Santo Piazzese, Francesco Recami, Gaetano Savatteri. Turisti in giallo
1006 Bill James. Un taglio radicale
1007 Alexander Langer. Il viaggiatore leggero. Scritti 1961-1995
1008 Antonio Manzini. Era di maggio
1009 Alicia Giménez-Bartlett. Sei casi per Petra Delicado
1010 Ben Pastor. Kaputt Mundi
1011 Nino Vetri. Il Michelangelo
1012 Andrea Camilleri. Le vichinghe volanti e altre storie d'amore a Vigàta
1013 Elvio Fassone. Fine pena: ora
1014 Dominique Manotti. Oro nero
1015 Marco Steiner. Oltremare
1016 Marco Malvaldi. Buchi nella sabbia
1017 Pamela Lyndon Travers. Zia Sass
1018 Giosuè Calaciura, Gianni Di Gregorio, Antonio Manzini, Fabio Stassi, Giordano Tedoldi, Chiara Valerio. Storie dalla città eterna
1019 Giuseppe Tornatore. La corrispondenza
1020 Rudi Assuntino, Wlodek Goldkorn. Il guardiano. Marek Edelman racconta
1021 Antonio Manzini. Cinque indagini romane per Rocco Schiavone
1022 Lodovico Festa. La provvidenza rossa
1023 Giuseppe Scaraffia. Il demone della frivolezza
1024 Colin Dexter. Il gioiello che era nostro
1025 Alessandro Robecchi. Di rabbia e di vento
1026 Yasmina Khadra. L'attentato
1027 Maj Sjöwall, Tomas Ross. La donna che sembrava Greta Garbo
1028 Daria Galateria. L'etichetta alla corte di Versailles. Dizionario dei privilegi nell'età del Re Sole
1029 Marco Balzano. Il figlio del figlio
1030 Marco Malvaldi. La battaglia navale
1031 Fabio Stassi. La lettrice scomparsa
1032 Esmahan Aykol, Gian Mauro Costa, Alicia Giménez-Bartlett, Marco Malvaldi, Antonio Manzini, Francesco Recami, Gaetano Savatteri. Il calcio in giallo
1033 Sergej Dovlatov. Taccuini
1034 Andrea Camilleri. L'altro capo del filo